夢みる人びと＊目次

海外小説 永遠の本棚

夢みる人びと

七つのゴシック物語2

イサク・ディネセン

横山貞子＝訳

白水uブックス

SEVEN GOTHIC TALES: Vol. 2

by

Isak Dinesen

1934

エルシノーアの一夜

エルシノーアの港に近いある街かどに、ふるびたいかめしい邸がある。十八世紀初頭に建てられた灰色のこの邸は、まわりに新時代風のものがつくられてゆくのを控えめに見おろしている。長い年月のあいだに、この家は全体がひとつのものとして作用するようになっていた。北北西の風の吹く日、正面玄関の扉がひらくと、それに同情して二階の廊下の扉が一緒にひらく。また、階段のどこかを踏むと、客間の床板の一箇所が、歌うようにかすかな谺《こだま》をかえす。

この邸には永いことデ・コニンク家の家族が住んでいたが、一八一三年の国の財政破綻、また、それと時をおなじくして起った家庭内の悲しい出来ごとのあと、デ・コニンク家の人びとはここを離れてコペンハーゲンの持ち家に引き移った。白いキャップをかぶった老婆が家の管理をまかされ、手助けのために一人だけ残された従僕とこの古い家で暮し、昔の思い出ばかり話しあっているのだった。お邸のお嬢様がた二人は一度も結婚しないまま、いまはもう、とつごうにも遅すぎる年齢になっていた。坊っちゃまはなくなった。それでも、ずっと昔、夏になるといつもこうだった、と、ベックばあやは思い出す。――日曜の午後、お天気のいいとき、デ・コニンクの旦那様と奥様は三人のお子様がたを連れて、大奥様、つまりお祖母様の田舎の別荘に馬車でお出かけになったものだ。そのころの習慣で、午後三時に正餐を召しあがる。芝生の大きなニレの木かげで。六月には木の下に小さな円い、ひらたい種が、草の上一面に厚く落ちていたものだ。お食事は家鴨のグリンピース添え、それにクリームをかけた苺など。坊っちゃまは白い南京木綿の服を召して、お祖母様の飼っておられるボローニャ犬に餌をやろうと、あちこち駆けまわっていらしたものだっけ。

二人の令嬢がたは船乗りたちのあこがれの的で、たくさんの小鳥を贈られるので、いくつもの鳥かごに入れて飼っていた。お嬢様がたはハープをお弾きにならないのですかなどときかれると、ベックばあやは、あんなになんでもお出来になるのに、そんなことを一々説明してはいられないと言わぬばかりに、肩をすくめてみせるのだった。お嬢様がたに恋いこがれた人たちと、たくさんの結婚申しこみ。この話題にふれたら最後、大変なことになる。ベックばあやの長話には、とめどがなくなる。

ベックばあやは若いころ水夫と結婚したのだが、まもなく夫が海でおぼれ死んだので未亡人となって、娘のころ働いていたデ・コニンク家でまた働くようになった。だから、あんなにおきれいなお嬢様がたが二人ながら結婚しないことを、とても残念がっていた。どうにもあきらめがつかないのだ。お二人に釣りあうほどの男の人が見つからなかったからで、結婚するにふさわしいほどの人物といえば、弟さん以外にいなかったのだというのが、世間に対するばあやの言いぶんだった。だが、ばあやはひそかに、この説は理屈に合わないと感じていた。もしほんとうに弟ほどの人がいないことが悩みの種だったのなら、理想以下の男の人で我慢しておくべきだったのだ。もしベックばあやがお嬢様がたの立場にいたとしたら、つらさをしのんでも、そうしたにきまっている。それに、ベックばあやは内心、もっとよくわかっていたのだ。ばあやは姉娘のフェルナンデ、通称ファニーより十七歳の年かさで、バスティーユ陥落の当日生まれた妹娘のエリザとは十八歳ちがいだった。そして、これまでの人生のなかば以上を二人と共にすごしてきた。言葉で言いあらわすことこそできなかったが、暗い運命がこの姉弟にまつわっていること、その運命が三人を分かちがたく結びつけ、ほかの人間と深いかかわりをもつのを不可能にしていることを、ばあやはわがことのようにするどく感じとっていた。

二人が若いころ、エルシノーアの社交界では、美しいデ・コニンク姉妹の出席なしではどんな催しも成功したためしがなかった。二人はこの町の華やぎの中心だった。二人が舞踏会の会場に到着すると、実業家たちの地味でふるびた家の天井はいくらか高くなり、ぶどうの蔓のからむイオニア式柱にかこまれた、古代さながらの舞いのつどいの耀《かが》よいに包まれるかと思われた。姉妹のどちらかが舞踏の皮きりをつとめる。小鳥のようにかろやかに、思想のように大胆に踊る乙女は、その集り全体を、生きるよろこびをつかさどり、苦労やねたみ心を消し去る神々への捧げものに変える。二人は木かげの夜ウグイスさながらに二重唱を歌ったかと思うと、今度はなんの苦もなく、しかも悪気のない調子で、エルシノーアの上流階級の面々の声色《こわいろ》をつかっては、トランプのテーブルをかこむ父の友人たち、町のお偉がたの腹の皮をよじらせるのだった。またたく間にジェスチュア遊びや罰金ゲームを考え出したし、音楽のレッスンや散歩に出かけて帰ってくると、外で見聞きしてきたことをおもしろおかしくしゃべりたてたり、また自分たちがでっちあげたすっとんきょうな話を、思いつくままにいくらでも話すのだった。

ところが、いったん自室にこもると、二人は部屋じゅう歩きまわって涙を流し、窓辺に寄って港を見わたしては悲しみに手をにぎりしめ、床についてからは激しくむせび泣くのだ。これという理由はまったくない。そんなときの二人は、アテネのタイモン（シェークスピア作の同名の戯曲の主人公。人生に絶望した人）が二人いるように、暗くにがにがしい調子で人生について話しあう。そしてベックばあやは、まるで腐食性のさびのなかにいるような気味のわるい思いをさせられる。そうした暗さが血統のなかにない母親が万一その場を目撃したら、びっくり仰天して、娘たちはきっと失恋したのだろうと思ったにちがいない。父親のほうならば娘たちを理解し、二人のために悲しんだことだろうが、なにしろ自分のことにかまけていて、娘たちの部屋をたずねたりするゆとりはなかった。二人とはまったくちがった気質の持主ではあったけれど、年かさの上女中のベックだけが、自分なりに二人の悩みを理解し、本人たちにならって、絶望と誇りのいりまじった気持で、じっとそのことを胸の奥に秘めていた。時にはなんとかしてなぐさめようとしてみることもあった。「ハンネ、この世がこんなにも嘘とごまかしだらけだなんて、なんておそろしいことでしょう！」二人が嘆きの声をあげると、ベックは言うのだった。「はて、それがどうしたというのです？　人間の言うことがなにもかも本当だったとしたら、世のなかはもっと悪くなるかもしれないじゃありませんか。」

やがてまた少女たちは気をとりなおし、涙を拭いて、鏡の前で新しいボネットをためしてみたり、素人演劇やそりの遠乗りの会を計画して、友人たちをおどろかせたりよろこばせたりするのだが、そのあげく、ふたたび暗いもの思いに沈む。いつもおなじことの繰りかえしだった。両極端に走ることをとどめるすべを、二人は知らないのだ。つまるところ、二人は生まれつきの憂鬱性なので、他人をよろこばすことに全力をあげながら、自分自身はどうしようもなく不幸であり、魅力に富んだ遊び上手でありながら、かげでにがい涙を流し、すばらしいたのしみを与えながら、永遠の孤独に苦しんでいたのだ。

二人がこれまで恋におちたことがあるのかどうか、それはベックばあやにもなんとも言えなかった。愛を捧げてくる男には、誰であろうと手きびしい疑いを投げかける二人のやりかたに、ベックばあやはいつもがっかりさせられていた。ばあやのほうがずっとよくわかっていたのだ。エルシノーアの若者の誰かれが、お嬢様への報われぬ愛のゆえにやつれ果て、遠い国へ出かけてしまったり、独身を通したまま老いてゆくのを見ていたのだから。それに、もし二人が男の愛情に確信をもつことができさえしたら、「さまよえるオランダ人」の女性版のような若い二人はきっと救われたにちがいないと、ベックばあやは思っていた。だが、二人は世間に対して、奇妙なゆがんだかかわりかたをしていた。世間というものは、鏡の前に立つとそのなかに映る自分たちの影にすぎず、背景の薄暗がりにいる、実体をそなえた本人のほうは、無関係な場所から世間を眺めているにすぎないといった態度なのだ。恋する若者が、鏡にうつる女の映像に愛を求める様子を注意ぶかく観察し、恋する者の苦労が報われるはずの時がきても、決してその愛は成就しないことに、ひとり笑いを洩らす。心はずっと硬くとざされたままでいる。男が鏡を、そこに映る美しい姿もろとも打ちくだき、実在する自分のほうに向きなおるのを、姉妹は望んでいたろうか？　いや、そんなことはまったく考えの外だった。美しい姉妹はおそらく、鏡のなかの映像に寄せられるあこがれを、奇妙なしかたでたのしんでいたのだ。しまいには、そうしたあこがれなしにはやってゆけないところまできていた。

この一風かわった考えかたのせいで、二人はとつがぬまま老いてゆくように運命づけられていた。五十二歳と五十三歳の、ほんものの老嬢となった今、二人は人生と和解できるようになったかに見えた。人生とは、やがて消え去ってゆくものに耐えているのだと思うようになっていた。この世になんの跡もとどめずに消えてゆくことを、二人はいっこう苦にしていなかった。そういうはこびになるだろうと、かねてから思いさだめていたからである。自分たちは優雅に消えてゆくだろうと思うのが、いくらか心のなぐさめになった。知人のおおかたのように腐敗してゆくことは、二人の場合あり得なかった、というのは、まだ生きているうちから、美しくも霊的なミイラのように、没薬《もつやく》と香草と共にほうむられているのだから。気持がやわらいでいるとき、特に知人の子供たちのような若い世代にはやさしく対したものだが、そんな折には二人は刺戟性のある清らかな香気を放つのだった。若い人びとは一生そのことを記憶にとどめた。

この家族につきまとう憂鬱性は、息子のモルテンの場合、娘たちとはちがう現れかたをした。モルテンならば、憂鬱気質の持主だということさえ、ベックばあやをうっとりさせてしまう。お嬢様がたには時たま腹をたてることもあったが、坊っちゃまに対しては決してそんなことはなかった。なぜならモルテンは男、ベックばあやは女だったし、さらに、姉たちにはない、ほんもののロマンスの雰囲気が、いつもモルテンを包んでいたからでもある。まことにモルテンは、エルシノーアにかつて生をうけたもう一人の高貴な若者、王子ハムレットにも比すべき存在、あらゆる人びとの注目の的、流行の鑑《かがみ》、男の手本であった。モルテンに恋いこがれて、とつがぬままに終った娘たちは数しれない。また、ずっと年がいってからあきらめて、あの若い神にも似た面ざしをそのままとはゆかないが、いくらかでも似かよったところのある男にとついだ娘たちもたくさんいる。もうそのころには、モルテンの姿は永久に地平から消え去っていた。そしてまた、世間の注視をあびてモルテンと婚約した娘さえいたのだったが、彼女もほかの男の妻となり、子供が生まれていた。――されど、なにゆえにと問い給うことなかれ――。モルテンとの婚約時代、エルシノーアで「金の小羊」と異名をとっていた、その輝くばかりの美しさも今は色あせ、かつて妖精のようにかろやかに踏んでいったおなじ街路を、蒼ざめた無口な婦人となってとぼとぼ歩いていた。それでもなお、このひとこそ、三月のある晴れた日、エルシノーアの波止場に集った全市民の歓呼の声のなかを、船から上陸したモルテンがその腕に抱きあげた乙女にほかならなかった。全世界は彼女を取りまいて揺れやまず、虹のようにさまざまな色の長旗がなびき、扇が空に投げあげられたのだ。

　モルテン・デ・コニンクは姉たちよりも態度が控えめだった。自分をめだたせる必要はまったくなかったのだ。彼独特のものしずかさで入ってきたとたん、モルテンはその場全体を自分のものにし、意のままにあしらう。デ・コニンク家の婦人たちの特徴になっている手足の美しさはモルテンにもいちじるしかったが、顔かたちの繊細さにかけては似ていなかった。鼻のかたちや口もとは姉たちよりも荒けずりに出来ていた。だが彼は、思わず息をのむほどの、異様なまでに高貴で晴れやかな額をしていた。人びとはモルテンに話しかけるとき、ダイヤモンドの王冠に輝く若い帝王の額か、聖者の円光を帯びる額をあおぎ見るように、その広く清らかな額に眼をあげるのだった。モルテン・デ・コニンクの風貌を見ると、この人は罪も怖れも知ることはあるまいと思われた。おそらくその通りであっただろう。三年のあいだ、モルテンはエルシノーアにとって英雄の役割をつとめた。

時あたかもナポレオンの侵略戦争下で、全ヨーロッパは土台からゆすぶられていた。デンマークは英仏間の対立抗争の渦中で自由をたもとうとつとめ、独自の道を切りひらこうとしていた。そして、そのための犠牲を払わねばならなかった。コペンハーゲンは砲撃をうけて炎上した。九月のその夜、街を焼く炎は空を赤く染め、海岸地方一帯にその明かるみを示した。フルーエ教会堂の鐘楼にも火がまわったが、鐘はそのまま、鐘楼が焼けおちる最後の瞬間まで、ルーテル作の讃美歌「神はわがやぐら」をかなでつづけた。首都を救うためには、政府は敵艦隊に降服せねばならなかった。勝ちほこるイギリスのフリゲート艦は、国民のいとおしんでやまぬデンマーク艦隊の軍艦を、一連の真珠のように、とらわれの白鳥の群れさながらに、エーレスンド海峡を抜けて連れ去った。艦隊を失った各港の嘆きの声は空にひびき、人びとの心は恥辱と憎しみに満ちた。

くすぶる焼跡から飛び散った火の粉のように、ゲリラによる掠奪船の群れが現れたのは、翌一八〇七年から一八〇八年にかけての激動期のさなかのことだった。愛国心と復讐の念に燃え、おまけに欲得ずくもからんで、掠奪船はデンマークのありとあらゆる海岸や島々の港から出現した。乗り組むのは紳士、運輸船の船員、漁師、理想主義者、冒険家――すべて俠気に富む海の男たちである。餌食になった商船の乗組員たちに、やおら敵国商船拿捕《だほ》免許状を取りだして示すとき、個人的動機と、戦いの痛手に悩む祖国に奉仕することとが一体化できる。機会に恵まれ次第、敵に一撃を加える権限を与えられ、その戦闘に勝てば、一財産つくって帰ってこられるのだ。

この掠奪船団と国家とは、一種奇妙な関係に立っていた。それは公認された海上の恋愛であり、双方が熱烈な愛情をもって強行した、王族の男と平民の女の結婚にも似ていた。掠奪船団の乗組員たちは肩章もつけず、海軍軍人用に制定されたサーベルも帯びていないとはいえ、デンマーク王家の燃えるくちづけを受け、王妃たちには夢みることさえできない、荒々しい気まぐれな手管《てくだ》で相手を蕩《たら》しこむ娼婦の自由さをもっていた。

あの致命的痛手をこうむった九月の週に、コペンハーゲン港から敵軍によって連れ去られた艦隊の運命をかろうじてまぬがれた、わずかに残るデンマーク王国海軍は、掠奪船団に対して好意をもち、仲よく行動を共にしていた。自分にはむずかしい、子供を産むという仕事を果した侍女ビルハに対して、ラケルはおなじようなたぐいの好意をもち、生活を共にしていたのだろう（旧約聖書「創世記」三十章参照）。

勇敢な男たちにとって、それはなんともすばらしい時期だった。デンマーク領海の水路のあちこちに砲声はふたたび響きわたり、掠奪船は思いもかけない場所に出没した。彼らは船団を組んで行動することはめったにない。それぞれが自前の判断で動いていたのだ。信じがたいような勇ましい襲撃が敢行され、敵の輸送用フリゲート艦の砲撃の下をくぐって、巨額にのぼる積荷を奪っては港に持ち帰る。怖れを知らぬ小さな船は、ずたずたに破れた帆布をぶらさげながらも勝ち誇って、港に集る人びとの歓呼の声に迎えられる。掠奪船の働きをたたえる歌がいくつもつくられた。一国の民衆の心と想像力にこれほど強く訴える英雄たちは、そうめったに現れるものではない。少年たちの興奮についてては言うまでもない。

やがて、この仕事には大型船は向かないことがわかってきた。十二人ないし二十人乗り組んで、六門から十門の施回砲で武装した渡し船か小型船が、いざというときの小廻りが利き、この仕事に最も適している。船長が航海術にたけていること、航路にくわしいことがかんじんだった。それと、乗組員一人一人の勇敢さ、射撃のたくみさ、敵艦に躍りこんでからの剣さばきがものを言った。戦いに勝てば、ほまれがあがる。それだけでなく、金も入る。金が入るばかりか、侵略者に復讐してやったという、いい気分にもひたれるのだ。

老若さまざまの海の猛犬たちは、雪まみれになって帰路につく。帆はすべて氷に覆われ、暗い海上に白くチョークで描いた船のように見えるときもある。激戦を勝ちぬいた栄光の時は過ぎたとはいえ、行くてにはまた、興奮の渦が待ちかまえている。小さな港町は掠奪船の帰還に沸きかえる。それから獲物の値ぶみがおこなわれ、商品の売り立てがある。それは大層な金額にのぼる。

政府がその分けまえを取り、それから乗組員一同、船長、射撃手、漕ぎ手から雑用係の少年にいたるまで、それぞれの分けまえを手に入れる。少年の分は大人の三分の一の額だ。身につけたシャツとズボンとズボン吊り以外はなにひとつ持たない少年が、小船に乗り組んで海に出てゆく。二週間後、返り血をあび、衣類のあちこちが破れた姿で帰ってきた少年は、獲物の売り立てのあと、五百リクスダーレルの金をポケットにじゃらつかせながら、公海での危険な冒険の自慢話を友達に聞かせている。コペンハーゲンやハンブルクに住むユダヤ人三人が、それぞれシルクハットをかぶり、先をあらそって掠奪船の帰港地に駆けつける。ユダヤ人は売り立ての仕事に大きな役割を占める。というよりもまず、気短な戦闘員たちをうまくまるめこんで、賞金を使わせてしまうためにやってくるのだった。

やがて、新しい彗星《すいせい》が現れるように、何人かの人気の高い英雄と、彼らの船の名が光を浴び、その手柄をめぐって日々新しい伝説が生まれるようになった。たとえばコルト・アデレール号に乗るイェンス・リン。「びろうどのリン」が通り名になるほどの伊達男で、何年か大変な大尽暮しを続けたが、金が底をつくと、熊に曲芸をさせて歩く芸人におちぶれた。あるいは復讐者号のラアベア船長。この人は詩人肌のところがあった。また、それぞれマッカレル号とマダム・クラーク号に乗っていた双子のヴルフセン兄弟は、コペンハーゲン在住の紳士階級だった。エオラス号のクリステン・コックもいる。彼の船の乗組員は一人残らずレーセ島沖の英国フリゲート艦との戦闘で殺されるか、重傷を負ったのだった。それから、フォルチュナ二世号の若きモルテン・デ・コニンクがいた。

最初モルテンが父親に、掠奪船を一隻調達してほしいと頼みにきたとき、老いたデ・コニンク氏はその思いつきにいくらかたじろいだ。コペンハーゲンの富裕で名声の高い船主たち、デ・コニンク氏よりもさらに豊かな事業家たちさえ、当時は掠奪船に投資していたものだ。それに、愛国心にかけては誰にも引けをとらないデ・コニンク氏は、英国海軍がデンマークに与えた損害に心を痛めていた。

とは言え、この事業に乗りだすことは彼にとってつらかった。たとえ相手が輸出入禁制品を積んでいるとはいえ、商船を襲撃するのは彼の気持にそわなかった。それは淑女を襲ったり、アホウドリを射ちおとしたりするのとおなじことのように思われたのだ。モルテンは、父の従兄にあたるフェルナン・デ・コニンクに助けを求めなければならなかった。彼はエルシノーアに住む独身の金持ちで、母がフランス人だという事情から、ナポレナン皇帝の熱烈な支持者だった。モルテンの二人の姉は上手に立ちまわってフェルナン伯父の説得に力を貸し、ついに一八〇七年の十一月、若者は自分の船で海に乗りだしていった。伯父はこの自分の寛大さを後悔したことは一度もなかった。この事業全体は彼を二十年も若がえらせ、さらにしまいには、敵艦から奪ってきた戦利品のかずかずを記念として蒐集し、悦に入っていた。

十二人の乗員と四門の旋回砲をもつエルシノーアのフォルチュナ二世号は、十一月二日に敵国商船拿捕免許状を与えられた。この日付、そしてそれ以来挙げた数々の手柄の日付は、メアリ女王の心にカレーの地名が深く刻みつけられたとおなじように、三十三年後の今にいたるまで、ベックばあやの心に刻みこまれているのではなかったろうか。早くも十一月四日、フォルチュナ二世号はヴェーン島沖で英国のブリッグ船をおびやかした。英国軍艦が一隻その場に急行し、掠奪船を砲撃したが、フォルチュナ二世号の乗組員たちは拿捕船の大綱切断に成功し、クロンボー要塞からの援護射撃の下をくぐって、無事に獲物を引き帰った。

十一月二十日はこの小船にとって記念すべき日になった。英国のブリッグ船ウィリアム号と小型船ジュピター号の二隻を、護衛艦から奪いとったのだ。ジュピター号の積荷は帆布、陶磁器、ぶどう酒、酒類、コーヒー、砂糖、絹物だった。積荷はエルシノーアで陸揚げされたが、二隻の船はコペンハーゲンに回航されて、積荷没収を言いわたされた。十二月三十日に、二百人のユダヤ人がエルシノーアにやってきて、ジュピター号の積荷のせり売りに参加した。モルテンは、ロシア皇帝の皇妹の婚礼衣裳として英国から送られる途中だった、中国製の白地のブロケードを買い求めた。当時ちょうど婚約したばかりだったのだ。エルシノーアの人びとは、この買物を小わきにかかえて歩み去るモルテンに笑みを浴びせた。

モルテンは何度も敵艦の追撃を受けた。五月二十七日のこと、英国海軍のフリゲート艦の追跡をかわすうちに、オーフス付近で浅瀬に乗りあげたが、バラストの鉄を海中に投げすてて浅瀬を脱出し、デンマーク軍の砲台の援護射撃のもとに逃げおおせた。オーフスの町の人びとは、この名高い掠奪船の若き船長に、バラスト用の替りの鉄を無料で贈った。なんでも、町の若いお針子の娘たちが手に手に自分のアイロンを持ってきて、バラスト用にと渡し、別れるとき、モルテンの武運を祈ってキスをしていったのだという。

一月十五日には、フォルチュナ号は三友号と組んで六隻の輸送船を拿捕し、コペンハーゲンで積荷没収言い渡しを受けさせようと、ドログデンの方向に向かっていた。そのとき捕獲船のうち一隻が、ミッデルグルン付近で座礁した。それは十万リクスダーレルにのぼる帆布を満載した英国のブリッグ船で、その日の朝、英海軍の護衛艦と戦って奪ってきた獲物だった。英海軍の護衛艦はまだ追跡をあきらめていなかった。座礁した船を見つけると、英艦はただちに長艇を六つもおろして、ブリッグ船を奪いかえそうと、しつこく追ってきた。掠奪船の側としても、獲物をあきらめる気はなかった。激しい攻撃をかけ、ぶどう弾を浴びせかけたので、イギリス人たちのボートは撃退され、輸送船奪還をあきらめた。だが、その船は結局失われることになった。船上にいた捕獲船宰領係りが、敵の戦力の優勢さを見て、せっかくの獲物をむざむざイギリス人の手に渡してなるものかと、自分の手で船に火をはなったのだ。火の廻りは激しく、船を救うことはできなかった。その夜一晩中、コペンハーゲンの人びとは、北方の海上に立ちのぼるおそろしい火柱を見まもった。

この事件があった年の夏、フォルチュナ二世号はエルシノーア沖で、生死をかけた激戦を展開した。そのころにはもう、フォルチュナ二世号は英国側にとって、抜けないとげのようにわずらわしい存在になっていた。八月の暗い夜をねらって、スウェーデン側の岸に停泊した軍艦から出動し、フォルチュナ二世号襲撃作戦がおこなわれた。櫂《かい》受けに布を巻いて音を消した二艘の大型ボートが派遣された。フォルチュナ二世号の乗組員は眠っていて、甲板にいたのは若いモルテンと見張り役の二人だけだった。ちょうどそのとき、三十五人乗り組んだ大型ボート二艘がフォルチュナ号を両側からはさみこみ、攻めこむ足場を支えるもりが、甲板に深く突きささった。大型ボートから銃撃の火ぶたがきられた。だが掠奪船のほうは、銃器を使う時間のゆとりもなければ、場所もなかった。手に手に斧や広刃の剣や短剣をかざした肉弾戦になった。敵兵は四方から甲板になだれこんできた。錨綱に切りつけ、船首像にも取りついてきた。だが、攻撃は長くは続かなかった。フォルチュナ号の乗組員は必死になって応戦し、二十分後には甲板に敵の姿はなくなった。敵兵はボートに逃げ帰り、フォルチュナ号から離れようと漕ぎはじめた。今こそ大砲を使う機会だ。退却するイギリス兵めがけて、三発の散弾が発射された。フォルチュナ二世号の甲板に十二人の死傷者を残したまま、英軍は敗退した。

エルシノーアの人びとは、英国船が発射したマスケット銃の銃声を耳にした。だがフォルチュナ号は応射した様子がない。人びとは港に集ったり、クロンボーの城壁に登って見わたしたのだが、暗い夜でなにも見えなかった。東の空が明かるくなりかけても、なにがあったのかまったくわからない。しばらくして、鈍色の空に朝日が射しそめるころ、散弾の発射音が三度響いた。エルシノーアの少年たちは、暗い波の上に白い煙が走るのが見えたと言う。半時間後、フォルチュナ二世号はエルシノーア港に帰投した。東の空を背景にした船影は黒々と影絵のようだった。帆装がひどく痛めつけられているのが一目でわかった。船が近づくにつれて、陸にいる人びとは甲板にいる黒い人影と、おびただしい血の色を見分けることができた。船にあるかぎりのすべての短剣や剣は血塗られ、船尾から船首の鎖にいたるまで、どこもかも血にまみれていたという。乗組員のうち誰ひとりとして無傷の者はなかったが、重傷者は一名にとどまった。それはデンマーク領西インド諸島出身の黒人で、翌日の新聞は「肌は黒いが心は生粋のデンマーク人」と報じた。モルテンは硝煙で薄汚れ、片眼に眼帯をつけて、朝の光に照らされ、戦闘の興奮さめやらぬ様子で、たかだかと両腕をあげて、岸の群衆の歓呼にこたえた。

その年の秋、掠奪船の仕事すべてが突然禁止された。掠奪船の活動が敵艦隊をデンマーク近海に引きよせる結果になり、国にとって危険だとする判断からだった。さらにまた、掠奪船のやりかたは野蛮かつ非人道的だとする非難が、各方面から出はじめていた。この禁止令は勇敢な海の男たちを落胆させた。故郷の小さな町に戻って、もとの地味な仕事につけなくなってしまった海の男たちは、大勢が船を捨て、世界各地にさまよい出ていった。デンマークは自分の育てた猛禽類のこの運命を悲しんだ。

モルテン・デ・コニンクに関するかぎり、この禁止令は都合のよい機会に発令された、というのが、誰もの一致した意見だった。モルテンは英雄の名をほしいままにしたあげく、今や結婚式をあげて、エルシノーアに落着くことができる。

モルテンはアドリエネ・ローゼンスタンと婚約していた。鷹と白い鳩の一対だ。アドリエネはモルテンの姉たちの仲よしで、二人はこの友人を、手塩にかけてつくりあげているようなものだった。アドリエネの美しさを十二分に引きたてるように着飾らせては、二人はたのしんでいた。デ・コニンク家の姉妹は洗練された明確な好みの持主で、アドリエネの衣裳えらびに、我がことのように時を費した。だが、姉妹のあいだの内輪話では、この弱々しい義妹に対してそういつも寛大だったとは言いかねる。いや、それどころか、この小さなブルジョア娘、エルシノーアの鳥小屋のなかで、外の風にも当てられずに育った観賞用の小鳥が、こともあろうに弟の配偶者になるなんて、ほんとにがっかりね、と言いあっていた。もっとじっくり考えてみれば、二人はこの成りゆきをよろこばなくてはならないはずだったのに。アドリエネが臆病で、しきたりに染まりきった女であればこそ、大胆さと奇抜な思いつきにかけては、二人は競争相手なしに独走できるのではなかったか。弟が若鷲のような花嫁を見つけてくることも十分あり得たわけで、そうなったら鷹の姉たちとしては、一歩をゆずらざるを得なかったろうに。

結婚式は、エルシノーアのあたりが一番美しくなる五月におこなわれるはずだった。町の人びとはその日のくるのを待ちかねていた。だが、結局その日はこなかったのだ。式当日の朝になって、花婿の姿が見えなくなった。それ以来、モルテンはエルシノーアから消え去った。姉たちは悲しみと恥の涙にくれて、この報らせを花嫁に伝えに行かなければならなかった。アドリエネは気を失ってその場に倒れ、そのまま長い病いの床についた。そして、もとの体の状態に戻ることはできなかった。町中はこの打撃に唖然として言葉を失い、悲しみにくれて顔を覆った。ゴシップ種としてはまたとない事件だったのに、これという話も出てこなかった。全エルシノーアはモルテンの失踪を、自分が置き去りにされ、自分が没落したのだと感じた。

モルテンから直接の消息がエルシノーアにとどいたことは一度もない。しかし、何年かたつうち、奇妙なうわさが西のほうから伝わってきた。まず最初に入ったうわさは、海賊になっているというものだった。外の世界にさまよい出たもと掠奪船乗組員の一人として、その話はそう珍しいものではなかった。つぎに入ったうわさでは、モルテンはアメリカで戦闘に参加し、手柄をたてて出世したという。さらに後になると、彼はアンチル列島で大農場主になり、大勢の奴隷を使っているとうわさされた。だが、こうしたうわさも、町ではもう、ごく軽い話題にしかならなかった。モルテンの名はほとんど人の口にのぼらなかった。もっと長い年月がたてば、青ひげや船乗りシンドバッドのように、伝説中の人物として、モルテンの名は語りつがれることになるのだろう。デ・コニンク家の客間では、あの結婚式の日以来、モルテンの存在は消えた。肖像画は壁からはずされた。デ・コニンク夫人は息子の失踪を悲しんだあまり、死んでしまった。夫人は生命力にあふれた人で、絃楽器のように、子供たちは母親から高低さまざまの音色を引きだしたものだった。もはや演奏されなくなった楽器、ワルツもセレナーデも、軍隊行進曲もかなでられることのなくなった楽器は、用がない。コニンク夫人にとっては、死ぬことはもはや、沈黙とおなじく自然なことだったのだ。

モルテンの姉たちにとっては、まれにとどく弟のうわさは砂漠で与えられるマナであり、それによってかろうじて心の活気をたもっているのだった。耳に入った弟のうわさを、友人にも両親にも分とうとはせず、自室という醸造所にこもっては、さまざまな処方にしたがって調合してみるのだ。弟は外国艦隊の提督となり、見知らぬ勲章を胸いっぱいに飾って、今も彼を待っている花嫁と結婚しに帰ってくるかもしれない。いや、それとも、傷を負い、健康をむしばまれ、だが名誉に輝いて、エルシノーアで死を迎えようと帰ってくるのではないか。あの船着き場に上陸するだろう。以前何度もそうしたとおなじように、二人がその眼で見たとおなじように。

だが、このわずかな食物さえ、やがて口がひりひりするにがさで味つけされて届くようになってきた。しまいには、さすがの二人でさえ、もしできることなら、それを呑みこむよりは飢え死にするほうがましだと思うほどに。名誉赫々《かくかく》たる海軍軍人や、豊かな農園主どころか、モルテンはほんとうはキューバやトリニダードあたりで海賊をやっている、しかも、いちばん卑劣なたぐいの海賊になりさがっているというのだ。そのうちモルテンはアルビオン号、トライアンフ号に追撃されて、トリニダードのポート・オブ・スペイン沖で船を撃沈され、かろうじて逃げのびた。それ以来さまざまな職業を転々として苦しい生活をつづけ、ニュー・オーリーンズで病気をして極貧の暮しをしているのを見かけた人があるという。姉たちが最後に聞かされたうわさは、モルテンが絞首台にかけられたというものだった。

モルテンの婚礼の日以来、ベックばあやは自分の心の痛手を三十年間、だまってかかえつづけてきた。姉たちのつくり出す夢物語を、ばあやは決して取りあげようとはしなかった。ただ耳を素通りさせていただけだ。置き去りにされた花嫁がまたデ・コニンク家を訪問するようになると、ベックばあやはへりくだって彼女の世話をやいた。だが、決して同情を示そうとはしなかった。それにまた、この家のことについてはなんでもそうなのだが、ベックばあやは当家の住人の誰よりも見通しが利くのだった。破局が近いのを見抜いていたとまでは言えないにしても、夢のなかで不気味な前兆を感じとっていたのだ。花婿になるはずだったモルテンは、子供の時分から、よくベックばあやの部屋にきては一緒にいるのを好んだ。大がかりな結婚式の準備が進むあいだも、モルテンはこの習慣を繰りかえしていた。針仕事をしながら、眼鏡越しに、ベックばあやはモルテンの表情を観察していた。夜おそくまで仕事をしたり、また、夏の早い日の出が海峡を明かるませるころにはもう起きて、シーツ類を納めてある部屋にいたりするベックばあやは、この家のほかの人びとが気づかないさまざまな出来ごとを知っていた。婚約中の二人のあいだに、なにごとかが起きたのだ。娘から決して離れられなくなるように自分を縛りつけようとして、若者が娘に、自分を受けいれ、しっかりとつなぎとめてくれと頼んだのだろうか？　モルテンの頼みをこばむ娘などいるはずはないと、ベックばあやは思っていた。モルテンの求めに応じはしたのだが、その魔術が効力を発揮しなかったのだろうか？　それとも、若者の心が一日一日と自分から離れ去ってゆくのを見ながら、それをとどめる犠牲を払う決心がつかないまま、娘のほうがぐずぐずしていたのだろうか？

真相は誰にもわからない。アドリエネは決してこういうことにふれなかったから。いや、かりに話題にしたくても、彼女にはもう無理だった。婚礼の日以来の長い病気から回復したとき、アドリエネはほとんど耳がきこえなくなっていた。とても大きな声で話すことしか聞きわけられないようになり、死ぬまで金切り声のきまり文句のなかだけですごしたのだ。

十五年のあいだ、美しいアドリエネは花婿の帰りを待った。それから結婚した。

デ・コニンク家の二姉妹は婚礼に出席した。二人とも豪華に着飾っていた。エルシノーアの麗人としておおやけの席に出たのは、これが二人にとって最後の機会になった。当時はもう三十代だったのに、列席した若い令嬢たちの影が薄くなるほどに、二姉妹の美しさはきわだっていた。花嫁への祝いの品も、二人の美しさに劣らずたいしたものだった。母親の持ちものだったダイヤモンドのイアリングとブローチの揃い、エルシノーアに二つとない逸品を、惜しげもなく贈ったのだ。十二月の結婚式だったので、二人は自邸の客間の窓べりに咲かせた花々を、これも惜しげもなく取りつくして、式の聖壇の飾りに提供した。この誇り高い二姉妹は、弟のせいでつらい目にあった友人につぐないをしようとして、こんなにつとめるのだ、世間の人は誰もがそう思った。だがベックばあやの読みはさらに深かった。二人のしていることは、しんそこからの感謝のあらわれなので、揃いのダイヤモンドの装身具だって、お礼の品にすぎないということを、ばあやは見抜いていた。今や美しいアドリエネは弟の処女妻ではなくなり、モルテンに次ぐ世間の注視の的の座からおりることになる。この気弱な侵入者がデ・コニンク家から立ち去るにあたって、二姉妹にできることといえば、このうえなく丁重に戸口までお見送り申しあげることだけではないか。後年、アドリエネの産んだ子供たちに対しても、二人はおなじ理由から、過剰な親切を示し、最後には遺産のほとんどを贈った。これもまた、エルシノーアの鳥小屋で育った愛らしい一かえりの観賞用の小鳥たちが、弟の子供ではなかったことへの感謝の念からだった。

ベックばあやも婚礼の席にまねかれて、宴会をたのしんだ。氷菓が運ばれてきたとき、突然ばあやは、昔読んだことのある、暗い海に浮かぶ氷山のことを思いだし、そのはずみに、甲板からじっと氷山を眺めている孤独な若者の姿を思いうかべた。ちょうどそのとき、テーブルの反対側のはしにいるファニー嬢様と目が合った。お嬢様の黒い眼は燃えるような激しさを秘め、しかも涙に光っていた。デ・コニンク家特有の力をふりしぼって、このすぐれた老嬢はなにごとかに耐えているのだった。それは巨大なあこがれか、恥か、それとも勝利感だったろうか。

エルシノーアにもう一人、べつの娘がいる。この娘についても話しておくのが順当だろうが、ここではごく短くふれるにとどめよう。スレッテンの宿屋の娘で、名をカトリーネという。エルシノーア近在に住む炭焼きの血筋で、この人たちはいろんな点でジプシーとつながりがあるのだった。カトリーネは大柄で目鼻だちがはっきりした、色の浅黒い、赤いほほをした娘だった。ある時期、モルテン・デ・コニンクの恋人だったことがあるそうだ。この若い女の運命はふしあわせだった。いくらか頭の具合がおかしくなったとも言われている。酒びたりになってますますみじめになり、若死にしてしまった。このカトリーネに対して、デ・コニンク家の妹娘エリザが親切をつくした。カトリーネは美的感覚にすぐれ、器用でもあったので、エリザは彼女のために婦人帽子屋を、それも二回も、開店してやった。かぶる帽子といえばカトリーネのつくったものばかりで、自分から宣伝役を買って出ていたのだ。そして、死ぬまえには送金もしていた。エルシノーアでいろいろ醜聞の種になったあげく、カトリーネはコペンハーゲンに移ってディベンス通りに住むようになった。堅気の婦人が足を踏みいれるような界隈ではなかったが、それでもエリザ・デ・コニンクは出かけてゆき、カトリーネに会うことでひそかなよろこびと力を得たような顔つきで戻ってくるのだった。かつてモルテン・デ・コニンクに愛され、そして見捨てられた女にとって、これ以上ふさわしい生きかたはないからだ。こうした一目瞭然の荒廃、みじめさ、没落こそ、モルテンの失踪という出来ごとに調和した伴奏ではないか。世間のなぐさめの言葉に耳を覆うモルテンの姉の心にとどき、なごませてくれる唯一のものではないか。エリザはカトリーネの臨終に立ちあった。毒薬の働きを注意ぶかく見つめ、ことが成就するのを息をこらして待ちうける魔女さながらだった。

一八四一年の冬は例年にない寒さだった。寒気はクリスマス前にはじまったが、一月に入ると、おそろしく静かな氷点下の気温がいつまでも続くようになった。ときどき硬い粒状の雪がほんのわずか落ちてきたが、風もなく、日射しもなく、空にも海にも、なんの動きも見られなかった。エーレスンド海峡は厚く結氷し、エルシノーアの人びとはスウェーデンの友人のところまで、歩いてコーヒーを飲みに行けるようになった。お互いの父親の代には両国間は険悪で、おなじ海峡で砲声の中に相まみえたものだったが。人びとの姿は、限りなく拡がる灰色の平原の上を行く小さな黒いブリキの兵隊の列のように見えた。だが夜になり、家々の明かりやぼんやりした街燈の灯かげがほんのわずか氷の上にとどくころになると、海のこのような平らかさと白さは、死の息吹きがこの世に拡がったように不気味に思えた。煙は煙突からまっすぐに立ちのぼる。一番の年寄りでさえ、こんな冬にめぐりあったのは初めてだった。

ベックばあやも、ほかの人びととおなじように、この異常な寒気をひどく自慢し、おおいに興奮していた。ところが、この冬のあいだに、ばあやの様子はおかしくなった。たぶんもうお迎えが近くなり、まもなく死んでゆくのだろう。ことのはじまりは、ある朝自分で魚を買いに出かけて帰ってきたとき、食堂で気を失ったのだ。ばあやはしばらく全然動けなかった。それからひどく無口になってしまった。ひとまわり小柄になったように見え、眼の色が薄くなった。これまで通り家のなかを動きまわってはいたけれど、夜になって、ろうそくをともした燭台を手に、うしろに影を引きながら階上の自室へ引きとるとき、ばあやにとっては階段が、果てしない急坂をのぼるように思えるのだった。そしてまた、パチパチ火のはぜる音のする、背の高い陶製のストーブのそばで編みものをしているとき、ばあやはなにか遠く遙かなもの音に耳を澄ませている様子だった。知りあいの人たちは、このぶんでは春の雪どけがくる前に、鉄みたいに堅い地面に墓穴を掘らなければなるまいと、心配しはじめた。だがばあやは踏みこたえ、しばらくするとまたもちなおした。しかし、この厳しい冬が、ばあやを二度と解けないほど凍らせてしまいでもしたように、どことなくぎこちなくなった。この七十年間というもの、大勢の人びとをたのしませ、召使いたちに規律を守らせ、さらにはエルシノーアのうわさ話を自在にあおりたてたり水をかけたりしてきた、例の愉快で的を射たおしゃべりの力は、もうばあやには戻らなかった。

　ある日の午後、ばあやは雑役係りの男にこう打ちあけた。私はコペンハーゲンに行って、お嬢様がたにお目にかかってくるよ。翌日は街に出て、貸し馬車と御者の手配をしてきた。このばあやの計画のうわさはたちまち広がった。エルシノーアからコペンハーゲンへの旅は、冗談ごとではない。木曜の朝早く、ろうそくの灯をたよりに身じまいしたばあやは、まだ薄暗いうちに、玄関の石段を下りて道に出た。手には布製のかばんをさげていた。

　この旅は、ほんとうになまやさしいものではなかった。エルシノーアからコペンハーゲンまでは二十六マイルあまり、それも、道は海岸づたいなのだ。ただの浜辺の踏み跡のようで、道の態《てい》をなさないような所がいくつもある。そういう場所では海から陸に吹く風が雪を吹きちらしてしまうので、そりが進まなくなるのだ。ばあやは床にわらを敷きつめた座席に乗りこんだ。十分に着こんだり巻きつけたりはしていたが、それでも、馬車が走りだし、冬の日が明けて、見わたすかぎりの冷たい静寂の世界がひろがると、こんな場所で生命をまっとうできるものはあり得ない、ましてやたった一人で馬車に乗った老婆など、ひとたまりもない、と思われるのだった。

ばあやは落着きはらって、あたりを見まわしていた。凍りついた海峡は、曇天の下で灰色に見えた。岸辺に打ちあげられた海草の茶色や黒が、いやにはっきり見えた。道路わきの砂浜で、鳥の群れが軍隊式に行進したり、死んだ魚の奪いあいをしたりしている。道ばたに並んだ漁師たちの小さな家々は、扉も窓も厳重に閉めきっている。ときどき漁師たちを見かけることもあった。ひざの上まである長靴をはいて、凍った海をかなり遠くまで出てゆき、氷に穴をあけて、ブリキ製の擬餌を使って鱈をとっているのだ。空は鉛色だが、水平線のあたりでは、ふるくなったレモンの皮か、大昔の象牙のような色の帯が横に伸びていた。

ばあやがこの道を通るのは、ずいぶん久しぶりのことだ。馬車が進むにつれて、長いこと忘れていた人びとの姿が現れてきて、馬車と並んで走っている。毛皮帽をかぶった無関心な御者と小柄な馬たちが、彼らのまったく知らないひとつの世界のなかへとばあやを乗せて走ってゆく力をもっているとは、なんとふしぎなことだろう。

馬車はルングステッドを通りすぎた。まだ年端のゆかない小娘のころ、ベックばあやはここの道路沿いにある赤屋根の古い宿屋で働いたことがある。ここから先はずっと道がよくなる。この宿屋は、北方の白鳥ともいうべき偉大な天才詩人エーヴァル（一七四三―八一）が、病いと貧しさに苦しみながら、死ぬ前の何年かをすごした場所だ。健康をむしばまれ、不実なアレンゼへの失恋に心を傷つけられて、酒びたりになっていたとはいえ、エーヴァルはなお、稀れにみる活力に輝いていて、小娘はその光に魅せられた。ハンネは十歳だったが、生命の偉大な、また不可思議な力のもつ磁力を、わけのわからぬままに感じとることができた。

宿屋のおかみの話では、この詩人がいつも願ってやまないものが三つあったという。まず結婚すること。彼にとって、人生という場所は、女なしではやりきれない、つめたく空虚な所だったのだ。第二には酒。エーヴァルはぶどう酒の良し悪しのわかる人だったが、このへんで出来るひどいジンでも喉を通った。第三は、聖餐式に出席することだった。エーヴァルの母親と継父はコペンハーゲンの金満家だったが、息子の三つの願いをすげなく拒み通した。友人のシェーンハイダー牧師さえ、エーヴァルの願いを拒んだ。この人たちは、第一と第二の願いがかなえられて、エーヴァルがしあわせになるのを望まなかったし、第三の願いについては、彼が自分の生きかたを変えない以上、かなえることはできないと考えていた。宿屋のおかみとハンネは、エーヴァルに同情した。もしできることなら、エーヴァルと結婚し、ぶどう酒を飲ませてやり、聖餐式に連れていってやりたいものだと思っていた。

ほかの子供たちが遊んでいるあいだ、ハンネはたびたび仲間から抜けだして、指のつめたくなるのをこらえて草を分け、早咲きのすみれの花を摘みあつめた。小さな花束の匂いをかぐエーヴァルの顔を見るのがたのしみだった。すみれの花がそんなにも大きな働きをする——ハンネには理解できないなにかがそこにあった。そして今もなお、そのなにかは、ハンネを強く惹きつけてやまないのだ。エーヴァルは大体いつも、ハンネに対しては陽気にふるまった。ひざに抱きあげては、ハンネの体で自分の冷えた指をあたためるのだった。ときどきジンの匂いをさせていたが、ハンネはそのことを誰にも話さなかった。三年後に堅信礼を受けたときでさえハンネは、長髪を編んで垂らした瀕死の詩人の、あの稀れに見る野性的な、ゆがんでいてしかも傲岸なほほえみに、主イエスの姿をかさねて見ていたものだ。

ベックばあやがコペンハーゲンの東の門を通りぬけたのは、ちょうど灯ともしごろだった。通行税徴収役人の尋問を受けたが、密輸品など運んでいない、まっとうな婦人だとわかると、役人はすぐ通してくれた。おなじようにベックばあやは、自分がなにを調べられているかもわからず、しかも、自分なりの良心に導かれてあやまちなくふるまったとすれば、他人もまた、それぞれの良心に従って、あやまちなくふるまうにちがいないという確信をもって、天国の門をくぐることだろう。

ばあやはあたりを見まわしながら、コペンハーゲンの街々を通っていった。もう長いことこの町には来ていないので、神の都、新エルサレムを観察して意見をまとめようとしている人のようだった。ここの街路はしかし、黄金や緑玉髄で舗装してあるわけではない。ところどころ雪が積もっているだけだ。ばあやはありのままを受けいれた。貸し馬車屋の溜りに着いて、馬車から下ろされたときも、やはり事態をありのままに受けいれて、凍るようにつめたい、蒼く暮れなずむコペンハーゲンの街を、お嬢様がたの家のあるガメル広場さして、とぼとぼ歩いていった。

それでも、重い足どりで歩きながら、ばあやはこんなことを考えていた。私はじゃま者なのだ、この町の人間ではないのだ。ばあやに目をとめる人は誰もいなかった。ただ、政治談義に夢中になっていた二人の若者が、まっすぐ進んでくるばあやのために道をあけなければならなかったとき、さすがに二人はこの老婆に気がついた。それから、何人かの少年たちが、ばあやのふるくさい帽子のことをあれこれ批評した。ばあやはこんな態度はきらいだった。エルシノーアではこんなことは起きないのに。

デ・コニンク嬢邸の二階の窓からは明かるい灯がこぼれていた。街かどでそれを見たベックばあやは、今日がフェルナンデ嬢様の誕生日だったことを思いだした。お嬢様がたはパーティーをやっていらっしゃる。

ばあやの思った通りだった。重い足を引きずり、ある報らせをかかえて、ばあやが一歩一歩ゆっくりと石段をのぼってゆくあいだ、二人の姉妹は暖かく居ごこちのよい灰色の客間で、緑のじゅうたんを踏み、つやつやしたマホガニー材の家具にかこまれて、客たちを陽気にもてなしていた。

この集りの招待客はほとんど男ばかりで、それは二人の老嬢の特徴をよく示していた。このガメル広場の美しい邸で、二人はコペンハーゲンに君臨する精神の娼婦のように暮していた。崇拝者たちの気持をあおりたて、彼らの思想上のゆたかさと健康さを二人の魅力によって引きだし、享受する誘惑者なのだ。肉体を使う若い娼婦が世間でもてはやされる大物や貴族たちをねらうのとおなじで、この二姉妹も、知識人のなかでの大立者をとらえようと、わなをしかけているのだった。そういうわけで、今夜の宴席にも、シェラン島教区の監督とか、コペンハーゲン王立劇場の総支配人で、すぐれた劇作家でもあり、哲学の著作もある人とか、ローマでおおいに名声をあげて帰国したばかりの名高い動物画家とか、一流の獲物たちを並べていた。一八〇七年の海戦で受けた古傷のある、つやつやした顔の老提督もいる。皇太后付きの女官をつとめる、品のいい、大変聴き上手な貴婦人もきている。彼女の腰から下にひろがる巨大なスカートのかさ高さが、今夜の集りをさらに一層完璧なものに仕上げているかに見える。誰もが古いなじみだったが、老提督と貴婦人は、その対照の妙によって、この集り全体をくっきりと浮かびあがらせていた。

この姉妹が男とのつきあいなしには生きられないとすれば、それは海運業者の血筋のなかに流れる本能が教えてくれる確信、つまり、自分の人間としての真価について決定的判断をくだすのは異性なのだという確信からきていた。羅針盤や乗組員のことなら男同士、料理や庭のことについてなら女同士、それぞれの仲間にたずねてもかまわない。しかし、こと自分の真価に関するかぎり、最上の友の言葉さえ空虚で、なんの役にもたたない。ホーン岬を何度も廻ったことがあり、何百というハリケーンをくぐってきた、老練で運に恵まれた船長たちは、この法則をわきまえている。熟練した頑丈な水夫たちは、甲板や船室では船長を尊重し、敬意を払う。しかし、生死の瀬戸ぎわになれば、自分が生き続ける値打ちがあるかどうかを決定するのは、女たちの言葉なのだ。老水夫の女房たちもこのことを自覚している。だから、ほんの小僧っ子に対しても、自分をよく見せようとして、努力を惜しまない。この信条と、すばやく評価をくだす眼力を、海で働く人の家族が身につけるのは、そういう家では男女が距離をおいて互いを眺める機会があるからだ。水夫とか、水夫の娘とかが、すばやく、しかも適確に異性の人柄を見抜く力といったら、狩人が馬を、農夫が家畜の先頭にたつ牛を、また軍人が銃を見て判断をくだす眼力にひけをとらない。牧師や著作家の家庭では、男が一日中家にいるから、人びとは互いを個体識別しすぎるのだ。女とはなにかを知る男はいないし、男とはなにかを知る女もいない。つまり、樹を見て森を見ず、というわけだ。

レースのリボンで飾ったキャップをかぶった二姉妹は、優雅に主人役をつとめていた。紳士がたが婦人がたのまえでは喫煙を遠慮した当時のことだから、その夜の集りは終りまでいい空気をたもっていた。テーブルの上には、ランプの明かりにやわらかく照らされたタンブラーが並び、異国ふうのかぐわしい湯気をたちのぼらせている。貴重な年代もののラム酒にレモンと砂糖を加え、湯をそそいだ飲みものである。このすばらしい飲みものに、一座はみんな軽い酔い心地だった。ついさっきまで、昔の歌を歌って若い日々を呼びもどしていたのだ。その歌は、ふるき良き時代に、父親たちが集ってぶどう酒を酌《く》みかわすときに歌ったものだった。監督は非常な美声の持主で、先代の人びとに捧げる古風な歌を歌うあいだ、ずっと杯を高くあげていた。

歌おうじゃないか、老人たちのために
誰でも一度は若かった
愛することも知っていた

それが証拠におれたちが生まれた

その歌が心に残って、ファニー・デ・コニンク嬢はもの思いにふけり、いくらかぼんやりしていた。私、聞いたことが頭にとどくまでに、五分もかかるようになってしまいましたのよ、と自称しておもしろがっているファニー嬢だったが。半世紀まえ、恋に我れを忘れ、ため息をつき、身をふるわせていた若い男女の愛のあかしが、今夜ここに集ったひからびた老人たちだとは、なんと奇妙なことだろう。遙か昔の五月のある夜、若々しい男女の手が愛に燃えて結びあわされたその証拠が、私のこの蒼ざめた手だなんて、ずいぶん変だこと。

ファニーは立ったまま、頭に巻いた黒ビロードのリボンの垂れにあごを軽く押しつけるほどうつむいて、もの思いに沈んでいた。若いころの彼女を知らない人には、その顔に美しさの名ごりを認めることはむずかしかろう。時の流れはファニーにとって幾分残酷に働いていた。いくらか意地の悪そうな顔つきが、かつては愛らしい刺戟をふくんでいると見えたものだのに、今は不気味なゆがんだ表情になっている。昔の小鳥のような身軽さも、ぎくしゃくした突飛な動きとしかとられなくなった。だが、キラキラ輝く黒い眼だけはあいかわらずで、そのおかげで全体としてはすばらしい、しかしいくらかほろりとさせる印象をつくりだしていた。

しばらくするとファニーは我れにかえり、まえとおなじように熱心な調子で監督とのおしゃべりを続けた。手にした小さなハンカチも、痩せた胸を包む絹の服に並んだ水晶のボタンも、持主と共に議論に参加しそうな勢いだ。霊感をまねく香の煙を胸いっぱいに吸って三脚台の上に座を占めたデルフォイの巫女にもおとらない。その話題というのは、天使の翼をつけてあげよう、ただし、二度と取りはずすことはできないが、と言われたとしたら、その贈りものを受けるか、それとも断るか、というものだった。

ファニーは言った。「まあ、監督様、翼が生えれば、ただ会堂の通路をお歩きになるだけで、会衆を一人のこらず改心させることが出来ますわ。コペンハーゲン中に罪びとは一人もいなくなることでしょう。でも、どうぞお忘れなく。いかなあなたさまでも、毎日曜日、十二時になれば、説教壇からお降りになりますのよ。翼があっては、さぞ降りにくいのではないでしょうか。それに、天使の白い翼があるからといっても――」このあとファニーが言いたかったのは、じつは「便器を使うのをおやめになれますかしら?」だったのだ。四十歳若ければ言ってのけたところだのに。デ・コニンク家の姉妹は、生まれてこのかた無駄に船乗りたちとつきあってきてはいなかった。エルシノーアのほかの令嬢がたなら決して口にしないような思いきった言いまわしや、ひどい罵り言葉さえ、二人のばら色のくちびるは、ごくさりげなく吐きだした。それがまた、二人を崇拝する人びとにとってはたまらない魅力だった。悪魔の別名ならいくらでも知っていたし、腹をたてたときには平気で「地獄へ行っちまえ!」などと口にしたものだ。今はさすがに、淑女として、女主人として長年つとめてきた結果、自制するようになっていた。そこでファニーは、ほんとうに言いたいことを避けて、ごくやさしい語調でこう言った。「白い七面鳥を召しあがるのをおやめになれます?」それはついさっき、夕食の席で監督がおいしそうにたべたばかりの料理だった。しかもなお、ファニーの想像力の働きは強烈だった。すぐそばに立って、保護者ぶった笑みをうかべているこの高位の聖職者が、祭服を身につけたまま、背には天使の翼を生やして便器を使っている自分の姿を私の眼のなかに見てとれないなんておかしいわ、と思っていた。

老監督はこの議論に活気づいたあまり、飲みものをすこし敷物にこぼしてしまった。「なんとファニー様、あなたはすばらしいおかただ。私は忠実なプロテスタントで、霊的なことと現世のことをたくみに調和させてきた実績には、いささか自信があります。天使の翼をもつようになったら、実際のところ、私はその神々しい姿を水鏡に写して、上から見おろすことでしょうな。ちょうどあなたが、毎日手鏡で、御自分の現世的美しさを眺めておられるように。」

老画家が口をはさんだ。「イタリアにおりましたとき、奇妙な形の小さな骨を見せてもらいました。ライオンの肩にだけある骨だそうです。それは昔、ライオンが翼をもっていた名ごりを示すのだといいます。聖マルコ寺院の紋章になっている、あの翼あるライオンを思わせますな。あれにはまったく心を惹かれました。」

「ああ、柱頭に立っている、あのすばらしい記念像のことですな。」やはりイタリアに行ったことがあり、自分がライオンに似た威厳のある頭をしているという自信のある監督が応じた。

ファニーは言った。「私でしたら、もし翼をもてるとしたら、自分の立派な記念像にこだわったりはいたしませせん。私は空を翔《と》びますわ、聖女アンにかけて。」

監督が言った。「失礼だが、ファニーさま、翔んだりはなさらんほうがよろしい。空を翔ぶ御婦人は信用がならぬとする根拠がありますぞ。アダムの最初の妻リリトのことを御存じでしょう。イヴとはちがって、リリトはアダムとおなじように、すべて土から造られました。リリトがまずやったことはなんだったか？　二人の天使を誘惑して、天国をひらく秘密の言葉を聞きだしたのです。そしてアダムのもとを離れて飛び去ってゆきました。この話は、夫といえども、天使といえども、現世的な素質がありすぎる女を意のままにすることはできないのだと教えてくれます。」

監督は飲みものを手にしたまま、なおも自分の説を述べつづけた。「まったく、女のかた特有の、私どもがあがめてやまない天使にも似た、この世のものならぬ属性というのは、すべて女のかたを重くして、地上につなぎとめるものばかりなのです。長い巻き毛、慎しみぶかいヴェール、長い裾を引く衣裳、ふくらんだ胸や腰や、女らしく美しい体型そのものにいたるまで、すべて空を翔ぶなどということにふさわしくありません。私ども男たちはこぞって、女のかたを天使と呼び、白い翼を与え、祭壇の至高の場所に祭ります。ただし、ひとつだけ、かたい条件つきでね。翔ぶことを決して夢みてはならないし、翔ぶなどという可能性をまったく知らずに育つという条件ですよ。」

「ええ、ええ、そんなことわかっておりますわ、監督様」ファニーが言う。「長い巻き毛もなければ、胸もゆたかでない女、床を掃除するのに裾をたくしあげなければならない女、自分が奴隷の境涯に置かれているありさまを笑いの種にする女、ヴァルプルギスの魔女祭りの夜に、自分の箒《ほうき》に油を塗る女など、決して殿がたのお好みにあわないし、あがめられたりすることもございませんのでしょうよ。」

王立劇場の総支配人は、美しい両手をしずかにこすりあわせながら言った。「女の荷なう務めのつらさや、自分の生きかたが限られていることを御婦人がたが嘆くのを耳にしますと、私はいつか見た夢を思いだすのです。詩劇を書いていたころのことでした。夢のなかで、私の詩の言葉と音節が反乱をおこして、抗議をつきつけてきたのです。『なぜ私たちは、こんなにめんどうで苦しい規則にしばられた立ち居ふるまいをしなければならないのですか？　あなたの散文では、言葉も音節も、こんな苦労は夢にも知らず、のびのびしているというのに。』そこで私は答えたのです、『御婦人がたよ、なぜなら、あなたがたは詩となるための言葉だからなのです。散文の場合、文章を練ることはしても、要求するところは低い。散文もなければ困ります。治安上の規則とか、予定表とか、つまらぬもののためにすぎないとしてもね。しかし、美しさのない詩、これはもう、存在理由はありません』と。これまで私が美しさのない詩をつくったとしたら、そして、淑女がたがその完璧な美しさを発揮するのをさまたげるような扱いをしてきたとすれば、私は神の許しを乞わなくてはなりません。ほかの罪など、それにくらべれば軽いものです。」

老提督が言った。「帆船の時代に育ち、十九世紀初頭の御婦人がたのあいだで育った自分のような者にとっては、翼の実在をうたがうようなことはいたしかねますな。近ごろ横行する、あのいまわしい蒸汽船というしろものは、海の魔女のたぐいですよ。自立した女のようなものですな。しかし、万一御婦人がたが白い帆船や詩であることをやめようかとお考えなら、それでも結構。われわれ男どもが、完璧に美しい詩となってみせましょう。そして、刑法をつくることなど、御婦人におまかせしましょう。詩がなければ、どんな船だって動かせはしません。士官候補生の時分、グリーンランドへの航海でも、インド洋上でも、深夜当直に立つときには、知るかぎりの女性たちを順番に思いだすのと、詩をくちずさむことで、自分をなぐさめたものです。」

「そんなことおっしゃるまでもなく、ユリアン、あなたはいつも詩そのものですわ、ロンデル詩型のね」と、エリザが言った。この幼いころからの仲好しのいとこを、エリザは抱きしめたくなった。

ファニーが言った。「ああ、イヴとエデンの園のことになると、殿がたはどなたも、いまだに蛇に対していくらか嫉妬気味なのね。」

それを受けて老画家が言う。「イタリアにおりましたころ、何度も不審に思ったものです。私の聖書理解が正しいとすれば、蛇は人間を芸術に開眼させてくれたものであるのに、蛇そのものが絵画に描かれることがないのはなぜなのか。蛇は美しい生きものです。ナポリには大きな蛇類展示館がありまして、私はよくそこに出向いては、何時間も蛇を観察したものです。皮の色どりは宝石のように鮮麗だし、体の動きはまさに生きた芸術そのものであると言えましょう。けれども、たくみに蛇を描いた絵を私はいまだかつて見たことがありませんし、自分でも、到底描けないのです。」

自分の中の思いを追っていた老提督が、また口をきった。「エーレガールで、君の十七歳の誕生日につくってあげたぶらんこのことをおぼえているかね、エリザ。私はあのぶらんこについて詩をつくったのだ。」

「おぼえていますとも、ユリアン。」エリザは顔を輝かせた。「舟のかたちにつくって下さったのね。」

この二姉妹は奇妙なことに、娘のころあれほどふしあわせだったのに、昔の思い出をひどくたのしむのだった。若いころのごくつまらない小さな出来ごとをあれこれ取りあげては、何時間も飽きずに語りあう。二人が心の底から笑ったり泣いたりするのは、現在の出来ごとよりも、こうした過去についてなのだ。まずなによりも、それが実在していてはならない、これが二人にとって、ほんとうに心惹かれることの条件になっていた。

もうひとつおかしなことがある。自分たちの人生にはこれという出来ごともなかった二人が、夫や子供や孫のいる既婚の女友達のことを話すとき、あわれみと軽蔑のそぶりを見せる。あの臆病な連中は、気の毒に、退屈で平板な人生を生きているのね、という調子である。自分たちには夫も子供も恋人もいないけれど、だからといって、私たちこそロマンチックで冒険にみちた人生を選んだのだと思うさまたげにはならない。つまり、二人にとっては、可能性のみが関心をそそるのだ。現実にはなんの意味も認めない。あらゆる可能性をわが手におさめ、決して手ばなさない。一定の選択をして、限られた現実に堕落するよりも、そのほうがましなのだ。今でもなお、ことの成りゆき次第では、縄ばしごをつたって駆けおちもできるし、秘密結婚をするかもしれない。誰も止めることはできない。したがって、二人が心をゆるす親友といえば、同類の老嬢とか、不幸な結婚をした女たち、つまり可能性に生きる円卓の仲間たちなのだった。しあわせな結婚をし、現実に満足しきった女友達に対しては、可能性に生きる女たちは心やさしくも別の言語を使って話すのだ。そういう相手はいくらか低い階級に属する者たちで、言葉をかわすには通訳が必要だとでもいうように。

十七歳の誕生日に贈られた、舟型のぶらんこのことが話題にのぼると、その瞬間、まじりけのない薄手の雪花石膏の壺のうしろでランプがともったように、エリザの顔はパッと明かるんだ。エリザは幼いときからずっと、デ・コニンク家の子供たちのなかでも一番美しかった。三人が小さいころ、伯母にあたるフランス人の老女は、三人のことをそれぞれ、いい子ちゃん、かわいい子ちゃん、おりこうちゃんと呼んでいた。いい子ちゃんはモルテンだ。

姉が黒い髪と眼をしているのに対して、エリザは金髪碧眼である。別名で呼ぶことが流行した当時のことで、エルシノーアでのエリザの通り名は「エーリエル」（シェークスピア『嵐』に登場する妖精）または「エルシノーアの白鳥」だった。エリザの美しさには、たしかに通り名にふさわしい特徴があった。その美しさは、なにか稀れに見る華やかな生活へ登る階段の、ほんの第一歩にすぎないのだと思わせた。頭から爪先まで、息をのむほど美しくなることを予感させる、たぐい稀れな若い娘だったのだ。しかし、そんなことはほんの始まりでしかない。美しさに次いで、エリザの衣裳のことも言っておいたほうがよかろう。エリザは大変なおしゃれで、コペンハーゲン、ハンブルク、さらにはパリから取りよせるブロケードやカシミヤ、羽根飾りのせいで、莫大な借金を背負いこむ。これについてはたびたび弟がエリザをかばって、父の手前を取りつくろってやったものだった。だが、これとても、なにかもっと大きなことの始まりでしかないと思われた。つぎに挙げなければならないのは、エリザの動作や踊りかたの見事さだ。エリザの動きには、見る者が息をつめ、つぎの瞬間を待たずにはいられないような、ふしぎな雰囲気があった。この非凡な少女は、今度はなにをしようとしているのか？　もしもこのころ、エリザがほんとうに白い翼をひろげ、エルシノーアの船着き場から夏の空高く舞いあがったとしても、きっと誰もおどろきはしなかったろう。これほどゆたかな資質に恵まれた少女であるからには、なにか特別なことをするにちがいないのは自明のことだった。ある春の日、エリザが帽子なしで港に向かって駆けてくるのを見たフォルチュナ号の老甲板長がこう言った。「フォルチュナ号の乗組員全員が力をあわせても、あの嬢ちゃんにはかなうまいよ。」ところが、結局エリザはなにひとつやらずにきてしまったのだった。

ガメル広場の邸で、エリザはまるでわざとそうしているようにもの静かに、日一日と、大理石にも似た美しさへ、さらに近づいていった。今でもまだ、長くて細い両手の指でつくる輪のなかに納まるほどほっそりした腰まわりで、その動作は誇りたかく軽やかだ。年老いて、やや動きに円滑を欠くが、見まがいようもなく高貴で、戦記ものや幻想文学に登場するにふさわしいアラビア馬のように。そして今なお、エリザの身辺には、どこかしら、かつての非凡な力が残されていて、世の常ならぬ出来ごとが起ったとしてもふしぎはないと思わせるものがあった。

「あのぶらんこのことだ、エリザ」提督が言った。「じつは、前の晩、君にあんまりつれなくされたものだから、あの七月の朝早く、私は首をくくろうと決心して、エーレガールの庭園に出かけたのだ。エルムの大木の梢を見上げていると、うしろで君の声がした。『その枝が具合よさそうよ。』なんと無情なことを言う人かと思ったね。振りむいてみると、髪をカーラーで巻きあげたままの姿で、君がいるじゃないか。そのとたんに私は、ぶらんこをつくってあげると約束したのを思いだしたのだ。ともかく、その約束を果すまでは死ねなくなった。ぶらんこをつくりあげ、それに乗っている君を見たとき、私は思ったものだ。たとえ自分の運命が、美しい少女たちの白い帆船のバラストとして終るとしても、それでも悔いはないとね。」

「あなたのそういうところが、私たちは好きなのよ。それは一生かわらないわ」と、エリザが言った。

キャップに薄青いリボンをつけた、目のさめるほど美しい、若い女中が入ってきた。二人の老いた精神の娼婦が、自分の館のなかに釣合いをたもつために置いているのだ。実際の若く美しい娼婦が、おなじく釣合いをたもつ目的で、醜い奇型の召使いを置いたり、機智奇想に富んだ侏人《こびと》を使ったりするのに似ている。若い女中は盆にいっぱいの珍味、中国産のしょうが、みかん、砂糖漬けの果物などを運んできた。ファニー様の席を通るとき、女中は低い声でささやいた。「ベックばあやさんがエルシノーアから参りました。台所でお待ちしております。」

ファニーは顔色を変えた。誰かが到着したとか、立ち去ったとかいう報らせを、平静に受けとめることができなくなっていた。ファニーの思いは体を離れて、まっすぐに台所へ飛んでいったが、我れにかえってやっと気持を落着かせた。

「『オデュッセイア』がはじめてデンマーク語に訳されたのは、一八〇六年の夏でしたと思います。」ファニーは会話を続けた。「夜になると、父が朗読してくれたものでした。私ども、子供たち三人で、英雄オデッセウスとその勇敢な部下たちになりきって、キュクロプスに立ちむかったり、ライストリュゴネス族の島とパイエケスの海岸のあいだを航海したりいたしました。あの夏、茶色の帆を張った船ですごしたなど絵そらごとだと言われても、私にはほんとうだったとしか思えませんの。」

この話のあと、やがてパーティーはおひらきになり、二姉妹は家のよろい戸をあけて、帰ってゆく客たちに手を振った。四人の紳士はバーデンフレト老女官が宮廷用馬車に乗りこむのに手を貸したあと、深夜のガメル広場の人気のない鉄色の街路を、にぎやかに話しあいながら歩いていった。哲学や詩の話題の合い間に、この異常な寒さをこぼしながら。

パーティーが済んだあとのこの瞬間は、いつでも二姉妹の心に奇妙な感じをいだかせる。客たちが帰ってくれてほっとするのだが、そのよろこびには無言の苦味がともなっている。というのは、二人ともいまだに人を恋に陥らせる力をもっているからなのだ。二人はコペンハーゲンの社交界に小さな虹をかけるだけの光源をもっていた。しかし、二人に恋をさせることのできる人がいようか。二人のつくりだす知性と情緒のアルコール分は、客たちの老化した血管に暖かみと活力を与える。だが、二人みずからは、いったいどこからそれを摂取したらよいのか。姉妹お互いのあいだからなのだ。二人はそれをわきまえていたし、その事実をおおむね受けいれていた。それでもなお、宴が果てた後のひととき、永遠のもてなし役でいることとの悲哀が、二人の胸をいくらかしめつけるのだった。

だが、今夜は事情がちがう。ふたたびよろい戸を閉める間ももどかしく、二人は台所へ急いだ。そして、人生の真のたのしみを知ることのできるのは、年老いた女たちにかぎられるのを思いしらせるように、若い女中を早々に寝床に追いやった。壁にかけてある古い銅製のやかんをおろすと、ベックばあやと自分たちのために、挽きたてのコーヒーをいれた。デンマークの女たちにとって、コーヒーは主イエスの言葉が魂に働きかけるとおなじような力を、体に対して発揮するのだ。

昔なら、久しぶりにばあやに会ったとき、お嬢様がたはすぐさまこの未亡人に、自分たちの崇拝者のことをおもしろおかしく話してきかせたものだった。ベックばあやはいつでもこの話題に夢中になるし、姉妹のほうもばあやをおどろかせる機会をたのしんだ。けれども、そうした日々はもはや過去のものになった。二人が伝えた町のうわさは、ある男やもめが再婚した話、べつの、これもやはり男やもめが気が変になったことなど、それから、バーデンフレト女官から仕入れた宮廷のちょっとしたうわさ話で、ベックばあやにもわかる程度のものにとどまった。だが、ベックばあやの表情には、なにか気にかかるものがあった。ばあやの顔は運命の重みにこわばっていた。二人はすぐに話をやめ、ばあやのほうが口をひらくのを待った。

ばあやは話がとぎれても、しばらくだまったたままでいた。

「モルテン坊っちゃまが——」と、やっと口をきったが、ここしばらく日夜思いなやんできたことに触れたとたん、ばあやの顔から血の気がひいた。「エルシノーアにおられます。お邸うちを歩いていらっしゃいます。」

この報らせに台所は静まりかえった。二人の姉妹は髪の毛がさかだつのを感じた。その恐怖は、こんなことを伝えたのが、ほかならぬベックばあやだということに由来していた。それは逆に二人のほうから、いたずら半分にばあやをおどかそうとして言いそうなことで、その場合ならべつにどれほどの意味もない。ところが、なにものに対しても平静を失ったことのない、堅実そのもののハンネが、選りに選って、決して起りそうもない出来ごとを告げるとは——。ハンネより年下の二人は、自家の台所に坐ったまま、大地震の最初の数秒のなかに身を置いているような気がした。

ベックばあや自身もこの成りゆきに不自然さを感じ、二人のお嬢様がたの思っていることが手にとるようにわかった。この怖しいことをじっと自分の中に秘めて耐えているあいだ、ばあやもおなじようだったのだから。いまや、告げる側にまわったばあやは、お嬢様がたのうわ手に立つ快感だけを感じていた。

「坊っちゃまを、七回お見かけしました。」

これを聞いた二人はひどい身ぶるいにおそわれ、手にしたコーヒー茶碗を置かなければならなかった。

「最初のとき、坊っちゃまは赤の食堂に立って、大時計を眺めておられました。でも、時計は止まっていたのです。私、ねじを巻くのを忘れておりましたので。」

突然ファニーの眼から大粒の涙があふれ出し、蒼白いほほを濡らした。「ああ、ハンネ、ハンネ」としか言えなかった。

「それから、階段の途中で一度お会いしました。」ベックばあやは話し続けた。「私が部屋で仕事をしているところにいらして、しばらく一緒に坐っておられたことが三回ありました。そのとき、床に落ちてころがった毛糸玉をひろって、私のひざに投げかえして下さいましたよ。」

「どんな様子だったの？」じっと坐ったまま身じろぎもしない妹の視線を避けて、ファニーはかすれた声でたずねた。

「行っておしまいになったときより老《ふ》けていらっしゃいます。この国の人たちよりも髪を長くしておられますけれど、たぶんあれがアメリカ風なのでしょう。お召しものもひどくふるびております。でも、前とおなじようにして、私に笑いかけて下さいますよ。三度目にお見かけしたときなど、行ってしまわれる前に――ああ、坊っちゃまは特別なしかたで姿を消しなさるのです。いまそこにいらしたかと思うと、もう見えなくなるのですよ――そう、行ってしまわれる前に、私に投げキッスをなさいました。お若いころ、私がすこしお小言を申しあげると、いつもそうなさった身ぶりそのままでした。」

エリザはゆっくりと眼をあげた。二人の姉妹はじっと見つめあった。二人の知るかぎり、ベックばあやがちょっとでもうさんくさいことを言ったためしなど、かつて一度もなかった。

「それは一番最近のことでしたが、坊っちゃまがお二人の肖像画の前にじっと立っておられるのをお見かけしたのです。お二人に会いたいと思っていらっしゃるにちがいないと考えましたので、そこでこうして、エルシノーアにお越しいただくよう、お迎えに参ったわけです。」

それを聞くと二人は、行進のため特に選ばれた長身の兵士のようにさっと立ちあがった。ベックばあやのほうは、ひどく興奮しているとはいえ、あいかわらず坐ったままでいた。この集りの中心人物の貫禄を示している。

「モルテンに会ったのはいつのこと？」ファニーがたずねた。

「最初は今日からかぞえてちょうど三週間前でございます。最後が先週の土曜のことでした。そこで私、思いました。今こそ、お嬢様がたをお連れしなければと。」

ファニーの顔は突然輝きを発した。深いやさしさをこめて、ベックばあやを見まもった。若いころそのままのやさしさだった。この老女が、自分たちへの忠誠心と義務感から、こうしてわざわざ迎えにきてくれたのは、大変な犠牲を払ってのことなのだと、ファニーは感じとっていた。デ・コニンク家の勘当された息子の亡霊に会うことのできる、ただ一人の人間として生きてきたこの三週間は、ベックばあやの人生にとって偉大な体験であり、永遠にそれを独占することもできたのだ。しかし、それはいま終ってしまった。

ファニーが口をひらいたが、泣きそうなのか、笑いそうなのか、どちらともいえなかった。「行きますよ、ハンネ。私たち、エルシノーアに行きます。」

「ファニー、ファニー、行ったところで、モルテンには会えないわ。それはモルテンじゃないのよ」とエリザは言った。

ファニーは暖炉のほうに一歩進んだ。その身ぶりがあまり激しかったので、キャップに垂れたリボンがなびくほどだった。「なぜよ、リジー。ついに神様は、あなたと私のためになにかをして下さるのよ。あなたは憶えていない？　休暇が終って学校に戻るとき、あの人は行きたくないものだから、私たちを説きつけて、モルテンは死んだとお父様に言わせたじゃないの。私たちはりんごの樹の下にお墓を掘って、そこにモルテンを埋めたの。思いだした？」この瞬間二姉妹の心の眼は、過ぎ去った情景をありありと思い描いていた。巻き毛を土まみれにした小さい元気な少年が、腹をたてた若い父親の手で穴から抱きあげられるところ、そして、シャベルをにぎり、モスリンの服を土でよごした幼い二姉妹が葬列に加わるように落胆してうなだれ、父の後について家に帰ってゆくところ。弟は今度もまた、例のだましの手を二人に使うつもりかもしれない。

顔を見あわせた二人は、おなじように子供らしいいたずら好きな表情を浮かべていた。椅子に坐ったベックばあやは、この二人の様子を見て、御用済みで打ち棄てられたわら人形になったような気がした。ばあやを満たしていた重大な出来ごとは今や取り去られ、ばあや自身の存在価値までも、それと共にどこかへ行ってしまったのだ。上流のおかたのやりくちは、いつでもこんなものだ。他人の持ちものにはなんにでも、亡霊にいたるまで、手を出すのだから。

ベックばあやはお嬢様がたがエルシノーアに同行するのを断った。一日遅れて来てほしいと言うのだ。二人の到着前に部屋部屋をあたためたため、もう長いこと使っていないお嬢様がた用のベッドを湯たんぽであたためて、きちんとしておきたい。ばあやは翌日帰っていった。二人は一日遅れてコペンハーゲンを発つことになった。

一日のゆとりが与えられたのは、二人にとっても好都合だった。そのあいだに気持をととのえ、弟の亡霊に対面する心の準備をすることができる。嵐が二人におそいかかり、淀みで停止していた二人の船は、家ほどもある大波のまっただなかで強風にもまれた。しかも、レースの紐をなびかせながら人生の嵐に立ちむかう二人の態度は、決して新米水夫のようではない。いまなお荒波を乗りきる力量をもち、ひるんだりはしていなかったし、涙にくれることもなかった。二人にとって、涙は決して解決にはならないのだ。涙をこぼすことはあっても、それはただの弱さでしかなく、すぐにそこから立ちなおる。この重大な窮地に立たされては、涙など流している余地はない。二人は昔からの水夫のしきたりをわきまえていた。

風から雨になるときは――中檣帆を下ろし、また上げること
雨から風になるときは――中檣帆を下ろし、全帆をしぼること

エルシノーアの家に行くのを待つあいだ、二人はあまり言葉をかわさなかった。この待ち時間の一日が日曜日にあたっていたら、きっと教会に出かけたことだろう。ふだんから二人とも教会通いには熱心で、コペンハーゲンの高名な説教者たちの批評家をもって任じていた。いつも教会から帰ると、私たちのほうがいい説教ができそうね、と話しあうのだ。教会でなら、会衆のなかにまじっていることができる。ほかの家々は知らず、いまや主の家のみが、二人を容れてくれる場所なのだ。今日は二人は、街の反対側のはずれの、雪のつもる街路や公園をさまよわなければならなかった。小さな両手をマフのなかに入れ、冷えきった裸体像や、梢で寒そうにしている小鳥たちを眺めていた。

社会的地位も高く、裕福で人気のある、人びとに敬愛されている貴婦人たる二人が、絞首刑に処せられた血縁の男を、どのようにして迎えたらよいものだろう？　ローゼンボー城の王室薔薇園内のリンデン並木を、ファニーは何度も行ったり来たりした。この後ファニーは、二度とこの場所を歩くことに耐えられなくなってしまった。緑金の木蔭に覆われ、鳥小屋さながらに子供たちの明かるい声がひびく夏の季節にも、足を運ぼうとはしなくなった。並木道を行き来しながら、そのときファニーは心のなかに弟の面影をいだきつづけていた。大時計を見つめていた弟の姿。その時計は止まり、死に絶えていたのだ。その光景はファニーの内部で次第に大きくなっていった。止まった時計のなかに弟が見つめていたのは、息子が姿を消した悲しみのあまり死んでいった母の姿であり、裏切られた花嫁の姿だったのだ。弟の見つめていたものの像は、さらに拡がっていった。あざむかれ、裏切られたあらゆる人びと、語るすべを知らぬ弱い者たちの苦しみ、この世のあらゆる不正と絶望に、彼は眼をそそいでいたのだ。それらの重荷が一度に自分の肩にかかるのを、ファニーは感じた。この私に責任がある。世の苦しみと死は、デ・コニンク家のあやまちのせいなのだ。

みじめさにいたたまれぬ思いで、ファニーは風に舞う木の葉さながら、並木道を行き来した。毛皮の裏うちのあるブーツを履いた、この立派な貴婦人の心中は、羽根をもがれた大きな狂った鳥のように、冬の夕焼けの光のなかで身をよじっているのだった。眼を寄せると、ヴェールの下でピンク色になった自分の大きな鼻が見える。残忍でおそろしい鳥のくちばしみたいだ。ファニーの心に繰りかえし浮かぶ疑問がひとつあった。いま、エリザはいったい、なにを考えているのかしら？　姉がこうして苦い思いと怖れにさいなまれているとき、まさに助けが必要なときに、妹が自分を放っておくとはどういうことだろう？　エリザはこの遠出を避けてしまったのだった。なおもファニーは自問を続けていた。「どうしてエリザは、私と一時間でも一緒にすごしてくれようとしないのかしら？」昔のデ・コニンク家の暮しでも、やはりおなじことだった。なにかむずかしい問題がもちあがると、モルテンも、父様も母様も、ファニーにくらべると賢さに劣るおとなしい妹娘の意見を求めたものだ。「エリザはどう思うかな？」と言って。

日が落ちて暗くなりはじめた。ベックばあやはもうエルシノーアに着いたころだ。ファニーは急に足を止めて考えた。神に祈ろうかしら？　友人のなかには、祈りになぐさめを見いだしている人も何人かいた。ファニーは子供のころから祈ったことはない。毎日曜に教会に行くのは、主なる神への表敬訪問で、会堂で頭を下げてつつましく沈黙しているのは礼儀にかなった作法としてだった。今になって祈りをでっちあげようとしてみても、祈りは神どころかファニー自身をさえ満足させそうになかった。若いころ、父にたのまれて、いつも来信を音読してきかせていたので、ファニーは寄付を依頼してくる手紙のきまり文句をそらんじていた。「……貴殿の気高く、かつ世にきこえた博愛心のゆたかさに深い感銘を受け……」一家の女主人になってからは、ファニー自身も沢山の寄付依頼状を受けとるようになっていたし、また、大勢の若者たちが跪《ひざまず》かんばかりに彼女になにものかを求めてきた。ファニーは貧しい人びとにはひどく気前がよかったが、恋を求める人たちには冷たかった。一度も人の情けを乞うたことのない自分が、誇り高かった弟のためにとはいえ、今になってなにかを求めることなどできようか。自分の祈りが求愛か寄付依頼状じみてくるのに気づいて、ファニーは早々に切りあげた。「モルテンに恥をかかすようなことはできない。モルテンは私をたよりにしているのだもの。たとえ何万の人が弟を非難する側にまわったところで、ひるむようなことはさせない。」こう考えをまとめたところで、ファニーは家路についた。

土曜日の午後エルシノーアに着いたとき、二姉妹の心は激しく震えおののいていた。海岸の古い家並みを包む塩と海草の匂いが玄関の間にも満ちていた。その匂いさえ、二人の胸にまっすぐ突き刺さってくるようだった。ファニーは思った。人間の体は、七年たつとすっかり変るというけれど、私はなんと変ってしまったことだろう。それに、昔のことをこんなに忘れていられたなんて。でも、私の鼻だけは変っていないようだ。今もそのままで、なにもかも憶えている。

家じゅうは十分暖かくなっていて、このやさしい歓迎ぶりに二人は感動した。年老いた崇拝者が、二人のためにわざわざ礼装を着けてくれたような感じだ。昔なじみの場所をおとずれた人たちのおおかたは、その場の変りように時の流れを感じて吐息をつくものである。ところが、デ・コニンク家の二姉妹はあべこべに、昔なじみのこの家が、久しぶりに再会した二人の年老いて変りはてたありさまを嘆きかなしんで、「なんとまあ！」と叫んでいるような気がしてならなかった。これがあの、舞踏靴を履き、ほほをばら色に上気させて、銀鈴を振るような声をひびかせながら階段の手すりをすべり降りていた、あのお嬢様がたなのか？　まっぴらだ、まっぴらだ！　そういう吐息が、邸の長い煙突のひとつひとつから吹きおりてくる。だから、この昔の家が感情を押し静め、二人がもとのままでいるようなふりをして迎えいれてくれたのは、建物の側の礼節というべきだろう。

お嬢様がたのお越しをお祭りのように大よろこびしているベックばあやにも、二人は心を動かされた。外の石段まで迎えに出ていたばあやは、二人の靴と靴下をとりかえる世話をやき、熱い飲みものもちゃんと用意していた。こんなことでばあやをよろこばせられるのだったら、どうしてもっと早く来てあげなかったのかしら、と二人は思った。幼年期と青春をすごしたこの家が、つめたく空虚で、墓場のように思えたせいで、足が遠のいていたのか？　それが今、亡霊が現れたというので、ここに来ている。

ベックばあやはモルテンが姿を見せた場所をあちこち案内してまわった。そして、何度もモルテンの身ぶりをまねて見せた。だが二人は、自分たち以外の人に弟がどんな身ぶりをしようと、毛先ほどにも興味をもちはしなかった。ただ、弟に対するばあやの愛情への敬意から、辛抱して聞いているだけだった。しまいにはばあやは、愛する坊っちゃまの遺骸から、聖遺物として骨のひとかけを与えられでもしたように、すっかり得意になっていた。

夕食の席は角部屋にしつらえてあった。東側に二つ窓があり、そこからは、銅葺きの尖塔をもつ灰色のクロンボーの古城が、握りこぶしのように海峡に突きだしているのを望むことができた。城壁の上には、かつてここが要塞だったころの歴代の司令官たちがつくった庭園がある。冬枯れのぼだい樹は、この木が軍隊式にきちんと二列縦隊にととのえられぬまま放置されると、どんなにだらしない姿をさらすかを示していた。南側の二つの窓からは港が見える。エルシノーア港が凍結しているありさまは奇妙なものだった。水夫たちが氷上のボートから歩いて帰ってくる。

この部屋の壁は、昔は深紅に塗ってあった。だがそれも時とともに色あせ、今は花瓶のしおれかけた紅ばらのように微妙な色あいになっている。ろうそくの明かりに照らされて、この平たい壁は顔をあからめ、深い色に輝いた。ところどころ、燃えたつほど赤い、乾いたうるしのように光を照りかえしている。一方の壁には、エルシノーアに名だたる美女、デ・コニンク家の若き二姉妹の肖像画が掛かっていた。三つめの肖像画、つまりモルテンのものは、もうずっと前にはずされ、かすかな額の跡が壁に残っているだけだった。三叉鉾を手にし、荒波を乗りこえる馬たちを御す海神ネプチューン像を両わきに配した丈高いストーブには、花香が焚かれていた。だがその花香は、遙か昔の夏のばらの花びらなのだ。いまや火葬台の上に置かれたいにしえのばらの花びらは、長く置きすぎた上等の赤ぶどう酒の匂いのように、かすかな悪臭をまじえながら、ごくあわい花の香をただよわすのだった。ストーブの前の食卓は白布で覆われ、繊細なつくりの中国製の茶碗や皿が並べてある。

遙かな日々、素人芝居や仮装会の準備をするときとか、両親には内緒の海の冒険に出たモルテンが夜更けに帰りつくときなど、デ・コニンク家の二姉妹とその弟は、この部屋で何度も秘密の夕食会をしたものだった。そうした場合の飲食は、眠りこんでいる家人たちに気づかれないよう、ごく内輪に、もの音をたてずにしなければならなかった。用心ぶかく、こっそりとやるからこそなおさらたのしい集りの数々を、この部屋は三十五年前に見まもっていたのだ。

当時のしきたり通り、デ・コニンク家の令嬢がたは部屋に入ると、だまったままストーブの両側にわかれ、向かいあって席についた。百の舞踏会に出てもけろりとしていたこのかつての美女たちも、やはり老齢と興奮のせいで疲れが出ていた。眠気がさしてきて、なにか起ってくれないと、もう持ちこたえられそうになかった。

そう長く待つことは要らなかった。ちょうどお茶をついで、薄手の茶碗を口もとにもっていったとき、静まりかえった部屋になにかかすかなもの音がした。そのほうに眼をやると、モルテンがテーブルのはしのところに立っていた。

モルテンは立ったままで二人にうなずき、ほほえみかけた。それから三つめの椅子を引いて、二人のあいだの席についた。昔のくせをそのままに、テーブルのふちにかけた両手を静かに横に動かしたり、またもとの位置に戻したりした。

モルテンは色あせてすり切れた濃い灰色の外套《がいとう》という、みすぼらしい身なりだった。それでも、姉たちに会うのに精いっぱい服装に気をくばったのは明らかだ。白いカラーに、念いりに高く結んだ黒のストック・タイをつけ、髪もきちんと梳かしつけていた。たぶんモルテンは、がさつな仲間たちと長いこと暮してきたあげく、以前にくらべて品がなくなり、行儀がわるくなったと私たちに思われはしないかと、気にしているのだわ。ファニーの頭をこんな考えがかすめた。だが、心配にはおよばなかった。モルテンなら絞首台にのぼらされても紳士に見えたにちがいない。最後に会ったときより老けてはいたが、姉たちほど年とってはいなかった。四十代くらいに見える。

モルテンの顔は、以前よりなんとなくきめが粗くなり、風雪にさらされた感じで、ひどく蒼ざめていた。あいかわらずいくらかくぼんだ黒い眼は、昔若い娘たちを夢中にさせた、あの神々しい明かるさと暗さの交錯を今も秘めていた。大きめの口も、昔の率直さとやさしさをそのまま保っている。だが、その清らかな額のさまは変っていた。べつに幾つもできた横じわのせいではない。その大理石のような見事さは、しわ程度のうわべの変化でそこなわれたりはしない。つまり、時がモルテンの額のまことの特徴を露わにしたのだ。いま彼の黒い眉の上には、かつて衆目を集めた王冠にも似た輝きはない。そこにあるのは、頭蓋骨に似たおごそかな高貴さだった。その輝きはこの世の人のものではなく、墓と永遠に属する人のものである。禿げたことが、モルテンの頭のかたちをありのまま、単純明快に示していた。それに、この家系特有の型をなす美しさの手がかりを、弟の頭の輪郭からいったんつかんでみると、二人の姉たちの顔かたち、壁にかかった若いころの肖像にさえ、共通した型を一目で見いだすことができる。三人の顔かたちのなかで、なによりも目だつ特徴といえば、頭蓋骨のかたちがそっくりだという点だった。

結局のところ、モルテンの様子は若いころをそのまま、ものしずかで思慮ぶかく、威厳を秘めていた。

「今晩は。久しぶりだね。わざわざここまで会いにきてくれるなんて、ほんとに弟思いだな。姉さん――」モルテンは、なんと言えばよいのかわからないといったふうに、ふと言葉を止めた。長いこと、人と言葉をかわさないできたような様子があった。「エルシノーアまでの旅は、さぞ気持よかったでしょう」と、どうやら挨拶をしめくくった。

姉たちは席についたまま弟の顔に目をやった。二人とも弟とおなじくらい蒼ざめていた。モルテンはいつも、姉たちとはあべこべに、ごく低い小声で話すのが習慣だった。だから、姉妹のあいだでの話しあいは、二人が同時にしゃべり、一方のかんだかい声が相手の声を打ち負かすという具合だった。しかし、モルテンの言うことを聞こうと思うなら、じっと耳をこらさなくてはならない。今もモルテンの話しぶりは昔のままだった。弟の姿を見るについてはいくらかの心用意もあった姉たちだが、声まで聞けようとは思っていなかった。

二人は昔とおなじように、じっと聞きいった。だが、声を聞くだけではものたらなかった。弟の顔にまじまじと目をそそぐ二人は、椅子に坐ったまま、ほっそりした上半身を精いっぱい弟のいるほうに向けていた。モルテンに触れることはできないかしら？　いや、それだけは到底不可能だ。二人はこれまで、無駄に幽霊話を読んできてはいなかった。弟の亡霊に触れられないということが、昔の思い出をよみがえらせた。三人だけの秘密の夕食会に、モルテンはよく、雨や波に打たれてずぶ濡れになった大きなマントを着たままで現れた。マントは鮫皮のように黒く粗々しく光ったり、時には雪で白くまぶしたようになっていた。タールだらけになってくることもあった。そんなとき姉たちは、自分の服を汚されてはかなわないと、弟の腕がとどく範囲には近寄ろうとせず、それをおかしがっては笑ったものだった。あの三十年前の朗らかな旋律が、なんと完全に、長調から短調へと転調したことか！　今夜ここに現れるまでに、弟はどれほどの雪嵐をくぐってきているのか？　どんなたぐいのタールにまみれているのか？

「かわりはない？　まえにエルシノーアで愉快に暮していたように、コペンハーゲンでもおもしろくやっている？」

「モルテン、あなたはいかが？」ファニーの声は、弟よりもちょうど一オクターブ高かった。「あなたは今も、掠奪船のすばらしい船長そのままに見えるわ。このエルシノーアの私たちの子供部屋に、香料の薫りにあふれた貿易風を持ってきてくれたのね。」

「うん、貿易風はすてきだよ」モルテンが答えた。

「どのへんまで行っていたの、モルテン」エリザの声はすこし震えていた。「かぞえきれないほどたくさんの、すばらしい所に行ってたのでしょう？　私たちの見たこともない場所に。私、ほんとうに、ずっと前から思っていたのよ。私があなただったらよかったのにって。」

ファニーはきつい眼で、ちらりと妹を見た。雪に覆われたコペンハーゲンの公園や街々を別々にさまよいながら、二人はおなじことを考えつめていたのだろうか？　それとも、賢さについては私より大分劣る、このおとなしい妹は、心にある単純な真情をそのまま口にしているのか？

「そう、リジー姉さん、ぼくも憶えている。小さな足をばたばたさせて、手をにぎりしめて泣いていた姉さんの子供のころの姿を、よく思いだしたな。『もう私、死んだほうがましよ！』って、どなっていたでしょう？」

「どこからきたの？　モルテン」ファニーがたずねた。

「地獄から」と答えたモルテンは、ファニーがぎくっとした様子を見ると、すぐにつけくわえた。

「ごめん。ここにきたのはね、ほら、海峡が凍結したからだよ。そうするとこられることになっている。そういうきまりなのさ。」

これを聞いたファニーは、天にも昇る心持だった。赤ん坊がいざ生まれるという最後の陣痛に声をあげる産婦、その苦痛とよろこびのまじった声が、口をついて出そうな気がした。エルバ島を脱出した皇帝がフランスの土を踏んだとき、ナポレオンは過ぎ去った時をよみがえらせたのだ。炎上するモスクワの焔も、白と黒にいろどられたおそろしい冬の退却行も忘れ去られた。三色旗は空たかくあがり、風にはためき、もと兵士たちは腕をあげて、ふたたび「皇帝万歳！」と叫んだ。この兵士たちとおなじく、ファニーの魂もまた昔のままの軍服を着こんだ。これからは、ファニーがたとえ外見上は老婆の姿をしていようと、それは単に第三者への便宜のため、また、一種の遊びとしてだけなのだ。

ファニーは眼をかがやかせてたずねた。「二人とも、ふるびた案山子《かかし》みたいに見えやしないこと、モルテン？　私たち、うぬぼれないようにって、年とった伯母さまがたからお説教されたわね。一切は空《くう》なりですって。あのお説教は、やっぱり正しかったのじゃないかしら。ほんと、お前たちにもやがては杖や補聴器を買わなければならない時がくるのだよと言って、若い人たちをおどかす人たちは、結局は的を射ているのね。」

モルテンの眼はやさしく輝いて、姉を見つめた。「いいや、そんなことはない。とてもすてきに見えるよ、ファニー。すずめ蛾みたいにね。」二人は子供のころ一緒に昆虫採集をしていた。「それに、姉さんたちがほんとに年とった御婦人がたみたいだったら、それはそれで、気にいると思うな。ぼくが暮していたところでは、品のいいお婆さんになど、長いことお目にかかれなかったからね。エーレガールでお祖母様が誕生祝いの会をなさるときなんか、ほら、家中が立派なお年寄りでいっぱいになったじゃないか。大きな鳥籠みたいで、そのまんなかに、威張ったオウムそのまま、お祖母様が坐っていらしたっけ。」

「だけど、前にあなた、こう言っていたじゃない。あの退屈な会から失敬できるものなら、それと引きかえに、自分の一生のうちの一年を悪魔に売ってもかまわないって。」ファニーが言った。

「それを実行したわけさ。だけど、自分の一生のうちの一年というものについて、あれからこっち、考えかたが変ったのだよ。ところで、ほんとのことを教えてくれないか。姉さんたちが舞踏会から帰るとき、男どもはあいかわらず恋文に重しをつけて、馬車に投げこんでいるの?」

エリザは「まあ!」と声をあげ、それから深く息をついた。

暗い谷間の深みから
夜ウグイスはなにを訴えているのか
あの樺の木の茂みの奥からきこえる
苦しげな嘆息はなにか

エリザは、長いこと忘れていたある恋人の作った、これも長く忘れていた詩の一節を口ずさんだのだった。

「姉さんたち、結婚してはいないね、そうでしょう?」突然モルテンは、自分の見も知らぬ人物が姉と生活を共にしているのではないかという突飛な心配におびえて、こうたずねた。

「私たちが結婚しないでいるはずはないでしょう」とファニーが言った。「二人とも、夫や恋人なら十人ばかりは取りそろえているのよ。私はね、シェラン教区の監督と結婚したの。あの人ったら、初夜の床で、翼がじゃまになってひっくりかえりそうになった。」そう言うとファニーは、やかんの口からあがる湯気のように、ふつふつと軽い笑いがこみあげてくるのを抑えられなくなった。二日後の今ふりかえると、あの監督の姿は、塔の上から人形を見おろすように小さく、こっけいに思えた。

「リジーは誰と結婚したかというとね——」と言いかけて、ファニーはそこでやめた。子供のころ、デ・コニンク家の姉弟たちは、ある人形芝居がもとで、特別の迷信をもつようになったのだった。嘘をつくと、それが実現してしまうという迷信だ。そのせいで、三人ともよく吟味してから嘘をつくように、いつも気をつけていた。日曜日に年をとった伯母様がたのごきげんうかがいに行くのをさぼる口実でも、歯が痛みますので、などとは決して言わない。復讐の女神がただちにおそってきて、ほんとうに歯が痛くなるのをおそれていたのだ。だが、もうこのガボットは立派に演奏できるようになったから、練習しないでもよろしいと音楽の先生がおっしゃった、というたぐいの嘘なら、安心してつくことができるわけだ。この習慣はいまだに三人の中に活きていた。

ファニーは言った。「いいえ、モルテン、ほんとうはね、二人とも結婚していないの。みんなあなたのせいなのよ。誰も私たちをもらおうとはしないの。あなたが急に姿を消して、アドリエネのまごころと無邪気さを踏みにじってからというもの、デ・コニンク家の者は結婚相手としての評判をおとしたのよ。」

モルテンはなんと答えるかしら。ファニーは弟を見つめた。相手の思いを心のなかで追ってみた。私たちは誠意をつくしたわ。だのに、モルテンはどうだったの？　あの美しくておとなしい義妹を、私たちに押しつけたじゃないの。

モルテンが船を手にいれるのを援助した伯父のフェルナン・デ・コニンクは、若いころ、フランス革命のさなかに、フランスに出かけていった。そういう場所、そうした時こそ、デ・コニンク家の一員が生きるにふさわしいからだ。フェルナン伯父はその後も革命の影響から抜けきることはなかった。年老いた独りものとしてエルシノーアで暮すようになっても、平和な生きかたが身にそぐわず、落着けない様子だった。フランス革命当時の歌や逸話をたくさん知っていて、三人の姉弟は子供のころからそれを聞かされ、そらで憶えていた。ファニーの言葉にしばらくだまっていたモルテンは、やがてゆっくりと、低い声で、フェルナン伯父に教わった歌を口ずさんだ。それは、フランス国王の老いた叔母たちが国外に退去するとき、反逆行為をおそれた革命政府の警官が、すべての荷物を開けて内容をしらべる話だった。

シャツをお持ちかな、

マラーのシャツを。
そういうものをお持ちかな
もしもくすねていたりすると
とんでもないことになりますぞ

ファニーの顔は、みるみるうちに弟とおなじ表情をうかべた。記憶をさぐるまでもなく、すぐに続きの聯を暗誦した。今度は、王の叔母たちが答えるところだ。

あの人が持っていたのですか?
シャツなど持っていたでしょうか
裸で殺された、あのマラーが?
シャツなど持っていたはずはない
それとも、盗みでもしたのかしら?

するとエリザが、小声で笑いながら第三聯をつけた。

灰色のシャツを三枚持っていたのだ

ポン・ヌフ橋の上で手に入れたのさ
革命政府お墨付きの例の紙幣で
灰色のやつを三枚だ。
マラーがね

この昔の歌の暗誦で、三人の気持は晴れた。そして、ふしあわせなうるわしのアドリエネ・ローゼンスタンのことは、これできれいさっぱり忘れてしまうことにした。

「でもモルテン、あなたは結婚したのでしょう?」まだ笑いをふくんだ声で、エリザはやさしくたずねた。

「うん。女房なら五人いたよ。スペイン女はとてもきれいでね、宝石のモザイクみたいなんだ。妻の一人は踊り子だった。そいつが踊ると、蝶の大群が小さな焰に惹かされて、そのまわりを羽ばたきつづけ、しまいに焰に吸いこまれてゆくようだったね。上下の感覚もなくなってしまう。若いころには、そういう能力だって、妻としてのすばらしい素質だと思えたものだ。イギリス人の船長の娘もいたな。まじめな女で、ぼくのことを決して忘れないのだろうよ。もう一人は裕福な農園主の若い未亡人で、これはほんものの淑女だったな。この女の考えることはなんであれ、長い裾を引きずっていたものだよ。ぼくの子供を二人産んだのはこの女だ。もう一人は黒人女で、これがぼくの一番気にいりの妻だった。」

「そういう奥さんたちを、あなた船に乗せたの？」エリザはたずねた。

「いや、一人だって船に乗せたりしたことはなかった。」

「ねえ、聞かせてくれない？　あなたが経験したありとあらゆることのなかで、一番すばらしかったのはなんだったの？」ファニーがたずねた。

モルテンはしばらく考えていた。「どんな暮しかたよりもね、なんといったって、海賊暮しが一番だ。」

「エーレスンド海峡で活躍した、掠奪船の船長よりも？」ファニーが念をおした。

「うん、そうなのだよ。ともかく公海で活躍できるのだからね」と、モルテンは言う。

「でも、どうして海賊になろうときめたの？」ファニーは興味津々といった様子で聞きかえした。まったく、恋物語か冒険物語をそのままではないか。

「心さ。われわれをあらゆる破局に陥れるのは、結局のところ心なのだよ。ぼくは恋におちた。フェルナン伯父さんがよく話していた、例の一目惚れというやつでね。伯父貴は、それがまったく笑いごとではないと知っていたのだ。恋の相手は他人のものだった。そこでぼくは、いささか法にふれる行為なしには、彼女を手に入れられなかったというわけ。そいつはジェノヴァで建造されて、フランス人が輸送船に使っていた。これまで大西洋を航海したなかでも一番船足の速いスクーナー船として、知れわたっていたのだ。ところが、半分仏領、半分オランダ領のサン・マルタン島の岸で浅瀬に乗りあげてね、フィリップスブルフのオランダ人が、その船を売りに出した。

そのころのぼくの雇い主で、じつの息子のように目をかけてくれていたファン・ザンデンという船主が、その船を買い入れようとして、ぼくをフィリップスブルフに使いに出したのだ。その船の美しさといったら、まったくそれまでに見たこともないようなものだったな。白鳥そのままなのだ。満帆を張って進む様子といったら、軽やかでしかも凛々しい気高さがあって、すばらしい貴婦人そのままなのだ。エーレガールのお祖母様のところで飼っていた白鳥をからかったことがあったろう？　あのときの白鳥の様子を思いだしたね。ダマスカス刀のように純粋で、品位があったじゃないか。それにね、その船は、あのフォルチュナ二世号にいくらか似てもいたのだよ。おなじように前檣帆はとても小さくて、主帆は並はずれて大きく、帆の下桁が高いのだ。

そこでファン・ザンデンからあずかった金を全額支払って、その船を手に入れたあげく、船と駆落ちしたわけだ。それ以来われわれ、つまり船とぼくとは、堅気の人たちを避けて暮すようになった。恋に憑かれたらなにをするかわからないのだよ。ぼくはその船を、誠意をこめて愛した。船は忠実な乗組員たちにかしずかれ、きゃしゃな貴婦人が爪をヘンナで赤く染めさせるように、すみずみまで磨きたてられていた。ぼくと組んだその船は、カリブ海で恐怖の的になり、人の手に飼われている鳥たちを絶えずおびやかす、小さな海の鷹になったのだ。ぼくは正しいことをしたのか、それともまちがっていたのか、自分でもよくわからない。美女がいるとして、そのひとを誰よりも愛する男が彼女を手に入れることは、許されないものだろうか？」

エリザは笑いながらたずねた。「それで、その船もおなじようにあなたを愛してくれたの？」

「自分を愛しているかなんて、女にむかって聞くわけにはゆかないよ。女について出す質問はこれだけさ、『この女の値段は？　それが自分に払えるか？』だまし取ったりしてはいけない。礼儀正しく値段をたずね、感謝して支払わなければいけない。女の求める支払い方法が、現金であれ、愛であれ、結婚であれ、あるいはこちらの生命や名誉であろうとね。貧しくて支払いに応じられない者は、うやうやしく帽子を脱いでその女に敬意を表し、もっと豊かな支払い手に道をゆずらなければいけない。開闢《かいびゃく》以来、これが男と女についての健全で道義にかなったしきたりなのさ。男に対する女の愛情に話を戻せば、そもそも、女は男を愛せるものだろうか？」

「それじゃ、なんの値うちもない女はどうなるの？」エリザはまだ笑いながら言った。

「値うちのない女だって？　どういう場合であろうと、それはもう、女とはいえないね。きっと神様がお引きうけになるだろう。そういう女たちをどう扱うかは、神様だけが御存じだ。そういう連中は、男どもをどうしようもない苦境に引きこんだあげく、さて後悔して思いなおしても、泥沼から男を引きあげる力もないのだ。」

「その船の名はなんというの？」エリザは眼をふせて、そっと聞いた。

モルテンはエリザを見て、笑い声をあげた。「それはね、うるわしのエリザ号だよ。知らなかったの？」

「いいえ、知っていたわ」と答えたエリザの声は、ふたたび笑いにみちていた。「父様の持ち船の船長が、ずっと前にコペンハーゲンで、教えてくれたの。セント・トマス島沖で、乗組員が海賊船の中檣帆を遠くから見つけたのですって。そうしたらみんな気がふれたようにこわがって、港へ引きかえすように、その船長を説きつけたそうよ。まるでサタンそのものが現れたような騒ぎだったと言っていたわ。その海賊船の名が、うるわしのエリザ号だったと、船長が話していた。それで私、きっとあなたの船だなと思ったの。」

これこそ、この老嬢が世間に対してまもり抜いていた秘密だったのだ。エリザは全身大理石になりきってはいなかった。奥ふかいどこかで、小さいしあわせの焔が燃えつづけていたのだ。この小さな灯をともしつづけるためにこそ——ほかにどんな目的があったろうか——エリザはエルシノーアで、このようにきわだって美しく生い育ってきたのだった。船はヒヤシンスの花群のように青い海に浮かび、あたたかな風に吹かれ、満帆の白帆は切り立った白亜の崖にも似て、強烈な日射しに焼かれ、船に積んだ数々の鋭利な武器は、広刃の刀から短剣にいたるまで、残らず血塗られている。そして、その船の名は美しくもまことをこめて、うるわしのエリザ号と名づけられていたのだ。おお、エルシノーアの市民たちよ、私がメヌエットを踊る姿をかつて目にしたことがあろう？　それとおなじ足どりで、私、このエリザは海の波を踊り歩いていたのだ。

モルテンが話しているあいだに、エリザの顔には血の色がのぼった。もう一度少女のころに戻り、キャップから垂れるレースのリボンは老女にふさわしい装飾どころか、つつましく、しかも情熱を秘めた若い花嫁の飾りに変った。

「そう、あの船は白鳥そのままだった。歌のように美しくてやさしかった」と、モルテンは言った。

「もしも私がその船に乗りこんでいて、あなたが動かしていたとすれば、あなたの船は当然、私のものだったはずじゃないこと、モルテン」と、エリザは言った。

モルテンはエリザにほほえみかけた。「その通りだよ。それに、乗組員も一人残らず姉さんに従うのだ。若い女の人を船に乗せるときの、それがきまりだからね。姉さんはきっと、熱烈なハレムの男娼たちを持つことになったろうね。

ベネズエラのある河口で、その船を失うはめになった。自分の手落ちのせいなのだけれどね。話せば長くなるが、部下の一人が裏切りをして、トリニダード島のポート・オブ・スペインにいるイギリス総督に、われわれの船の投錨地点を明かしてしまった。ぼくはそのときちょうど下船していたのだ。オランダの貨物船の出港予定の情報を集めに、投錨地点から六十マイル離れたポート・オブ・スペインまで、漁船で出かけていた。その港で、部下の乗組員が一人残らず絞首台にかけられているのを見た。ぼくの最愛の船も、それが見納めになった。」

しばらく言葉をとぎらせていたモルテンは、また話をつづけた。「それからというものは、よく眠れたためしがないのだ。眠りにつくことができなくなった。眠りのなかへ飛びこもうとするたびごとに、漂流物みたいに、水面に浮かびあがってしまうのだ。そのころから体重が減りはじめた。つまり、バラストを海中投棄したようなものだな。ぼくのバラストは、あの船と一緒にいるのさ。なにをしようにも、軽すぎるようになってしまった。船と別れて以来、なにか自分の体がなくなってしまったようなのだ。夕食のとき、おやじとフェルナン伯父が、二人で金を出しあって買い入れたぶどう酒のことをよく話しあっていたね。憶えている？　酒によっては、薫りはよいが、どうもこくがないと言うことがあったね。ぼくの場合もそれにそっくりだったのだ。薫りのほうはまだ保っていると言ってもいいが、実体がなくなってしまった。もはや友情にひたることもなく、怖れもよろこびも感じられなくなったのだ。そうなってもまだ、やっぱり眠れなかった。」

姉たちは、このふしあわせに同情をよそおうまでもなかった。それは二人の悩みでもあったからだ。デ・コニンク家の人たちは誰もが不眠に苦しんでいた。子供のころは、朝起きるとまず、ゆうべ眠れたかとたずねては、父親をからかい、お互いに笑いあったものだが、今はもう、笑う気にはなれなかった。不眠はあいかわらず、デ・コニンク家の人びとにとって大問題なのだ。

ファニーは吐息をついてこう言った。「でも、夜眠れないといっても、朝早く目がさめるのでしょう？　それとも、一晩中全然眠れないの？」

「いや、まったく一睡もできないのだ」とモルテンは答えた。

「眠れないというのは、つまりあなた——」ファニーはそこで言葉を止めた。ほんとうは、「体が冷たいせいじゃないの」と言いたかったのだ。だが、モルテンが地獄からきたと言ったことを思いだすと、敢えて口には出せなかった。

モルテンはファニーの言いさしたことに気づかなかったらしく、話を続けた。「それに、ぼくにはずっとわかっていたのだ。うるわしのエリザ、彼女のなかで眠らないかぎり、二度とやすらかな眠りは戻ってはこないのだよ。」

「でも、陸の上でも暮していたのでしょう。」モルテンの思いを追っていたファニーは、弟が自分から逃げだそうとしているような気がして、いそいでこうたずねた。

「そうだよ。しばらくキューバで煙草農園を経営していたのだ。あそこはなかなかいい所だった。柱廊にかこまれた白い家をもっていてね、きっと姉さんたちも気にいったと思うよ。あのへんの島々の空気はやわらかですがすがしい。極上のラム酒みたいなのだ。農園主の未亡人の美しい女と結婚して、子供が二人生まれたのは、その農園なのだよ。舞踏会をひらくと、貿易風のように軽やかな女たちが踊りにきたものだ。姉さんたちみたいにすてきだったよ。ペガサスという名の、きれいな馬ももっていた。おやじの持ち馬のザンパにちょっと似ていたな。あの馬のこと憶えている？」

「で、あなたそこでしあわせだった？」ファニーがたずねた。

「そう。しかし、長くは続かなかった。ぼくは金使いが荒かったのでね。収入以上の暮しをしたのさ。おやじがいつもやかましく注意していたことだが。とうとう農園を売り払うはめになった。」モルテンはそのまましばらくだまっていた。

「自分の奴隷たちを手ばなさなくてはならなかったのだよ。」

こう言ったとたん、モルテンは死人のように蒼ざめた。灰色に変ったその顔を見た姉たちは、モルテンがいまにも死ぬのではないかと心配しそうになった。だが、本人はずっと前に死んでいるのだから、これは要らぬ心配なのだと思いなおした。両眼も、表情全体も、顔の内側へ沈みこんでゆくように見えた。それは、火刑台に縛られた人が、焔のたちのぼるのを見るときの顔だった。

二人の女は深い沈黙にしずんだまま、蒼ざめ、体をかたくして、モルテンと共に坐っていた。白い霜の息がかかって、三つの窓を曇らせたようだった。そんな目にあった弟に対して、二人とも慰めの言葉も見つからなかった。デ・コニンク家では、これまで一人として召使いを手ばなしたことはない。どんな人間であれ、いったんこの家で仕えはじめた以上、ずっと仕事を続け、家の者たちはいつまでもその召使いのめんどうを見つづけるというのが、当家のしきたりなのだ。結婚するとか死ぬとかいう場合は例外を認めはしたが、それもしぶしぶながらだった。実際のところ、年老いた二姉妹に残された唯一の人生の目的といえば、召使いたちをおもしろがらせることなのだ。これが二人の友人たちの一致した意見だった。

おまけに二人は、女があらゆる男たちに対していだく、例のひそかな軽蔑をも感じていたのだ。いざという土壇場になっても、男どもには金をつくる才覚がない。かぎりない資源をもつと自負する美しい女たちは、こうして男を見くだすのだ。デ・コニンクの姉妹がキューバにいれば、決してそんなひどいことにはさせなかったろうに。三百回自分の体を買わせて、三百人のキューバの人びとにしあわせを与え、同時に三百人の自家の奴隷たちの身の安全をはかってやれたものを。こういうわけで、三人は長くだまりこんだままでいた。

とうとうファニーが口をきった。深く息をついてから、こう言った。「でも、それが終りというわけではなかったのでしょう?」

「まだまだ。終りがきたのは、もっとずっと後のことさ。破産してから、ふるいブリッグ船を一隻工面してね、まずハバナとニュー・オーリーンズを結ぶ小さな交易をはじめたのだ。そのうちハバナとニューヨークのあいだを往復するようになった。そのあたりは海の難所なのだよ。」

　ファニーは上手に弟の気持を絶望の記憶からそらせた。貿易船のさまざまな航海のことを話すうち、モルテンは段々熱中してきた。こうして会って話をかわすあいだ、モルテンは次第に口がほぐれ、昔のままの、悠々と人に接する男らしい態度を取りもどし、同席の人たちの心の動きに十分な気くばりを示すようになっていた。「だがどうも、することなすこと、うまくゆかないのだ。つぎつぎに不運に見舞われるのだよ。しまいにその船は、ケイ・サルの浅瀬の近くで浸水してね、とうとう水浸かりになって、死んだようにしずしずと沈没した。それからまだいろんなことがあって、結局、まあ、はっきり言ってしまうことにするか。つまり、ハバナで絞首刑になったのさ。知っていた?」

「知っていました。」ファニーが言った。

「こんなこと、言わないほうがよかったのかな。」

「そんなことないわ!」二人とも力をこめて言った。

　眼くらいそむけて答えそうなものだが、二人ともじっと弟を見返していた。カラーとタイを、妙に高くしているわけがわかった。あれはきっと、頸のまわりの綱の跡をかくすためなのだ。三人そろって舞踏会に出かけるとき、ずいぶん苦労して、薄地の白い麻布飾りを結んでやった、あの勁《つよ》くて品のよい頸に、綱の跡がある。

　赤の部屋にはしばらく沈黙がおちた。それからファニーとモルテンが、同時に話しはじめた。

「失礼、どうぞ。」モルテンが姉にゆずる。

「あなたこそどうぞ」とファニーが言った。「なにを言おうとしていたの？」

「フェルナン伯父さんのことを聞きたかったのだ。今も元気でいる？」

「まあモルテン、そんなことないわ」と、ファニーが答えた。「伯父様は一八三〇年代におなくなりになったのよ。それでも、もうずいぶんのお年でした。アドリエネの結婚式に出席して、お祝いの演説をなすったのだけれど、とてもお疲れでね。あの晩、私に耳うちなさったの。『なんとも気づまりな宴会だね』って。それから三週間もしないうちにおなくなりになって、遺言でエリザがお金と家具を贈られたのよ。たんすの引出しから、ローズ・カットのダイヤモンドをちりばめた銀のロケットが出てきてね、中には金髪が一房入っていたの。ロケットのふたには『シャーロット・コルデー（マラーを暗殺した女性）の髪』と彫ってあったわ。」

「ああそう。あの伯父貴は姿がよかったな。それからアデライデ伯母さんは、やはりなくなった？」

「ええ、伯父様よりもっと前に」ファニーは答えた。アデライデ・デ・コニンク夫人の死のことを話す気はなくなっていた。ファニーは気落ちしてしまった。死んだ人たちのことなのだから、モルテンは知っていてもいいはずではないか。弟の死後の孤独さが思いやられて、ファニーは心が痛んだ。

モルテンは言う。「アデライデ伯母さんが、よくぼくらに説教したものだったね。何遍言われたかわからないよ。『あなたがた姉弟は、自分たちの憂鬱性と人生への不満に平気でひたっているでしょう。そういう態度に、私はたまらなく腹がたつのですよ。私が満足しているもので、あなたがたも満足すべきなのです。三人ともちゃんと結婚して大家族をつくり、その世話をすべきなのよ。そうすれば憂鬱性など、どこかへ消えてしまうのに』か。そこでファニー姉さんがやりかえしたっけ。『その通りです、伯母様。うちの父様に、おんなじ忠告をして下すった伯母様がいらしたそうです。父様がそれに従った結果が、この始末なのですわ』と言ってやったね。」

エリザが口をはさんだ。「なくなる前の伯母様は、三十歳で御自分の夫に死なれてから以後のことは、なにひとつ聞こうとも考えようともなさらなくなっていたの。孫たちを見ると、『これはうちの子供たちの、なにか新式の玩具だね。どうせすぐにあきてしまうのだろうよ』なんて言っていらしたわ。そのくせ、若くてなくなったテオドール伯父様の宗教上の悩みのことは逐一憶えていらしてね、人間の堕落と原罪について考えたことを話してきかせるのに、妻の私を一晩中眠らせてくれなかったものだとおっしゃるの。そういうことをとても自慢にしていらしたわ。」

「姉さんたち、さぞぼくのことをもの知らずだと思うだろうね。ぼくの全然知らないことを、そんなにたくさん知っているのだもの。」モルテンは言った。

「まあモルテン、あなたのほうこそ、私たちが夢にも知らないことを、いろいろ知っているにちがいないわ。」ファニーが言う。

「そんなにたくさんじゃないさ。たぶん、ほんの一つか二つくらいだよ。」

「その一つか二つのことを話して下さいな」とエリザが言った。

そう言われてモルテンはしばらく考えていた。

「そうだね、一つだけ、わかってきたことがあるな。以前にはまったく思ってもみなかったことなのだが。フェルナン伯父さんが、愛についてこう言っていたね、愛とは、じつにすばらしく霊的な、神の御手による発明品であると。ぼくにわかったのは、つまり、菓子はたべればなくなるもの、ということなのだ。自分の身でわざわざ試してみるまでもなかったのだ。たしかにそれは、独創的な考えなのだよ。だが、いったんわかってみれば、主なる神とは、じつにすばらしくて霊的な存在なのだ。」

二人の姉は、まるで自分たちがほめてもらったように、ちょっと背筋を伸ばして居ずまいを正した。まえにもふれたように、二人は教会通いに熱心なので、弟の言葉はたいへんな重みがあるのだった。

モルテンは急にまったく別のことを言いはじめた。「姉さんたち、アデライデ伯母さんの飼っていた、元気のいいパグ犬を憶えている？　フィンガルという名だった。その犬を見かけたことがあるんだ。」

「どうしてなの？」ファニーがたずねた。「話してくれないこと？」

「ひとりぼっちでいるときだった。船がケイ・サルの浅瀬で浸水したときでね、ボートに乗り移って逃げたのは三人だけだった。だが水の貯えはなかった。ほかの二人は死んでしまって、最後に一人で生き残っていたのだ。」

「そのときどんなことを考えていた？」ファニーがたずねた。

「あててごらん。姉さんたちのことを考えていたのだよ。」

「どんなふうに?」低い声で、ファニーはもう一度たずねかえした。

「ぼくたち姉弟は、否と言えない初心《うぶ》な人間だったたな、と思っていたのだ。だが、神は否と言えるかたなのだよ。なんとまあ、はっきり否とおっしゃることか。われわれは、いくら神でも、そこまではなさるまいと思う。ところがどうして、神はとことんまで追いつめるのだ。そして、さらにまた、否と言われる。」

モルテンはさらに続けた。「じつはぼく、結婚式のまえ、エルシノーアで、そのことをずいぶん考えたのだ。今でもまだ考えている。われわれに対して否と言う、偉大で清らかな美しいものたちのことだ。そういうものたちがぼくらに承諾を与えて、われわれのひからびた愛撫を耐えしのぶ必要がどこにあるのかね。承諾したものたちを、われわれは思いのままに我がものにし、破滅させたあげく、放りだす。しかも、捨て去ってからあとで、その連中にうんざりしていたことに気づくのだ。大地はわれわれの計画や仕事を受けいれる。しかし、海は否と言うのだ。そしてわれわれは、いつもその海を愛しているのだ。天地をひたす静けさのなかで、神みずからの声が発した否という言葉を聞く、それはなかなかいいことだよ。星々の輝く空が海上にひろがって、やはりぼくに否と言ったのだ。気高く誇りたかい女のように。」

「そのときあなたはフィンガルを見たの?」エリザがたずねた。

「そう、ちょうどそのときだった。ふと見ると、フィンガルがボートのなかに、ぼくの横に坐っていた。あいつは怒りっぽい犬で、ぼくはいつでもからかうものだから、好かれていなかった。ぼくを見かけるたびに噛みつこうとしたものだったよ。だから、そのボートに現れたときも、手をふれる気にはならなかった。また吠えかかられてはかなわないと思ってね。それでも、フィンガルはそこに坐ったまま、一晩中ぼくと一緒にいてくれた。」

「で、犬はそれからどこかへ行ってしまったの?」ファニーが聞く。

「さあ、それがわからないのだよ、姉さん。翌朝早く、ジャマイカ行きのアメリカのスクーナー船がぼくを拾ってくれたのだ。ところが、フィリップスブルフで例の船をぼくとせりあった男がその船に乗っていてね。こういう次第で、とうとう絞首刑にされるめぐりあわせになってしまった、そう、ハバナでね。」

「苦しかったの?」ファニーの声は低かった。

「いいや、それほどでもなかった。心配しなくていいんだよ、姉さん。」

「誰かがそばにいてくれた?」ファニーは小声でたずねた。

「そう、ふとった若い神父がね。ぼくを見て、おどおどしていたよ。わるいうわさを聞かされていたのだろうな。それでも、できるだけのことはやってくれた。ぼくからこう頼んだのだよ、『いま一分間だけ、私の命を延ばしていただけますか。』すると神父はたずねた、『わが子よ、その一分間の命で、なにをするつもりなのですか?』そこでぼくは言ったのだ、『首に綱をかけられた、この最後の一分間、うるわしのエリザ号のことを思いたいのです。』」

沈黙のなかで三人は、窓の下を通る人びとの話し声を聞いていた。よろい戸越しに、ランタンの灯が動いてゆくのが見えた。

モルテンは椅子の背にもたれていた。さっきよりも急に老けこんで、疲れ果てたように見えた。ほんとうに父親の様子をそのままだった。父が疲れて事務所から帰ってきて、娘たちと一緒にしずかにくつろぐときにそっくりではないか。

「この部屋はまったく居ごこちがいいな。昔のままだね、そう思わない？　父様と母様が下にいて、われわれもまだ年とっていなくて。もっとも、三人ともまだなかなか見られるがね。」

「ひとまわりして、またもとに戻ったのよ。」三人の昔の口ぐせを、エリザはしずかに繰りかえした。

「終点まできたんだね、リジー姉さん。」モルテンはエリザにむかってほほえんだ。

「悪循環よ。」ファニーは自然に、三人のもうひとつの昔の口ぐせをつぶやいた。

「ファニー姉さんは、いつでもほんとに頭の切れる人だったね。」モルテンは言った。

この率直なほめ言葉に、ファニーは息ぐるしくなった。

モルテンは叫んだ。「ああ、姉さんたち、われわれは三人とも、自分たちの受けついだ性格に動かされて、あのころどれほどエルシノーアから脱出したがっていたことか！」

上の姉は急に椅子の上で体をねじり、真正面から弟を見つめた。顔つきが変り、苦痛にゆがんでいた。夜ふかしと緊張の結果がありありと現れ、ファニーは割れてしわがれた声で言いつのりはじめた。ファニーの胸の奥底から湧きあがってくることを訴えかけているような調子だった。

「そうよ、あなたはそうやってしゃべっていればいいのよ。でも、今度もまた、私を置いて出てゆくつもりなのでしょう。モルテン！　あなたはあの話に出てきた、暖かい大海にいたの。百の国々をまわってきたの。あなたは五人の女たちと結婚もしたの。私はそういうことをなにひとつ知らない！　そうよ、じっと坐って、しずかに話すなんて、あなたにはなんでもないことでしょう。体を暖めようと腕をたたくなんて、あなたには必要もないことだったの。今だって、そんなことしなくてもすむのでしょう！」

ファニーの声はそれ以上続かなくなった。言葉がとぎれ、テーブルのはしをぎゅっとつかんだ。「ここではね――」嘆きの声が洩れた。「私は――寒いのよ。私の身のまわりは、ひどく冷たいの。夜やすむと、寝床があんまり冷たいので、湯たんぽだってなんにもなりはしない！」

まさにこの瞬間だった。背の高い大時計が鳴りはじめたのだ。その日の午後、ファニーが手ずからぜんまいを巻いておいたのだった。大時計はゆるやかに、おごそかに、十二時を知らせて鳴りつづけた。モルテンはすばやく時計に眼をむけた。

ファニーはさらに話を続けようとした。これまで荷なってきた人生のおそろしい重荷のすべてを、いまこそここに投げだすつもりだった。胸がつまって息苦しくなった。大時計の鳴る音に負けずに声を張ることはできなかった。二度口をひらいたが、声が出ない。

「ああ、地獄へ！」ファニーは叫んだ。「地獄へでも行くがいい！」

話せないまま、ファニーは身をふるわせて、弟のほうに腕を伸ばした。時計の鳴る音につれて、モルテンの顔は蒼ざめ、ぼやけてゆくようで、それを見たファニーは気も動転した。私が時計を巻いたばかりに、こんなことになるなんて！　テーブル越しにファニーは弟に身を投げかけようとした。「モルテン！」そう呼びかけた声は、長い悲鳴に近かった。「行かないで！　聞いてちょうだいな！私を一緒に連れていって！」

十二回目の音が鳴りやみ、時計はふたたびしずかな振子の音だけになった。永遠をつらぬいて、ともかくなにごとかをなし続けてゆくつもりといった、堅実な様子だ。二人の姉妹のあいだの椅子に、人影はもうなかった。ファニーはがっくりとテーブルに顔を伏せた。

そのままファニーは長いこと、身じろぎもしなかった。冬の夜気のなかを、遙か北のほうから、大砲が発射されたような響きが殷々《いんいん》と伝わってくる。エルシノーアの子供たちならそれがなんの音かを誰でも知っている。どこかで海面の氷が割れて、長い裂けめのできるときの音なのだ。

時がたった。ファニーはぼんやりと思っていた。エリザはなにを考えているのかしら？　そこでようやく頭をもたげ、小さなハンカチで口のまわりを拭きながら、妹のほうを見た。エリザはまむかいのおなじ位置に、さっきと変らず、じっと坐っていた。帽子から垂れた二本の紐飾りをひっぱり、縄でもなうようによじりあわせている。ファニーは思いだした。ずっと昔の若かったころ、怒ったり悩んだり、ひどくよろこんだりしたとき、エリザはいつもこうして金色の巻き毛をひっぱってはよじりあわせていたものだ。エリザは青い眼をあげて、姉の顔をまっすぐ見つめた。

「この最後の一分間」エリザは弟の言葉を繰りかえした。「首に綱をかけられた、この最後の一分間、うるわしのエリザ号のことを思いたいのです、って。」

夢みる人びと

一八六三年の、ある満月の夜のこと、ラムーからザンジバルへ向けて、一隻のアラビア帆船が航海していた。岸から一マイルほど離れたところを南下してゆく。

船は満帆にモンスーンを受けて進み、象牙と犀《さい》角を積んでいる。犀角は媚薬として珍重され、商人たちはそれを仕入れようと、遠く中国からさえ、ザンジバルにやってくる。だが、こうした積荷のほかに、帆船は今夜、ある秘密のものをのせていた。それは遠からず大部隊を蜂起させるはずのものである。そんなことは露知らず、いま船が沖合いを過ぎてゆく地方は安らかにまどろんでいた。

深いしじまと安らぎに沈む今夜の静けさには、この世になにごとかが起ったあとのように、また、この世の魂が、魔法によってさかさまにされたかのように、人をとまどわせるものがあった。思いのままに吹くモンスーンは、遙かかなたからおとずれ、海はその長い旅路を、ほのあかるい月の面《おもて》に照らされながら、モンスーンの支配のまにまにさまよっていた。海面にそそぐ月光はあまりにも澄みわたり、あたかも地上を照らすすべての光は、実は海から発せられ、それが空に反射していると見えるのだった。波は、その上をしっかと踏みしめて歩いてゆけそうに、堅固に見えた。逆に、そこを歩く人が沈み、陥《お》ちこんでゆくのは空のほうである。荒れ狂う、底しれぬ銀色の深みへと、きらめく銀、いぶし銀、どこまでも銀が銀のなかで反射しあい、ゆるやかに重みもなく、波だち、かたちを変え、そびえたつ銀の空のなかへと、人は陥ちてゆくだろう。

へさきに坐る二人の奴隷は彫像のように動かない。暑い夜で、上半身をあらわにしているその体は、月光の射さないときの海面とおなじ鉄色である。果てしない銀色の水平線を背景にして、二人の背や手足の輪郭だけが、はっきりと黒い線をなして、人のかたちを描きだしている。一人がかぶっている赤いトルコ帽が、月光のなかで鈍い杏子《あんず》色に浮かぶ。帆の片端は月光を受けて、死魚の白い腹のように光る。空気は温室のなかさながらに暑く湿り、船板もロープも、すべてが塩分のある露を結んでいる。重い海水は、へさきからともにかけて、低い声で歌う。

後甲板には小さなランタンが掛けてあり、三人が明かりをかこんでいる。

第一の人は、ティッポ・ティプの妹の息子、偉大なるティッポ・ティプの愛してやまぬ、若きサイイド・ベン・アハメドその人である。対抗者の奸計にかかり、北の地方で二年間、牢に閉じこめられていたが、ついに脱獄し、数奇な道すじを経てラムーにたどりついた。いまやサイイドは、世間の知らぬまに、敵に復讐を果すべく、帰国の途をいそいでいる。モンスーンよりもさらに強い力で船足を駆っているのは、実はサイイドの心に渦巻く復讐心なのだ。それは船の帆ともなり、バラストともなっていた。今夜サイイドがザンジバルに向かう船にいると知ったなら、地位の高い人びとの多くは、いそいで財産をまとめ、取りかえしのつかぬことになるまえにと、ハレムの女たちを率いて行途をくらませることだろう。サイイドの復讐がどうなったかについては、また別にいろいろの物語が語り伝えられている。

サイイドは甲板に足を組んで坐り、前かがみになって、両手を船板の上に組み、深いもの思いに沈んでいた。

第二の人はいちばんの年かさで、名声かくれもない物語の名手、ミラ・ジャマだった。ミラの心が生みだした数々の物語は、百の部族に愛されている。彼もサイイドとおなじ姿勢で足を組み、月に背をむけていた。だが、今夜の明かるさでは、ミラの鼻と両耳が、どういう運命のめぐりあわせでか、すっぱりと切断されているのを見てとることができた。着ているものは古びてはいたが、それでも身なりに気をくばっている。色あせた厚手の深紅の絹布を痩せた体にまとい、それが身動きするたびにひらめき、小さなランタンの明かりを受けて炎と燃え、極上のルビーのように輝いた。

一座の三人目は赤毛のイギリス人で、名をリンカン・フォーズナーという。沿岸地帯のアフリカ人は彼をテムブと呼んでいる。象牙とも、またはアルコールとも、好きなようにとれる呼び名である。故国では金持ちの家に生まれたが、数奇な風にもてあそばれて、今夜この帆船の甲板で、腹ばいに横たわるところまできた。アラブふうのシャツと、ゆるやかなインドふうのズボンを身につけているが、それでもまだ紳士の身だしなみは忘れず、さっぱりと顔をそりあげ、ほほひげをととのえている。スワヒリ族がムルングと呼ぶ、乾燥した木の葉を嚙んでいる。これは眠気を払い、気分をほがらかにする働きがある。リンカンはムルングを嚙んでは、ときどき遠くまで吐きとばしている。このムルングの働きのせいで、リンカンは口かずが多くなっていた。彼がサイイドの遠征に加わったのは、ひとつにはサイドへの愛着からでもあり、またひとつには、これまで諸国で見聞してきたように、これから起ることを見とどけたい好奇心からでもあった。リンカンの心はかろやかだった。船が大好きで、この船足の速さ、暖かい夜、今夜の満月を、しんからたのしんでいるのだった。

リンカンは言った。「ミラ、今夜のこの航海で、物語を聞かせてくれないとは、どうしたわけかね。以前はいろんな話をしてくれたものではないか。血も凍るような話、昔なじみの親友をさえ信頼できなくなるような、おそろしい話を。こんな暑い晩、これから大きな事件をひき起そうとしている人びとにふさわしいような話がありそうなものだ。話す気はないのかね?」

「いや、もう話はありません、テムブ」と、ミラは言った。「話がなくなったということそのものが、悲しいひとつの話なのでして、それはこれから大きな事件をひき起そうとしているかたがたへの養いになりましょう。私は昔、物語の名人でした。血も凍るような話を得意としたものでした。悪魔、毒薬、奸計、拷問、暗闇や狂気についての物語が、ミラの演目だったのです。」

リンカンは言った。「君の話をひとつ、今でも憶えているよ。私と、あのラムーの若い踊り子二人を、たっぷりこわがらせてくれたな。よく考えてみれば、なにもこわがらなくてもよかったのに、あのときは一晩中眠れなかったっけ。スルタンが正真正銘の処女を手にいれたいと思った。手をつくしてさがしたあげく、山奥からその処女がスルタンのところへ連れてこられた。ところが――」

「そうです、そうです」と、ミラが話を引きとった。顔つきはにわかに変り、暗い眼は輝きをやどし、両手は昔の語り部のしぐさをよみがえらせて、いまや笛の音で籠から呼びおこされた、二匹の老いた踊り蛇のように動いた。

「スルタンが望んだのは、生まれてこのかた男というものを見たことのない、正真正銘の処女でありました。手をつくしたあげく、そういう処女が、遠い山奥のアマゾン王国から連れてこられたのです。その国では、男の子は一人のこらず、生まれるとすぐに女の手で殺されます。女たちはみずから戦士となって戦いにおもむくのです。

ところが、いよいよスルタンがその処女の部屋をおとずれ、入口の掛け布のかげから中をうかがうと、処女は窓ごしに、宮殿の庭で働く若い水運びの人夫を眺めておりました。そしてスルタンは、処女がひとりごとを洩らすのを耳にしました。『私はなんとすばらしいところにきたのだろう。あそこにいるあのかたは、神なのかしら？　それとも、稲妻をはためかす力強い天使なのかしら？　私はもう、これで死んでも悔いはない。誰も見たことのないかたを目のあたりにしたのだもの。』すると、その声を聞いた水運びは目をあげて窓を見ました。その場に釘づけになり、処女の姿に見惚れておりました。

そこでスルタンは悲しみに心を閉ざされました。婚礼の寝床になるほどの大きさの、大理石の櫃《ひつ》をつくらせ、処女と若者を入れて、庭のシュロの樹の下に生き埋めにしました。スルタンはその木蔭に坐り、さまざまのもの思いにふけったのでした。なぜ自分の心からの願いがかなえられなかったのかを、スルタンは思いめぐらしました。そして、少年に命じて笛の調べをかなでさせました。これが、あなたのお聞きになった物語です。」

「その通り。しかし、このまえはもっとおもしろく話してくれたよ」と、リンカンは言った。

「そうでした」と、ミラは答えた。「あのころ、世のなかはミラなしにはやってゆけなかったものです。人びとはおびえるのが好きでした。人生の逸楽にうんざりした大貴族たちは、ふたたび血をかきたてられることを望んでおりました。なにごとも起らない暮しに閉じこめられた堅気の淑女がたは、一度でよいから、寝床のなかでおそれおののいてみたいと思っておられました。踊り手たちは逃亡と追跡の物語を聞いて、踊りの足どりを軽々と速める糧としていたものです。ああ、あのころの世間は、どんなに私を愛していたことか。当時の私は、ほほの豊かな美男でしてね。高貴な酒を飲み、金糸で刺繍した衣や琥珀《こはく》を身につけ、部屋では香をたいていたものです。」

「どういうわけで、こんなに変り果てたのだね」と、リンカンはたずねた。

「悲しいことです。」ミラはそう言うと、もとの静かな態度に戻った。「生きつづけているうちに、私はおそれる能力を失ってしまったのです。ものごとの実情を知りつくしたが最後、もう詩をつくることはできなくなります。幽霊たちと語り、悪魔どもとかかわりをもってきたあげく、しまいには、そういうこの世ならぬものたちよりも、借金とりのほうをおそれるようになるのです。自分が妻を寝とられてみれば、もう姦通の話など、おもしろくもなくなりますよ。私は人生に通じすぎてしまったのです。ある特定の出来ごとがほかのことよりも悪いと私に信じこますことは、もうできません。昼と夜、敵と味方、どちらもそう変りはないのだと、私にはわかっています。自分がおそれを忘れ果てているのに、どうして他人をおそれさせることができましょう？　以前、私の手持ちのなかに、ほんとうに悲しい、苦悩にみちた、すばらしい物語がありまして、大受けに受けたものです。主人公の若者は、最後に鼻と両耳をそぎ落とされてしまいます。いまの私には、その話をしたところで、こわがらそうにも、誰もこわがらすことはできません。というのは、鼻や耳がなくなっても、あるときとべつにそれほど変りはないことを、私が身をもって知ってしまっているからなのです。痩せさらばえ、ふるびたぼろをまとい、獄中のみじめなサイドに仕えるという、あなたがいま御覧の境遇に陥ったわけというのはこれですよ。権力者の王座近くに座を占め、勢威をふるい、人からおもねられていた、あの若いころのミラ・ジャマがね。」

「しかし、それならミラ、君は貧しさと不人気のことでおそろしい話をつくれそうなものではないか」と、リンカンが言った。

「いや、そういうたぐいの話は、ミラ・ジャマのするものではありません」と、この物語の名人は誇りをもって答えた。

「なるほど、そうか。」リンカンは体の向きを変えた。「君の考えでは、どんなものかね。人生とは、肉づきのよい、ふざけ好きの仔犬を、盲目で疥癬《かいせん》病みの老犬に変え、誇り高い騎兵用の馬を、痩せさらばえたやくざ馬に変え、また、世間がいとおしみ、かつおそれる、みずみずしい若者を、目やにをたらした、犀角を服用するようなおいぼれに変える、実に精巧で正確無比の、複雑きわまりない機械にほかならないとは思わないか。」

鼻のない物語の名人は言った。「リンカン・フォーズナーよ、あなたのお考えでは、人間とはどのようなものでしょうか。シラーズ産の赤ぶどう酒を小便に変える、ごく精密で巧妙な、うまく働く機械だとは思われませんか。飲むことと、小便をすることと、この二つのうち、欲望としても、よろこびとしても、どっちが強いかを自問なすってみたらいかがでしょう。しかし、考えてみれば、人間はなにをしてきたのですかね。歌がつくられ、キスをかすめとり、虐殺者は殺され、予言者が生まれ、正しい裁きがおこなわれ、冗談がつくられる。世間は若い物語手のミラを飲みほしました。ミラは世間の体内をめぐり、頭にのぼり、血管を走りまわって、世間の体をあたため、酔いで赤らめました。いまや私は下のほうに降りてゆくところです。酒気はさめてきました。やがて世間は、私を排泄するのに、私を飲みほしたときとおなじようなよろこびをおぼえることでしょう。もっとも、私もすこし、道をいそぎすぎたきらいはありますが。しかし、私のつくった物語のかずかずは、長く残ることでしょう。」

「それはそうと、世間が尿意をもよおして、君を体外に出してしまおうというこの際に、そんなに落着いていられるのは、どうしてなのかね。」

「私は夢をみます」と、ミラは言う。

「夢?」リンカンが問いかえす。

「そうです。神のお恵みで、毎晩眠りに入るなり、私は夢をみるのです。夢のなかでは、私はまだおそれることができます。夢のなかで起ることはおそろしい。ときどき、私はなにか、この上なく大切で貴重なものを運んでいるのです。実在のものなど及びもつかぬほど大事なものだということが、身にしみてわかっています。そして、どうやら私は、その貴重なものを、なにかおそろしい危険から護っているのです。その危険のおそろしさは、現実の世界には到底あり得ません。さらにもしその大切なものを失えば、私は打ちのめされ、一身の破滅になるのです。昼間の世界では、たとえどんなものをなくそうと、打ちのめされて身の破滅をまねくようなことなどあり得ないと、よくわかっているのに。私の夢のなかでは、暗闇はたとえようもない恐怖にみちています。また、いっぽうでは、至高のよろこびにあふれた追いかけごっこがあるのです。」

ミラはしばらく口を閉ざして坐っていた。

やがて彼は言葉をついだ。「ですが、夢で殊にうれしいのは、こういうことです。夢のなかでは、自分ではなんの努力もしないのに、私のまわりで勝手に世界ができてゆくのです。いまここでは、仮りに私がガジに行きたいと思えば、まず船賃を値切り、食糧を買いととのえ、逆風を受けて間切りながら船を進めたり、掌が腫れあがるまで漕いだりしなければなりません。そうしてやっとガジに着いたとして、そこで私はなにをしたらいいのでしょう？　それもやはり、自分で考えださなくてはなりません。しかし、夢のなかでなら、海からガジの町に続く石段を登っている自分に気づけば、それですむのです。その石段を私はまだ見たことはないのですが、それでも、そこを登るのはとても幸せだと感じますし、行くてには、なにかとてもたのしいことが待ちうけているのを感じます。

またあるときには、低い丘の何層にも続くところで狩りをしている自分に気づきます。弓矢を手にした仲間たちがいて、犬どもを引きつれています。でも、なにを狩るのか、なぜそこに出かけたのか、私にはわかりません。また、こんなこともあります。朝早く、バルコニーから私が部屋に入ってゆくと、石の床の上に女もののサンダルが一足脱いであります。そのとたんに、あ、これはあの女のだ、と思いあたります。すると私の心はよろこびにあふれ、やさしく揺らぐのです。またあるときには、扉の外に黒い巨人がいるのに気づいています。とても色の黒い男で、私を殺そうと待ちぶせしているのです。しかも私は、その人を敵にまわすようなことをしたおぼえは全然なくて、ただ、どうしたらその男から逃げおおせるかを夢が教えてくれるまで、じっと待つだけです。自分では、どうしたらいいのか才覚がつかないのですから。

私の夢のなかの空気は、特にサイイドと一緒に獄に下ってからというもの、いつも高原の空気のおもむきがあります。大体いつでも、広大な風景のなかか、または広い邸内の、ごく小さな姿としてそこにいる自分が見えるのですよ。こんなことはすべて、若い人にとってはおもしろくもなんともありますまい。ところが、今の私にしてみれば、酒を飲んだあとで小便をするのとおなじほどのよろこびなのです。」

「私には夢のことはわからないな、ミラ。私はほとんど夢をみないのだ」と、リンカンは言った。「おおリンカン、あなたは長生きしますすよ。」年老いたミラは言う。「あなたは私などよりも、ずっとたくさん夢をみているのに。私は夢みる人に会えば、一目でそれとわかります。あなたは目をさまし、歩きまわりながら夢みているのです。御自分の生きかたをえらぶのに、あなたはまったくなにもなさらない。世界が御自分のまわりで、ある運命をかたちづくるにまかせておられる。それからやおら目をあけて、御自分がどんな立場にいるのかを発見なさる。今夜のこの航海も、あなたの夢のひとつでしょう。運命の波が御自分をもてあそぶにまかせ、それから明日になると、御自分がどんなところにきたのかを眺めるというわけです。」

「君の美わしき顔を眺めるというわけだね」と、リンカンは応じた。

しばらくの沈黙のあと、ミラは突然切りだした。「テムブ、御存じでしょうか。コーヒーの苗を植えるとき、主根を曲げてしまうと、その木はやがて、かぞえきれない小さな細い根を、地面のすぐ下に張るのです。その木は育ちませんし、実を結ぶこともありません。しかし、ほかの木よりもはるかに豊かに花を咲かせます。

地表近く張ったこまかい根は、その木の夢なのです。こまかい根をびっしり張ると、その木はもう、曲った主根のことを気にしなくなります。そして、こまかい根によって生きてゆく。わずかな間です。決して長い命ではありません。逆に、その木はこまかい根、つまり夢のせいで死ぬといってもさしつかえないわけです。なぜなら、夢みることは、行儀のよい人びとの自殺の手段にほかならないのですから。

夜眠ろうとなさるのなら、よく人が言うように、門を通ってゆく羊やラクダの長い列をかぞえたりしてはなりません。列は一方向に進みますから、あなたの思いもそれにつられてゆきます。そんなことはやめて、深い井戸のことを考えてごらんなさい。その井戸の底の中心から、水が湧きだしているところを想像するのです。水はちょうど星の光のように、あらゆる方向に向けて湧き流れています。

その水の動きに心をあわせ、一方向にかぎらず、等分に、すべての方向に心を向けることができれば、やがて眠りにおちてゆくでしょう。でも、それをあんまり徹底してやると、さっきお話ししたコーヒーの木が、地表近くに張った細根のおかげで弱るのとおなじように、あなたも死ぬことになるでしょうが。」

「つまり、私は自分の主根を忘れたいと思っていると、君は言うのだね」と、リンカンはたずねた。

「はい、そうなのだろうと思います。でないとすれば、あなたのお国の人たちによくあることですが、もともとあなたは主根といえるほどのものをおもちでないということになります。」

「でないとすれば、か」と、リンカンはつぶやいた。

二人はしばらくだまりこみ、船の進むにまかせた。一人の奴隷が笛を取りあげ、調べをためす旋律をいくつか吹き鳴らした。

「なぜサイイドはひとことも話そうとしないのかね。」リンカンがミラにたずねた。

サイイドはわずかに眼をあげてほほえんだが、口をひらこうとはしなかった。

「サイイドは考えているからです」と、ミラは言った。「私たちのおしゃべりは、あのかたにとってはさぞ気の抜けたものでしょうよ。」

「サイイドはなにを考えている?」リンカンはたずねた。

ミラはしばらく考えていた。「そうですな。いくらかなりと知性をもった人にふさわしい考えごとといえば、二つあるだけです。ひとつは、自分はつぎの瞬間、または今夜、または明日、なにをすべきかということ、もうひとつは、世界を創造し、海を、砂漠を創造し、馬や風や、そして女や琥珀や、魚や酒などをつくり給うことによって、神はいったいなにを意味しようとしておられるのかを考えることです。サイイドはこの二つのうちどちらかのことを考えているのです。」

「たぶんサイイドは夢みているのだろう」と、リンカンは言った。

ミラはすこし間をおいてから答えた。「いいえ、サイイドは夢みたりはしません。まだ夢のみかたを知らないのです。世間はいま、サイイドを飲んでいる最中です。サイイドは世間の頭にのぼり、血管を駆けめぐるところです。世間の心臓の鼓動を速めようとしています。サイイドは夢みてはおりません。しかし、おそらく、神に祈っているでしょう。神に祈るのをやめたとき——そのときが、細根の生えだす折なのです。そのとき人は夢みることをはじめます。今夜サイイドは、神に祈っていることでしょう。主なる神にむかって、おそるべき力で祈りを投げかけているのでしょう。そのあまりの激しさは、最後の審《さば》きの日に天使がラッパを吹き鳴らす力に込められて地上に投げかえされ、きっと象が交わるときのような地ひびきをたてることでしょう。」

しばらくして、ミラはまた言葉をついだ。「サイイドは言っています。私はあわれみを示すまい。あわれみを求めもすまい。しかし、そこでサイイドは間違っているのです。あのかたは、私たち一同を見捨てるまえに、必ずあわれみを示すことでしょう。」

やがてリンカンがこうたずねた。「君はおなじ場所を二度夢にみることがあるかね?」

「みますとも。それこそ神の大いなるお恵みで、夢みる人のよろこびなのです。長い間をおいて、私は夢のなかで、昔の夢にみた場所に戻ります。すると心はよろこびに溶けてゆきます。」

船はすべってゆき、しばらくのあいだ、誰もなにも言わなかった。やおらリンカンは位置を変えて身を起し、楽な姿勢をとった。最後のムルングを甲板に吐きだすと、ポケットに手をつっこんで、煙草を取りだして手巻きにした。

「今夜は私が話をしてあげよう。ミラには話がないそうだから。君はずっと昔のことを思いださせてくれた。いろいろなおもしろい物語が、君の側の世界からわれわれヨーロッパ世界の側に伝わっているね。子供のころ、私はそういう物語をとてもたのしんだものだったよ。さて、ミラ、君の耳をたのしませるために、それからサイドの心のために、私はこの話をするとしよう。サイドにとって、私の話が役にたつといいのだが。それは、二十年まえ、私がどのようにして、ミラ、君の言うように、夢みることを教えられたかという話、それを教えてくれた女の人についての話なんだ。なにもかも、ありのままに話そう。だが、人名や場所、それから、事件が起った地方の様子については、不自然にきこえることがあるかもしれないが、その説明ははぶかせてもらう。納得のゆくところだけ取りいれて、あとは放ったままにして聞いてくれたらいい。話の半分しかわからないというのも、そう悪いものではないからね。」

二十年前、私が二十三歳の若者だったころのことだ。ある冬の夜、私は山のなかの宿屋の一室に坐っていた。吹雪が荒れ、大きな雲がわだかまり、荒涼たる月が見えていた。

君も聞いていると思うが、ヨーロッパは大きく二つに分けることができる。一方が、もうひとつの地帯よりも居ごこちがいいのだ。高くけわしい山脈が、この二つの地帯をへだてている。この山脈を越えられるところは、いくつかに限られる。そこでは山が人間に対して幾分か敵意をやわらげているのだ。そういうところをねらって、大変な苦労のあげく道がつくられ、そのおかげで山が越せる。私が泊っていた宿は、そういう峠の近くにあった。岩をえぐりとって、歩く人だけでなく、馬やラバ、馬車さえも通れるほどの道ができている。苦しい登り坂を、不平をこぼしながら登りつめて、峠の頂きに着く。そうして今度は下りにかかると、やがて甘いやさしい空気が顔をなぶり、肺のなかまで気持よくするのが感じられる。旅人の休憩用につくった、修道院経営の大きな家が建っている。

私はそのとき、なにもかもが冷たくて退屈な北方から、みずみずしく官能的な南の国さして旅をしていた。その宿は、峠越えのけわしい道にかかる前の最後の宿場で、私はその翌日山を越えるつもりでいた。まだこの道を旅する季節としては早すぎるので、あまり旅人は見かけない。山の上には深い雪が積もっていた。

世間の目には、美貌で金持ちで陽気な若者が、快楽を求めてあちこち渡りあるき、しかもとびきりぜいたくな大名旅行をしていると見えたことだろう。だが実際は、そんな気楽なものではなかったのだ。私は心の痛みのために、行ったりきたり、風にもてあそばれて動きまわる道化にすぎなかった。雲をつかむように、あてもなく、一人の女をさがし求めていたのだ。

そうなのだ。ミラ、君が信じようと信じまいと、私は女のあとを追っていたのだよ。もうそれまでにいろんなところをさがして歩いていた。ほんとうに、いくらさがしてもまったく手がかりがないので、もし自分にそうするだけの力さえあれば、きっぱりあきらめてしまいたいところだった。しかし、困ったことに、ミラ、私の魂は、その女のひとの胸のなかに置き去りになっていたのだ。

そのひとは私とおなじ年配の娘ではなくて、ずっと年上なのだ。そのひとの身の上のことは、私にとって認めるにしのびない一つのこと以外には、なにもわからなかった。おまけに、このあてどない追跡でなによりつらいのは、私がこんなにまでしてそのひとをさがしあてたとしても、彼女がそれをよろこんでくれるという自信がもてないことだった。

ことの起りはこういうふうだ。私の父親はイギリスの大金持ちで、大工場をいくつか経営していたし、田舎には、なかなかいい荘園をもっていた。大家族のあるじで、仕事の上では大変なやり手でもあった。聖書——われわれの聖なる本のことだが——をよく読んでいて、そのせいで自分のことを、この世における神の代理人と思うようになっていたものだ。おやじは神への畏敬の念と、自尊心との区別をつけることができたのかどうか、私には実際のところわからないね。混乱した世のなかを秩序あるものにすることが自分の義務なのだと、おやじは思っていた。それから、すべてのものを役立てなければならないと思っていた。それはつまり、自分のために役立つようにするということなのだがね。おやじの性格のなかで、私の知るかぎりでは、自制のきかない点が二つだけあった。あのお堅い処世訓に矛盾することとおびただしいが、音楽が好きでたまらないのだ。それも、イタリア・オペラには目がない。それからもう一つは、時どき夜眠れないことだった。

後年、叔母に聞かされた話がある。おやじの妹で、とてもおやじを嫌っていたものだ。なんでもおやじは、若いころ西インド諸島のどこかで、ある男を自殺に追いこんだか、実際に殺したかしたことがあるそうだ。夜眠れなくなるのは、たぶんそのせいなのだろう。私と妹とは双子で、兄や姉たちとはひどく年が離れていた。子供たちを一人前にする義務からやっと解放されることになって、なぜまたもう二人子供をつくる気になったのか、私には見当もつかないね。最後の審判の日に再会したら、そのわけをおやじにたずねてみることにしよう。時どき思うのだが、おやじを駆りたてていたのは、例の西インド諸島の男の亡霊だったのではあるまいか。

おやじは私のすることなすこと気にいらなかった。しまいには気苦労の種になっていたのだな。もし私がおやじの製造品でなかったとしたら、私のみじめな末路を、それ見たことかとよろこんだかもしれない。さて私は、絶えず「わが息子リンカン」としておやじに引きよせられ、夜なかの一時から三時にかけて、役にたつものにしたてようと、鉄槌で連打されて、さまざまなかたちをとらされるのを感じていた。この一時から三時ごろの時間、私はいつも活気のある騒がしい時をすごしていたものだ。というのは、当時英国陸軍のあるしゃれた部隊の将校をつとめていてね、イギリスの選りぬきの旧家出身の息子たちのなかで名声をたもとうとして、金と時間と機智のだだら使いをしていたのだ。私の機智についてだけは、おやじはまったく自分の遺伝にちがいないと認めていたがね。

そのころ隣の家のあるじが亡くなって、若い未亡人が残された。そのひとは美人で金持ちで、それまで不幸な結婚生活に耐えていた。夫とうまくゆかないのをまぎらせようと、その奥さんは私の双子の妹と感傷的な友情を結んでいたものだ。妹は私に生きうつしで、私が妹の服を着たりすると、誰も二人を区別できなくなるほどだった。そこでおやじが考えるには、未亡人になったいま、この婦人は私との結婚を承諾するにちがいない、そうすれば私というお荷物を、彼女に肩代わりしてもらえる、というわけだ。

このもくろみは、私が当時人生に期待していたものとぴったり一致した。おやじに申しいれた唯一の条件は、未亡人が先夫の喪に服す期間、私をヨーロッパへ旅行にやってほしいということだった。そのころの私にはいろいろな道楽があって、酒、賭けごと、闘鶏、ジプシーと一緒にすごすこと、おまけに、神学の議論に熱中すること——これはほかならぬおやじから受けついだ道楽だが——等々、そしておやじは、私が未亡人と結婚する前に、こういうもろもろの道楽からいっさい足を洗ってもらいたいものだと考えていた。すくなくとも、あまり身近にいてぼろを出し、未亡人が気を変えて断ってきたりすることのないように、というわけだ。色恋沙汰については私は手が早いのを、おやじはよく知っていたから、田舎の荘園で隣同士だという利点に乗じて、また、私と妹が生きうつしだということもうまく利用して、婚約者に親密すぎる関係を強いるはめになるのを、おやじはおそれていた。こういうもろもろの理由で、おやじは私が九ヵ月間の旅に出ることを許してくれた。ただし、おやじの学校友達で、おやじの情けにすがって寄食している老人をお目付役に同行させるという条件つきでだ。この老人をこうしたかたちで、ともかく役にたてることができるのを、おやじはよろこんでいたね。

しかし、私はすぐにこの老人の監督から自由になった。ローマに着くと、このじいさんはラムプサコスの古代プリアポス秘儀の研究に熱中しはじめ、私はのびのびと好きほうだいに暮すことができた。

ところが、この恵まれた年の四ヵ月めに、たまたま私はローマの売春宿の女と恋におちてしまったのだ。ある日の夕方、私は神学生の一行と連れだって、その売春宿に出かけた。連れから判断してわかるように、そこは金のある連中がたのしみに行くところでもなければ、芸術家や乞食たちが常連になる、いかがわしい店でもない。ちょうど中流どころの、ちゃんとした店だった。その店のある狭い小路の様子、そこでかいださまざまなものの匂いを、いまでも思いだせるよ。もう一度あの匂いをかぐことができたら、私はわが家に帰ったような気分になるだろうに。

君のような詩人たちが使う、涙、心、あこがれ、星々などという言葉の意味を私が理解できるようになったのも、こうしていまだに憶えていられるのも、その女のひとのおかげなのだ。そうだ、殊に星々という言葉についてはそう言えるな。ミラ、その女のひとには、星を思わせる風情があったのだよ。そのひととほかの女たちをくらべると、ごみと星空ほどのちがいなのだ。ミラ、君もたぶん、これまで生きてきたあいだに、そういうたぐいの女に出遇ったことがあるだろう。内部から光を放ち、暗闇のなかで輝き、松明のあかりのようにゆらめく女を。

翌日、ローマで滞在していた宿で目をさましたとき、ひどくおどろいたのを憶えている。昨夜は飲みすぎていた。それで頭がどうかしていたのだ。あれほどの女がいるはずはない、そう思うと、私は全身が熱くなり、また冷たくなった。横になったまま、もう一度思いめぐらしてみた。どう考えても、あの女のような人間像を発明する力量が、自分にあるわけがない。それは最高の詩人だけに可能なことではないか。あれほどの生命力にみち、力にあふれた女を想像するなど、自分にできるはずはない。私は起きあがると、昨夜の売春宿に直行した。するとそこには、私の記憶そのままの女が、ちゃんといるではないか。

後になってみると、そのひとが私に与えた力強い印象というのは、結局ある意味ではまやかしだったとわかった。見かけほどの力はなかったのだ。どういう具合にだったか、それをこれから話そう。

風や海流にさからって、ずっと船を進めてきた人が、突如上げ潮と順風に乗って、ちょうど今夜のように、なんの苦もなく航海する船に乗ったとしよう。その人は船の威力に感じいるにちがいない。だが、それは間違っている。とはいえ、同時に正しいともいえる。というのは、ほかならぬその船だけが、海と風とを味方につけることに成功しているのだから、海と風の力はその船のものなのだとするのも、あながちあやまりとは言えないだろう。私の場合、生まれてこのかたいつも、おやじの庇護のもとに、風と海流にさからって船を進めることを教えこまれてきたものだった。ところが、この女の腕のなかにいると、自分が風や海流のすべてと和合し、人生そのものの流れに乗っているのを感じる。私にはそれが、この女の力によるのだと思われた。だが、それでも、その女が人生のあらゆる風や潮の流れと、どの程度連合していたのか、当時の私にはまったくわかっていなかった。

最初の夜を共にして以来、二人はいつも一緒にいた。生まれ故郷のイギリスで、かくあるべしとされる恋愛の流儀に、私はまったく意義を認めたためしがない。まず客間でのありきたりの会話やお世辞やクスクス笑いではじまり、手や足にふれる段階を経て、いわゆる恋の到達点なるベッドのなかで終るという、例の流儀のことだ。ローマでのこの私の恋愛は、酒とやかましい音楽の助けを借りて、まずベッドのなかではじまり、それから、かつて私の知らなかったたぐいの求愛と友情の段階へと進展していった。これこそ私が気にいった、ただ一つの流儀だね。

やがて私は、一日じゅう女を連れだしてすごすようになった。それがまる一日と一晩になることもあった。小さな馬車と馬を一頭買い入れて、二人でローマの街を乗りまわし、フラスカティやネミのような郊外にまで足をのばしたものだ。小さな旅籠《はたご》で夕食をし、朝早く、道ばたに馬車を停めて馬に草をたべさせた。そのあいだ二人は草の上に坐って、新鮮な酸っぱい赤ぶどう酒をあけ、レーズンとアーモンドをつまんでいた。見あげると、大平原の空高く、猛禽類が輪をえがいていて、その影が短い草の上を動き、馬車の上をかすめるのだった。

祭をやっている最中の村を通ったこともあったな。晴れた夕暮で、泉のまわりに中国製の提灯がいくつも吊ってある。宿のバルコニーから、二人でその祭を眺めていた。何度か海岸まで遠出をしたものだ。こうして出かけあるいていたのは、九月のことだった。ローマでは九月はいい季節でね。風景は茶色を帯びはじめるが、空気は丘の湧き水のように澄んでいる。ふしぎなことに、ヒバリがたくさんいるのだ。あのあたりでは、ヒバリは秋のはじめに鳴くのだな。

オララはこういう外出を、なにからなにまでたのしんでいた。彼女はイタリアをしんから愛していたし、おいしい食べものや酒のことをとてもよく知っていた。時どきオララは、カシミヤや大きな鳥の羽根で、あざやかな虹のように着飾ったものだ。大公の寵姫もかくやとばかりにね。そんなときのオララと肩を並べられるだけの趣味のよさをもった女は、イギリスには一人もいなかった。

だが、また別のときには、オララはイタリア特有の麻のフードをかぶって、田舎女ふうに身をやつし、村の踊りに加わったりもした。そうなると、オララほどに力強く優雅な踊り手は見あたらない。もっとも、私と一緒に坐って踊りを見物しているほうが、オララはもっと好きだったけれど。

彼女はあらゆる印象をきわだって敏感にとらえたものだ。どこへ出かけても、私よりずっとたくさんのものに目をとめるのだよ。若いころから今まで、ずっとすぐれたスポーツマンで通してきた、この私以上にね。だが、同時にまた、オララはよろこびと苦痛、悲しみとたのしさのあいだに、たいしてちがいを認めていないふうがあった。どちらもオララにとっては、等しく歓迎すべきことなのだ。どうも心のなかでは、結局おなじことなのだと悟っていたようなふしがある。

ある日の午後、日没に近いころ、二人はローマへ戻る途中だった。オララは帽子なしで馬を御し、鞭をあててギャロップで駆けさせていた。すると長い巻き毛になった黒髪が風で吹き払われて、またあの長い火傷の痕が見えた。小さな白い蛇のように、左耳から鎖骨にかけて走っている傷痕だ。まえにもたずねたのだが、そのときまた、どうしてそんなひどい火傷をしたのかね、と、私はオララにきいてみた。彼女は答えてくれないで、そのかわり、自分に言いよってきたローマじゅうの高位の聖職者や大商人たちのことをしゃべりはじめた。しまいに私は笑いだして、君には心というものがないのだな、と言った。そうすると、オララはしばらくだまってしまった。馬車は全速力で疾走し、強い日射しが真正面から二人の顔にあたっていた。

とうとうオララが言った。「いいえ、心はありますわ。でも、それはミラノの小さな白い別荘の庭に埋めてあるの。」

「永久に埋めておくの？」と、私はきいた。

「そう、永久によ。そこはどこよりも美しい場所だから。」

私は嫉妬にかられて、さらにたずねた。「そのミラノの白い別荘には、君の心を永久に引きとめておくようなものがあるというわけ？」

「さあ、わからないわ。もう今はそれほどでもないかもしれない。庭の草取りをする人もいないし、ピアノの調律をする人もいないのだから。誰か知らない人が住んでいるかもね。でも、月が昇れば、月光はあるでしょう。それに、死んだ人たちの魂もあるはず。」

オララはよくこういうはっきりしない、気まぐれな調子でものを言うのだ。その調子がいかにも優雅でやさしく、なんとなくへりくだっているものだから、いつも私は惹きつけられてしまう。オララは人をよろこばせようと気を使い、めんどうをいとわなかった。主人の機嫌をそこなうのをおそれてかたくなった召使いのようなやりかたでは断じてない。逆に、大変に富んだ人が、限りなく湧きだす豊饒の角《つの》のなかから、相手に恩恵をほどこすといった態度なのだ。人に慣れた雌ライオンが、鋭い爪と歯をもちながら、たくみに人に気にいられるようにしむけていたのだ。

オララは、ときには幼い子供のように思えたり、またときには、あの古代ローマの水道のように年古りた感じがした。千年もまえにつくられ、平原の上高くかかり、地面に長く影をおとしている古代ローマの水道、ふるびて亀裂が走ってはいるが、なお堂々としたその壁は、日光をあびて琥珀色に輝くのだ。そういう印象を与えるときの彼女のまえでは、私は自分をいま出来のくだらないものと感じ、ただの小僧っ子にすぎない気がした。オララはいつでも、このひとは私などより遙かに強い人間だと思わせるものをもっていた。オララが空を飛ぶことができて、いつでも好きなとき私を離れ、この地上を離れて飛び去るかもしれない存在なのだと知ったとしたら、私はやはり、おなじような感じがしたにちがいない。

私が将来のことを考えはじめたときは、九月も末にさしかかっていた。そのころにはもう、オララなしでは生きてゆけなくなっていた。仮りにオララから離れようとしてみても、私の心は水が低きにつくように、オララめざして走ってゆくにきまっていた。で、私はオララと結婚し、一緒にイギリスに連れて帰ろうと心に決めた。

結婚を申しこんだとき、オララがほんのわずかでも反対のそぶりを見せてくれていたら、後に彼女のとった態度があんなにも私を苦しめることはなかったろうに。オララは即座に申しこみを受けいれ、一緒にイギリスに行こうと言ったのだ。それ以来オララは、まえよりも一層やさしくこまやかな恋心を私にそそぐようになった。二人はイギリスでの暮しを話しあい、イギリスのあれこれのことを手あたり次第に話題にしては、一緒に大笑いした。私は父親のことを話し、昔からずっとイタリア・

オペラに夢中なのだと言った。どうも、おやじについてはそれくらいしか長所が見つからなかったのでね。こんなふうにイギリスのことを話しながら、これから先イギリスで暮しても、自分はもう決して退屈することはあるまいと確信していた。

私がオララのところへ行くたびに、これまで見かけたこともない男の姿がちらつくのに気づいて、急に不安になったのは、ちょうどそのころのことだった。はじめのうちは気にもとめなかったのだが、六回か七回も見かけてから、この男のことが心にひっかかって、落着かない気分になった。その男というのは年のころ五十か六十、痩せがたで、ぜいたくな身なりをし、両手にダイヤモンドを光らせている。態度は実業界の大ものといった感じだ。顔色が悪く、眼の色はとても暗い。オララと一緒にいるとか、例の売春宿のなかにいるところを見たことは一度もなかったが、行き帰りに近くでばったり出遇うのだ。月が地球のまわりを回転するように、オララのまわりをうろついているとしか思えない。この男には、なにかはじめから並みはずれた印象があったにちがいない。さもなければ、彼がオララの人生にとりついた悪霊で、彼女に対して支配力をもつ人間だなどという考えが、私に浮かぶわけがない。いまや私はその考えに憑かれていた。とうとう耐えられなくなって、イタリア人の従僕に命じ、その男が泊っている宿に行って身もとを洗わせた。それでわかったのだが、男はとてつもない大金持ちの、オランダ国籍のユダヤ人で、名をマルコ・ココザといった。

オララのいる売春宿があるような界隈で、そんな人物になんの用があるのか、しかもなぜ繰りかえし出没するのか、私は不審をいだいた。オララがなんと言うか、それがこわいので気が進まなかったのだが、ついに私は彼女にたずねてみた。いったいあの人物と知りあいなのかとね。オララは指を二本私のあごに当てて顔を上向かせた。「いとしい人、私に影法師がないことに、いままで気づかなかった？　昔、私は悪魔に影を売ったのよ。ちょっとした気晴らしやおもしろさと引きかえにね。外で見かけたというその男のことなら、あなたのいつもの注意ぶかさで観察したら、私の影にすぎないとわかったはずなのに。私とはもうなんの関係もない影よ。ときどき悪魔が大目にみてくれて、ああして歩きまわっているだけ。そんなときはもちろん、以前のように私のところに戻ってきて、足の下に平たく伸びたいと思うでしょう、影なのだから。でも、私は決して許さないの。そんなことをさせたら、悪魔は私の借りた金額を取りたてにくるでしょうから。あの男のことなら、安心していていいのよ、私の小さなお星さま。」

オララは彼女独特のしかたで、たしかにそのときはほんとうのことを言ったのだ。私はそう感じた。言われてみて気がついたのだが、オララには影がなかった。オララの身辺には暗く悲しいことはなにもない。あらゆる人間に分かちがたく結びついている心配、悔い、野心や恐怖は、オララという存在から追放されているのだった。当時の私は世間のわずらいについて無頓着な若者だったのだが、その私さえ、暗さからこれほど自由ではなかった。そこで私はオララにキスし、では影はあのまま外に置きざりにして、窓のよろい戸を閉めてしまおう、と言うにとどめた。

それまで知らなかった、奇妙な感じをおぼえるようになったのも、やはりちょうどそのころからだった。以来私はその感じをいまだに持ちつづけている。当時はおろかにも、それを幸福感と取りちがえていたのだが。それはこんな感じなのだ。どこへ行こうと、自分のまわりの世界が重みを失って、ゆっくりと上のほうへ浮きあがってゆく。固体としての性質がなくなって、光だけから成っているように。もはやなにものも重量感をもたなくなっていた。サン・アンジェロの城塞全体も空中楼閣と化した。サン・ピエトロ寺院さえ、二本の指で軽々とつまみあげられると感じたものだ。街頭で馬車に轢《ひ》かれるのもいっこうこわくない。馬車も馬も、紙で切りぬいたほどの軽さと思えるのだ。いくらか気がふれたような感じもあったが、そうした世界のかろやかさをかたく信じこみ、このうえもなく幸せだった。そしてそれを、将来おとずれるより大きな幸せ、一種の神格化の兆しと受けとっていた。全世界は私と共に翼を得、第七天の高みに昇ってゆくところなのだと思えた。いま思いかえせば、その兆しがなにをさしていたのかよくわかる。それは決定的な別離のはじまりだったのだ。別れのときを告げる雄鶏の叫びだった。それ以来の旅のなかで、私にとっては国も人びとも、いつもおなじように重量感がない。そういう私のとらえかたも、ある点では正しかったのだ。私のまわりの世界はほんとうに翼を生やして上昇していた。私ひとりが飛ぶには重すぎて、後にとりのこされ、まったくの孤独に沈むようになったのだ。

父親宛てに書かなければならない手紙のことで、私の頭はいっぱいだった。例の未亡人とは結婚できなくなったことを報らせる必要があった。ちょうどそのころ、海軍の将校をしていた兄の乗り組んでいる軍艦が、ナポリに入港することを聞いた。おやじ宛ての手紙は、この兄に託すのが上策だと判断したので、私はオララに、何日かナポリに出かけてくると言った。留守のあいだ、例の年とったユダヤ人に会うつもりではないのかとたずねたが、いや、決して会いもしないし、口をきくこともないから大丈夫と、オララは言うのだった。

兄との話しあいはうまくゆかなかった。兄に話してみてはじめて、私の将来の計画が、他人の目にはどれほど無茶なものに見えるかを思いしらされ、私はとても不安になった。そうした他人の見かたを実におろかしく、非人間的なものと思いはしたが、それでもオララとめぐりあって以来はじめて、私の育った家庭、私がかつて属していた階級の、生命のないつめたい雰囲気というものを思い起させられたのだった。だが私は兄に手紙を渡し、できるかぎりおやじに私の事情を説明してくれるようにと頼むほかなかった。用事を済ますと、私はいそいでローマに帰った。

戻ってみると、オララはゆくえをくらませていた。はじめ売春宿の連中は、オララは熱病にかかって急死したと言った。私はひどいショックを受け、三日間ほとんど正気を失っていた。だが、やがて、どうもおかしいと思うようになり、オララのいた家の連中一人一人をつかまえては、ありのままに話せと頼んだりおどしたりした。ナポリに発つまえに、私はオララを売春宿から連れだしておくべきだったのだ。とはいえ、もしオララ自身が私から離れようとしていたとすれば、たとえそのように手を打っていてもなにもならなかったのではないか？　奇妙な直感が働いて、私はオララの失踪と例のユダヤ人を結びつけた。そこで、売春宿の女将《おかみ》と最後に会ったとき、首に手をまわして、こっちにはなにもかもわかっているのだから、ありのままを白状しないと、このまま締め殺してやるぞと脅迫した。老婆はおそれをなして告白した。お察しの通り、あのユダヤ人ですよ。

ある日オララは出かけてゆき、それっきり戻らなかった。翌日、顔色のわるい、とても暗い眼をしたユダヤ人の紳士がやってきて、オララの借金を清算し、おまけに多額の口どめ料を女将に渡した。だが、二人は一緒ではなかった。「それで、二人はどこへ行ったのだ！」私はどなったが、これでもう、この黄色い顔をした婆さんを殺して自分の絶望に腹いせすることができなくなったので、いらいらしていた。そこまではわからないと女将は言ったが、ちょっと考えて、そういえば、ユダヤ人が従者に、バーゼルとかいう地名を口にしていたのがきこえた、と言う。

そこで私はバーゼルに向かった。しかし、見もしらぬ町で、名前もわからない人間をさがすむずかしさは、実際にそれをやってみた人でなければ到底想像もつくまい。

そのうえ、社会のどんな階層をめあてにオララをさがせばよいのかわからないので、ことは一層むずかしくなっていた。あのユダヤ人と一緒だとすれば、いまやオララは貴婦人として、自家用の馬車に納まっているかもしれない。だが、それならなぜ、ユダヤ人はオララを、私が出遇ったローマのあの売春宿に放っておいたのか？ ユダヤ人は、私などの想像も及ばぬ動機から、またおなじことをしているかもしれない。そこで私は、バーゼルじゅうのいかがわしい商売の家を一つのこらず調べていった。そういう家の数は、思ったよりもずっと多かった。なぜかというと、バーゼルの町は、結婚生活の神聖な結びつきを尊重する点にかけては、ヨーロッパのどこよりも厳しかったからなのだ。だが、オララの消息はつかめなかった。アムステルダムはどうだろうという考えが、そのうちにひらめいた。すくなくともそこでなら、ココザという名前の手がかりがものを言う。

たしかにアムステルダムには、そのユダヤ人の豪華な邸宅があった。ココザという人物が、この都市きっての大金持ちだということもわかった。ココザ家は、ここ三百年来、ダイヤモンドを商っている豪商なのだった。だが当主のココザ氏はいつも旅をしているという。なんでも、いまはエルサレムに出かけているとかいう話だ。私は間違った情報に振りまわされてアムステルダムを発ち、何ヵ国かをさまよい歩いた。この狂気じみた旅は五ヵ月間つづいた。しまいに私は、エルサレムまで行ってみることに決めた。この話のはじまりの、アンデルマットの宿に坐っていたというのは、ジェノヴァからエルサレム行きの船に乗るために、もう一度イタリアまでとってかえす途中だったのだ。峠越えを翌日に控えて、私はそれまでの成りゆきを思いかえしていた。

その前日、おやじからの手紙を受けとったところだった。つぎつぎに移動する私の後を追って、何ヵ月もかかってやっと届いた手紙だった。おやじはこんなことを書いてきた。

「お前のふるまいを、私はいまや平静に、理解をもって受けいれることができるようになった。そのわけは、家に伝わる古い記録を調べたおかげであって、この仕事に私はここ三ヵ月というもの、多くの時間と労力をさいてきた。この調査の結果、わが一族はおどろくべき宿命を背負っていること、しかも、この二百年来、その宿命の働きが続いていることが明らかになった。

我れら一族が衆にすぐれて繁栄してこられた秘密は、代々にわたって、一族の欠点と弱さを一身に荷なう個人を常に持っていたことにあったのだ。普通なら一族全員が分かちもつはずの欠点が、一人の個人の上にのみ集中する。したがって、ほかの全員は欠点をもつことをまぬがれ、これまでも、また現在も、安定した地位をたもち、富みさかえることができる。

古い記録を通読した結果、この事実には疑う余地がないものと、私は確信するに至った。過去七代をさかのぼって、各世代にこの選ばれたろくでなしを発見することができたのだ。私が直接に知っているなかで最も昔の人物では、私の大伯母エリザベスがそれにあたる。あの大伯母の所業については、ここで敢えてふれたいとは思わない。ヘンリー叔父とアムブローズ叔父の例を引くにとどめよう。二人は疑いもなく、その世代において……」

以下、おやじのこの説を実証するさまざまな名前と行状が列挙されている。そしておやじはこう結んでいた。

「このふしぎな現象が万一なくなったとしたら、それは我が一族とその名声にとって、恵みであるよりはむしろ、致命的打撃となるのではないかと疑わざるを得ない。この現象がなくなれば、迷惑や心配は一掃されよう。しかし同時に、我が一族をほかの人びととなんらえらぶところのない存在に下落させるのかもしれない。

お前はこれまで、常に私の命令や忠告に対して頑固にさからってきた。したがって私としては、お前が自分の世代の選ばれた犠牲なのだと信ずる根拠ありと考えるほかない。お前の所業は、美徳に心惹かれることを否定し、善行にはよき報いがあることをも否定し去ってきた。お前の父親として、私は十分に考えぬいた上で、お前の親不孝、弱さ、悪徳を犯す生きかたをまっとうする一生を、いとわしい避けるべき例として、お前の代に生をうけた我が一族の人びとに有用なものとなるよう、祝福することとしよう。」

私はそれっきりおやじに会っていない。後年スミルナでふさぎこんでいたとき、以前の家庭教師と偶然再会したのだが、その人がおやじの消息を伝えてくれた。おやじは私のひきおこした婚約不履行という事態を甘受し、みずから例の若い未亡人と結婚したのだそうだ。男の子が生まれて、リンカンと名づけたと聞いた。おやじは結局私が思っていたよりも私のことを愛していたからそうしたのか、あるいは、夜なかの一時から三時にかけておやじをおそう、息子リンカンについての不愉快なもの思いから逃がれるために再婚したのか、そこのところはなんとも言えないね。

このおやじの手紙はもう二度繰りかえして読んでいたが、その宿で坐っているあいだ、暇つぶしにまたポケットから取りだして、読みかえしていた。手紙から目をあげたとたん、二人の若者が、寒い戸外から宿の食堂に入ってくるのを見かけた。その一人は知りあいだったので、私がいるのに気がつけば、やってきて一緒の席に坐るだろうなと思った。果して彼はその通りにし、その晩は三人ですごすことになった。

身なりのよい、礼儀正しい二人の若紳士のひとりは、コーブルクの貴族の息子で、一年まえ、外交官志望の彼がイギリスに議会運営の研究にきていたときに知りあった。彼にはもうひとつイギリスで研究する課題があって、それは馬の種つけだった。家代々の仕事なのだそうだ。名前はフリーデリヒ・ホーエネムゼルといったが、風采といい、動作といい、私が以前飼っていたパイロットという名の犬そのままだったので、私はパイロットとあだ名をつけて呼んでいた。背が高く金髪で、美しい若者だ。

ミラ、君のさっきの創意に富んだたとえ話を使って説明すると、きっとよろこんでもらえると思うから言うのだが、この若者は、世間が決して飲みこもうとしないたぐいの人間だったよ。本人は世間に飲んでもらいたいと強く願っていて、あらゆる機会をとらえては、のどもとをくぐりぬけようとするのだ。ところが世間は頑強に彼をこばみつづける。時として、この気の毒な奴に幻想を吹きこむつもりか、世間はほんの一すすり口をつけるのだが、決して口一杯に飲んだりしない。しかも、その一すすりでさえ、すぐに吐きだしてしまうのだ。なぜ彼がこうも世間に吐き気をもよおさせるのか、そのわけは私にもまったくわからない。ただ一つ言えるのは、この若者に近づく誰もがおなじ印象をもつことだ。つまり、まったく反感はいだかないにもかかわらず、この人にかかってはどうしようもないという感じをもってしまう。こういう具合で、彼は精神的にはごく若い胎児の状態にとどまっていた。

人間が胎児のままで一人前になるには、ある程度の巧智か運のよさが必要だろうよ。わが友パイロットは、決してそれ以上には進歩しなかった。パイロットは自分のそういう状態をときどき自覚して、これはまずいと思っていたのだろう。自分の内面の在りかたに対する希望のない戦いのつらさが、パイロットの青い眼に現れることがあった。自分なりの好みを発見したりすると、パイロットはそれを最大限に利用しようとしたものだ。あるぶどう酒がほかのよりいいと思うと、その貴重な発見を他人に深く印象づけようとして、しつこくそのことばかりしゃべりまくる。私が学校で教えをうけた哲学者がいる。この人に会えば、君はきっと好きになったにちがいないと思うよ、ミラ。この哲学者はよく、「我れ思う、ゆえに我れ在り」と言っていた。この言いかたを借りて、わが友パイロットはいつも世間と自分自身に対して言っていたものだ。「我れライン・ワインよりもモーゼル・ワインを好む、ゆえに我れ在り」とね。なにかのショーやゲームが気にいると、パイロットは一晩じゅうそのことばかり話題にしていた。「こういうものこそ、ぼくの気にいりなのだ」と言いつづけてね。想像力というものをまったく持ちあわせず、またそのいっぽう、実に率直なのだ。自分の力ではなんにも考えだすことはできず、ただただ自分なりに好きになったもののことばかり、これこそ稀れに見る貴重なものだとして、描写しつづける。結局、パイロットが自分自身として存在することをさまたげていたのは、想像力の不足だったのだと思うな。ミラ、君が知っての通り、なにかを創りだすには、まず想像しなくてはならないものだ。この若者は、フリーデリヒ・ホーエネムゼルなる自分自身がいかなる存在であるべきかを想像できなかったために、いかなるフリーデリヒ・ホーエネムゼルをもつくり出し得なかったのだった。

さっき話したように、私はこの若者に自分の飼い犬の名をあだ名につけていた。その犬は彼とそっくりそのままの性格なのだよ。自分がなにをやりたいのか、なにをなすべきかをまったくわかったためしがないので、しまいに私はこの犬を射殺してしまったのだが。フリーデリヒ・ホーエネムゼルの神は、私が犬のパイロットに対するよりも、結局は寛大だったわけだ。

こんな人物ではあったが、それでもパイロットは社交界では結構うまくやっていた。ヨーロッパの社交界というものは、個性のない人であればあるほどよしとするからなのだろうと思うよ。それに彼は金があって若いし、色が白くて血色がよく、見事に発達した脚の持主だ。こうした条件すべてをパイロットはすくなからずうぬぼれてもいたし、おまけに年配の婦人たちからは青年の手本とさえ思われていたものだ。彼は私に好意をもち、私があだ名をつけるほどの強い印象を自分が与えたのだと思って、よろこんでいた。つまり、彼はこう考えたのだ。誰かが自分にあだ名をつけた、ゆえに自分は存在する、とね。

近寄ってくるパイロットの様子が、以前とは変っていることに私は気づいた。彼は自分の人生を生きるようになっていた。一種の輝きがパイロットから発している。犬のパイロットも、ごく稀れに、自分がほんとうに存在意義があると感じることのできたとき、輝くような顔で尻尾をふったものだった。連れだっている若い紳士とのあいだに結ばれた新しい友情が、そういう働きをしているのかもしれない。いずれにしろ、この一晩、パイロットは私に対して優勢をたもつにちがいないと私は直感した。やれやれ、とんだことになった。ほんとうにいい犬を仲間にして一晩すごすほうがましなのに。私はイギリスに置いてきた古なじみの犬どものことを、未練がましく思いだしていた。

パイロットは友人を、スウェーデンのアルヴィド・ギルデンスタン男爵だと紹介した。会話をはじめて十分とたたないうちに、二人はこもごも、男爵は母国スウェーデンでは偉大な女蕩《たら》しとして名をはせているのだと話してきかせるのだった。私はいつも心の表層でしか人とつきあわないのだが、こう聞かされると、いったいスウェーデンにはどんなたぐいの女たちがいるものかと考えさせられた。

これまで、かたじけなくも私が蕩しこむことを許してくれた淑女がたは、一様に、画面の中心人物となることを要求してやまない女たちだった。この特徴あるがゆえに、私は彼女らを好きになったものだ。そうでもなければ、いつもおなじことの繰りかえしになる単調な行為に色をそえるものがないではないか。しかし、この男爵の場合、ことの重点がいつでもまったく自分自身に置かれているのは明きらかだった。自分がかつて追いまわした美女たちのことを話すのにさえ熱意を欠くような人柄を、君は想像するかもしれない。しかし、いったん、ほんとうに相手にも嘆賞してもらいたいと思う対象のことを話題にするや、決して熱意に欠けるとはいえない側面を見せるのだ。この男爵の話を聞いていると、彼が相手にした淑女がたはすべてまったくおなじ型に属しているのがわかった。それは私のこれまで知らなかった型の女たちだ。一つ一つの手柄話で、まったく判でついたように、男爵が絶対的英雄の役柄にはまっているので、この人はなぜそんなに苦労して、つぎからつぎへと、おなじ手管を繰りかえしてきたのかと、私はふしぎに思ったものだ。おまけに彼は明きらかに、これから先もおなじような恋愛沙汰を際限もなくつづけてゆく気らしい。私も若者の一人として、そもそもこれほどの過剰な愛欲をもつということ自体に、おおいに感銘を受けたね。

そのうち、酒を何本か空けて、ますます活発の度を増してきた男爵のおしゃべりから、私はこの若いスウェーデン人の存在の鍵を発見した。それは「競争」という一言に要約される。彼にとって人生とは、ほかの参加者を凌駕し、出しぬかなければならない一つの競争なのだ。私も少年の時分はかなり競争に熱心だったものだが、それでもまだ学生のころに、すでにそんなことには厭気がさし、男爵と話すはめになったその当時には、なにか特に自分の好みに訴えるものでない限り、ただ対象が他人の好みに訴えたからという理由だけで、競争して自分の手にいれようと努力するなど、愚の骨頂だと思うようになっていた。

ところが、このスウェーデンの男爵はそうではなかった。彼にとっては世界中のなにものも、善でも悪でもない。この人物は、きっかけと追跡すべき匂いが他人から与えられるのを待ちかまえている。他人が大切にしているものを探しだし、それらを追いかけ、奪いとって、他人を出しぬいてやるのが目的なのだ。一人で放っておかれると、途方にくれてしまう。この点にかけては、男爵はパイロット以上に他人に依存しているのだった。おそらくこの人物は、孤独を邪悪なものとして避けていたにちがいない。話から察するに、彼はこれまでの人生を、列をなす競争者たちに対する一連の勝利としてしか見なしていないのだった。私よりほんのわずか年上にすぎないのにね。競争者に対しても、餌じきになった女たちに対しても、男爵は全然なんの関心ももっていない。讃嘆の念にもあわれみの心にも無縁で、ただ羨みと軽蔑の感情しか知らないのだ。

しかし、この人物はおろかではなかった。それどころか、非常に抜けめのない人と言うべきだろう。彼がその処世から学んだのは、上品で単純率直な態度だった。いくらか粗野ではあっても、あけっぴろげの素朴な人柄のせいで大目に見てもらえる。そうした長所をたくみに使って、彼は注意ぶかくこっそりと相手をうかがい、油断につけこんで、相手が評価しているものを見抜き、それをだまし取ろうとする。あたりまえの人なら負担に感じるような神経などもちあわせていないから、彼は疑いもなく、人並みはずれた能力と精力の持主だといえた。だから、想像力や同情心をもちあわせる人びとにくらべると、自他ともに許す巨人として君臨するのだ。

二人のあいだはとてもうまくいっていた。風采のよい、若いスウェーデン人のおかげで、パイロットはよい気分でいられる。つまり、パイロットはこう思っていたのだ。我れ、非凡なる女蕩しを友人にもつ、ゆえに我れ在りと。また男爵の側は、この金持ちの若いドイツ人が、これまでつきあってきた友人の誰にもまして彼を尊敬してくれるので、気をよくしていた。私など仲間にしないでいたほうがよかったのだ。ところが二人は、磁力に引かれるように私に近寄ってきた。パイロットは新しい友人を見せびらかすために、そして男爵のほうは、私が大切にし、手にいれたいと望んでいるものをさぐりあて、私を出しぬいて奪ってやろうという熱意に燃えていた。

そのうち私は男爵との会話にほとほと退屈し、パイロットのほうに注意を向けた。これは誰もめったにしないことだったから、パイロットは大よろこびでその機会をつかんで、自分の人生に起った大事件なるものを私にうちあけはじめた。

「リンカン、この話を聞いたら、君はぼくと一緒にいるのを見られたくないと思うだろうよ。スイスから脱出するまでは、ぼくの身は危険にさらされているのだ。こんな政情不安定な国では、壁に耳ありだからね。」パイロットはこう言いさして、自分の言葉の効果を見さだめようと、しばらく口をとじていた。それから続けた。「ぼくはルツェルンから脱出したのだ。」

ルツェルンで動乱があったことは耳にしていた。だが、パイロットがそれとかかわりがあろうとは、思ってもみなかった。

「あそこではあぶない目にあったよ」と、彼は言った。気の毒なパイロット。はずかしげにほほえむ、その小さな口にかかると、まぎれもない真実さえ、すぐばれるようなつくりごとめいて聞こえる。男爵のほうなら、たてつづけに嘘八百をならべたて、しかもそれを実に沈着にやってのけるだろうから、聞く者は一瞬たりとも疑ったりはすまい。「三月三日のバリケード戦で、ぼく人を射ったんだ」と、パイロットは言った。

ルツェルンで市街戦があったこと、一方は権力側で、主として聖職者の肩をもつ勢力であり、片方は反乱を起した一般市民だということは聞いていた。「君が？」と、私はたずねた。パイロットが戦闘に加わったことがうらやましくてならず、私の声にはあえぐような響きがあった。「反乱側の人を射ったのか？」私の見るところ、パイロットはいつも世間体を重んじ、知性の足りない人間だった。だからもちろん、聖職者の側について戦ったにちがいないと私は思いこみ、この点にかけては彼をうらやむ気持はなかった。

パイロットは誇らしく、また秘密めかして首を横にふった。やがて言ったものだ。「ぼくは、ザンクト・ガレンの司教補佐を射殺したのさ。」

新聞はこの殺人の記事をでかでかとかかげ、下手人の探索はスイス全土に及んでいた。言うまでもなく私は、どうしてこんな偉大な所業がパイロットにころがりこんだのかに興味をもった。そこで、ことの次第をはじめから話してくれと頼んだ。男爵は、自分以外の人物の戦闘の手柄話に退屈し、聞こうとはしないで、ただそこに坐って飲みつづけ、出入りする人びとを眺めていた。

パイロットの話はこうだった。

コーブルクを出発して、ぼくはルツェルンにいる伯父のデ・ヴァッテヴィレを訪問し、三週間ほど滞在するつもりだった。出かけることになると、コーブルクじゅうの素敵な御婦人がたがつぎつぎにやってきては頼むのだ。ルツェルンのマダム・ローラという帽子屋のつくる婦人帽を、ぜひ買ってきてほしいと言ってね。みんな口をそろえて言うには、このマダム・ローラというのは、ヨーロッパのすみからすみまで名の通った帽子つくりの名人なのだそうだ。立派な宮廷の淑女がた、大都市の名流婦人がたが、このひとのところへ帽子をあつらえに行く。なんでも帽子デザイン史上最高の天才だとか。ぼくはもちろん、生まれ故郷の御婦人がたに奉仕するのに否やはなかった。そこで、ポケットを色見本にする絹の小布でふくらませ、それどころか、マダム・ローラに見せて映りのいい帽子をつくってもらうために切りとった巻き毛までいくつも持たされて、出かけたってわけだ。ところがルツェルンは政治談義であふれかえっていて、ぼくはマダム・ローラのことなどすっかり忘れてしまった。ある晩、高官や政治家連中と食事をしているとき、ハンカチを引っぱりだしたら、それと一緒にばら色のサテンの小布がポケットから出てきたのさ。ぼくはその小布を持っているわけを一座に説明しなければならないはめになった。おどろいたことに、そのとたん、話題はその帽子つくりのことでもちきりになってしまった。妻のある人たちはもちろん、聖職者にいたっては一人のこらず、彼女のことを知っていた。一座のなかにいたザンクト・ガレンの司教が言うには、その女はまぎれもなく天才なのだそうだ。ほんのわずか手を加えるだけで、魔法の杖さながら、しゃれた美しさの奇跡をなしとげるので、ザンクト・ペテルブルク、マドリッド、さらにはローマからさえ、高名な貴婦人たちがその帽子屋さして、うやうやしくたずねてくるというのだ。しかも、その女はただの帽子屋ではない。第一級の反逆者の疑惑をうけている。過激な革命家たちのために、アトリエを密議の場所として提供しているらしい。この方面についてもこの女は天才で、人を惑わすキルケの力量を発揮して、小さな手で革命運動を組織している。最も勇敢な革命の闘士でも、彼女のためにならよろこんで命を捨てる気でいるという。

あの女には近づくなと、一座の人たちがあまりしつこく言うので、もちろんぼくは、翌日目がさめると、なにはおいても彼女のところへ出かけていった。道々、場所を教えてもらいながらね。そのときのローラは、たいへんに賢い、愛想のいいひとというだけに見えた。ぼくのもちこんだ註文をひきうけると、旅はいかがでしたかと聞いたり、さらにぼくの身もとや経歴をたずねたりした。ぼくが店にいるあいだに、赤毛の若者が入ってきて、また出ていった。どうも革命の闘士らしく見えたが、ローラはそいつにほとんど注意を払うそぶりも見せなかった。

ぼくの註文した婦人帽をローラが製作しているうちに、ルツェルンの情勢は段々と悪化していった。雷雲が低く町の上空にかかっているようだ。市議会で顕職についていた伯父は、やがてことが起るのを予知していた。伯母と娘を田舎の別荘に送りだすことに決めた伯父は、ぼくも同行するようにと言った。だけど、ぼくとしては、マダム・ローラのところに行って、例の註文品を受けとってからでなくては、ルツェルンを発つわけにはゆかないのだ。

やっとローラのところへ行くことにしたその日、街頭はもう大変な騒ぎで、めざす家へ近づくには、細い裏道や露地をあちこち廻ってゆくほかなかったが、それでもなかなかむずかしかった。ところが、ローラの家へ入ってみると、入口から屋根裏にいたるまで、武装に身をかため、興奮した人びとがあふれ、出たり入ったりしている。家全体が、まるで魔女の大鍋のように煮えくりかえっている。帽子の話など持ちだすひまはありはしない。ローラはカウンターの上に立ちはだかって、人びとにあれこれ指図していたが、ぼくを見たとたん、いきなり腕のなかに飛びこんできた。「ああ、とうとう御自分で判断して、正しい方向に踏みきったのね！」ローラがそう叫んだ瞬間、人びとはどっと家を出て、彼女を中心に、街頭に押しだした。ぼくもその流れにとらえられた。いや、むしろ、ぼくはその女の情熱をそそぎこまれ、自分から流れに身を投じたと言うべきだろう。こうしてまたたくまに、ぼくはバリケード戦のまっただなかにいた。ずっとマダム・ローラにぴったりついていた。

ローラは銃に弾をこめては、戦闘員に手わたしていた。このおそろしい仕事を、彼女は婦人帽のふちどりをするとき見せる、あの器用さと生気をこめてやっていた。ローラをかこむ人びとは誰も勇敢だったけれど、そのときはみんな恐怖にかられていた。まったく無理もなかったのだ。ところが、ローラだけは、びくともしていなかった。バリケードに立つ男たちにライフル銃を手わたすのと一緒に、ローラは自分のおそれを知らない心も手わたしていたのだ。男たちの表情に、それがはっきり読みとれた。ふしぎなことに、そのときのぼくは、なにものもローラを傷つけることはできないし、彼女と共にいる限り、ぼくをも傷つけられないのだと確信していた。コーブルクの家にふるくからいる料理人が、猫には命が九つあると言っていたっけ。マダム・ローラのなかには猫九匹ぶんの命があるにちがいないと、ぼくは思ったものだ。そのときのローラは、たしかに人間以上の存在だった。まえにも話したように、彼女は高貴の生まれではなく、ルツェルンの帽子つくりにすぎない、しかも若くさえない女だったのにね。

まわりの熱狂に巻きこまれて、ぼくは自分からライフル銃を手にすると、われわれめがけてじりじりと街路を前進してくる兵士と在郷軍人の一団に向けて発砲した。ぼくの知る限りでは、デ・ヴァッテヴィレ伯父が指揮をとっているはずだったが、伯父のことなど念頭にも浮かばなかった。発砲したと同時に、どうしたのかわからないが、打ちのめされたようになって気を失ってしまった。

気がつくと、ぼくは小さい部屋のベッドに寝かされていて、マダム・ローラがつきそっていた。体を動かそうとしたら、右脚が包帯でぐるぐる巻きになっていた。ローラはぼくが気がついたのを見て、大きなよろこびの声をあげたが、すぐ指を自分のくちびるに当てて、身を寄せてきた。暗くした部屋で、ローラはあの戦闘が終ったこと、ぼくがザンクト・ガレンの司教補佐を殺したことを話してくれた。どうかじっと静かにしていてね、とローラは言った。ひとつには、銃弾が命中して脚がくだけているのだし、もうひとつには、ルツェルンは今もまだ鎮まってはいなくて、あなたの身があぶないのよ。私の家に、こっそりかくまっているの、と彼女は言う。

ぼくはローラの家の屋根裏に三週間身をかくし、彼女の手当てをうけていた。戦闘はまだ続いていて、銃撃の音がきこえた。だが、戦闘のことも、自分の負傷も、自分が人を殺したことも、親戚の取り沙汰も、自分の身が危険なことさえも、ぼくはほとんど考えなかった。なぜかしらん、これまで自分が生きてきた世界から脱け出して、ひどく高いところに登ってしまい、そこにローラと二人だけでいるという感じなのだ。ときどき医者が傷の治療にくるほかは、誰もやってこない。ローラは頭からショールをかぶって、しばらく出かけることがあったが、そんなときは、私が帰るまで、じっと静かにしているのよと、かたく言いおいてゆくのだ。ローラが留守の時間は、ぼくにはきりもなく長く思えた。

でも、一緒にいるあいだは、ぼくたちはよくおしゃべりをした。あとから考えてみると、ローラのほうはあまり話さなくて、ぼくのほうが、いつもこんなふうに話すことができたらいいなと願っていたのをそのままに、らくらくといくらでもしゃべっていたのを思いだすな。とにかく、あの屋根裏にいたあいだ、ぼくは人生と世間を理解し、自分自身と神のことさえ理解できたのだ。おもに話題になったのは、ぼくがこれからの人生でなしとげる偉大なおこないのことだった。ぼくはそのとき、もうすでに人びとに知れわたるようなことをした後だったわけだけれど、ローラもぼくも、そんなことは手はじめにすぎないのだと感じていた。

ローラの同志のほとんどはルツェルンから脱出していて、彼女だけがぼくのために身を危険にさらしているのは察しがついたから、ローラに逃げてほしいと、ぼくは強く頼んだ。ところが、いいえ、たとえ全世界にかえても、あなたを置き去りにはしません、とローラは言うのだ。そもそも、あなたのあの大手柄以来、ルツェルンの革命派の人たちはみんな、あなたを同志として遇しているし、あなたのためには命も捨てる気でいるの。だけど、それよりも、と、はずかしげに顔を赤らめて、ローラは言ってきかせた。もし圧政者側の手の者たちに発見されたら、私たち二人は口裏をあわせて、二人とも戦闘にはなんの関係もなかったし、ここにこうしているのは、恋愛沙汰のせいなのだと主張しなければならないこと、ローラはぼくの情婦として、ぼくは彼女の恋人として演技すること。ぼくの脚の傷は、嫉妬にかられた恋がたきに負わされたのだと言いたてること。こうしてローラの言ったことはすべて、逃げおおせるための茶番劇にすぎないのだが、またもやぼくを幸福感に酔わせた。そして、傷がなおったら実行するはずの偉大な使命を、ぼくは思いえがくのだった。そうとも、ほんものの恋愛だって、果してこれほどにぼくを幸せにするかどうか、今も疑問に思うよ。

とうとうある晩、医者がもう傷は大丈夫だと言っているので、私たちは別れなければならないと、ローラが言った。彼女はその夜ルツェルンを脱出する。ぼくは翌朝早く、こっそり出発する手はずができている。ローラの友達が馬車を提供してくれ、自分で市外まで送ってゆくと言っている。こういう説明を聞かされると、ぼくは急に心細くなってきた。だが、ぼくはわかりが遅くて、もう取りかえしがつかなくなるまで、自分がどうなったのかが理解できないでいた。マダム・ローラはやさしくぼくに話しつづけた。大変な目にあわせてしまったのだから、なにかお詫びのしるしを持っていっていただかなくては。いま店にあるだけの婦人帽を、全部あげましょう。私はもうルツェルンには戻らないのだし。そう言うとローラは、若い女中に手つだわせて、帽子箱をいくつもかかえては、十二回も階段を登り降りし、ぼくのまわりに積みあげた。ぼくは笑いだし、笑いが止まらなくなってしまった。なぜって、ぼくは造花やリボンや羽根飾りで溺れそうになったのだ。床の上もベッドも椅子も、テーブルの上もどこもかしこも、たぶん世界中でいちばん見事な帽子で埋めつくされた。

部屋中を帽子だらけにすると、ローラはこう言った。「さて、これであなたは、御婦人の心を奪う手段を手に入れたのよ。」自分は質素な帽子とショールを身につけると、ローラはぼくの手をとった。「どうぞ、わたしをうらまないで下さいね。わたしはあなたのためになることをしたつもりだったの。」そう言うと、腕をぼくの首にまわし、キスをして、出ていった。「ローラ!」と叫ぶや、ぼくは気が遠くなって椅子に倒れこんだ。ぼくはおそろしい一晩をすごしたあげく、目をさました。もう、たのしいことはなにひとつ思いうかばない。ザンクト・ガレンの司教補佐の姿がぼくを苦しめはじめた。全世界に頼れるものはなにひとつないという気持になってきた。

ローラは言葉通りのことを実行してくれた。翌朝、とても品のいい、年配のユダヤ人の紳士が屋根裏に姿を見せた。玄関の段には立派な馬車が横づけになって、ぼくを待っていた。紳士はぼくと同乗して街を抜けていった。あちこちに戦闘の跡があるのを道すがら眺めていると、なんだか愉快になってきた。郊外までくると、紳士はぼくにこう言うのだ。「デ・ヴァッテヴィレ男爵の馬車が、某公園で待っております。しかし、伯父上はあなたのふるまいに御立腹で、しばらく互いに顔を見ないですむよう、このままルツェルンを離れろと伝えてほしいと、私におっしゃいました。」

ぼくはすっかりおどろいて聞きかえした。「それじゃ、伯父貴はぼくの身に起ったことを知っているのですか？」

「その通り。伯父上は終始、なにもかも御存じでした。男爵はルツェルンの聖職者たちに非常な影響力をおもちです。あのかたのお力ぞえなしには、こうしてうまく事が運んだかどうかわかりません。」老ユダヤ人はそれだけ言うと口をつぐみ、われわれは沈黙したまま馬車を進めた。ぼくは落着かない気分だった。

ユダヤ人が言った通り、ある公園までくると、伯父貴の馬車が待っていた。こちらの馬車が停まると、一人の男が向こうの馬車を降りて、ゆっくり近寄ってきた。それは、ローラのところへはじめて行ったときに見かけた例の赤毛の若者ではないか。それに、バリケード戦のときにも一緒だった。大変な苦労をくぐり抜けてきた様子で、足をひきずって歩き、ぼくの連れに頭をさげたその顔は蒼ざめて厳しかった。それでも、ぼくをじろじろ見ると、この男は笑いをうかべ、こんなことを言うのが聞こえた。「ああ、これがマダム・ローラの籠のカナリヤですか。」

老ユダヤ人もほほえんで言った。「その通り。これが彼女のゴーレムなのだ。」

ゴーレムというのはユダヤ人の言葉で、大きな粘土の像という意味だそうだね。魔法使いが自分では実行するのをためらうような犯罪を、代りにやらせるために、魔法の力で生命を吹きこんで使うのだそうだが、そのときぼくはゴーレムという言葉の意味を知らなかった。このゴーレムなるものは、とても大きくて力が強いとされているらしい。

二人はぼくを伯父貴の馬車に送りこんで、そこでぼくと別れた。ぼくはそのまま馬車が進むにまかせたが、考えることがありすぎた。それに、どこへ行けばもう一度自分を発見できるのか、見当もつかなかった。バリケードでの火薬の臭い、屋根裏でかわした神についての話、ローラのキス、それから、ローラがくれた沢山の婦人帽、こうしたいろいろなものが、長いこと太陽を見つめたあと、眼を閉じたときのように、眼のまえに色とりどりの点々になって、ぐるぐる廻るのだ。それっきり、ぼくが将来実行する予定だった偉大なおこないを考えることはできなくなってしまった。どんなことをするつもりだったのかさえ思いだせないのだ。だがそれでも、ぼくはザンクト・ガレンの司教代理を殺したことに変りはないので、この国を出るまでは、気をつけていなければならないのさ。その後医者にみてもらったのだが、ぼくの脚はとてもうまくつながっていて、折れた形跡もないそうだよ。

「それで君は、その女をあちこち探しまわっているのだな、夜も眠れずに」と私は言った。

「よくわかるな！」と、パイロットはおどろいた。「その通り、ぼくはローラを探しているのだ。彼女にまた会えるまでは、なにも考えられないし、感じることもできないのだよ。しかも、あのひとは、前にも言ったように、若いわけでもなし、高貴な生まれでもない、ただのルツェルンの帽子つくりなのだ。」

こうしてパイロットの話は終った。聞きながら私は、一度ならずぎくりとした。耳をおびやかすようなことがいくつも出てきたからだ。オララを失ってからこのかた、その晩まで、私は一度も酒を飲まずにきていた。久しぶりに飲んだので、このわずか二本のスイス産ぶどう酒が、頭の具合をおかしくしているのにちがいない。長いあいだ、たった一つのことを思いつめてきたせいで、こうなるのだ。この友人の話は、私の夢にあまりにも似すぎている。このバリケードの女には、私のローマの娼婦の人柄やふるまいを思い起させるものがありすぎた。そして、話のなかばで、ランプの魔神さながらに、老ユダヤ人が登場してきたとき、いよいよ私の頭が常軌を逸しかけていることがはっきりした。ほんものの狂気に陥るところまで、あと一歩なのではあるまいか。

この疑いを忘れようと、私はさらに飲みつづけた。

パイロットが話しているあいだ、ギルデンスタン男爵はときどき私にニヤリと笑いかけたり、ウィンクをしてみせたりしていた。だが、話が長びくにつれて興味をなくし、新しく酒を註文すると、封を切って杯を満たしした。

男爵は笑いながら声をかけた。「フリッツ君、御婦人がたは帽子に夢中になるものさ。夫というものは、ありとあらゆる色や型の帽子を買ってくれる存在としてだけ意味があるのさね。気の毒なものだ。しかし、帽子など、女の身につけているもののなかでは、脱がせるのにそうおもしろいものではないよ。おれはなにもかも、身ぐるみ脱がせたあとも、帽子だけはかぶったままにさせておいたこともあるぜ。頭にかぶせるのだったら、おれならシュミーズのほうが好きだね。」

「それじゃ君は、シュミーズなしの女とはことをおこなわないというわけ?」パイロットはいくらかいらだって、まっすぐ男爵に目を向けてたずねたが、なにか遠いものを眺めているような目つきだった。

男爵は注意ぶかくパイロットを見つめた。失敗や、満たされない欲望が、ある種の人びとにとっては価値があるのだということを発見しかけているような様子だった。「さて、君の告白へのお返しに、今度はおれが自分の冒険の話を聞かせてあげるよ」と、男爵は言った。

七年まえのことだった。ストックホルムでおれが所属していた騎兵部隊の大佐オスカル公爵が、おれをソミエールの乗馬学校に派遣した。ソミエールではちょっとしたゴタゴタに巻きこまれて、学校は中途退学になってしまったのだがね。それでも、そこにいるあいだは、若くて金持ちの友人が二人できて、なかなか愉快にすごしたものさ。一人はスウェーデンからおれと同行したヴァルデマール・ナット‐オ‐ダーグ、もう一人はベルギーのクローツ男爵といった。この人はいわゆる新興貴族で、とてつもない財産家だったたね。

年とった伯母たちのくれた紹介状のおかげで、おれたちスウェーデン組の二人は、最高の貴族階級で、落ちぶれて老いさらばえた王党派のふうがわりな人たちと、しばらく交際することになった。この連中はフランス大革命で全財産を失って、ソミエールの近くの田舎町に住んでいた。

誰も彼も年寄りばかりさ。若い時分、淑女がたは結婚するための持参金を調達できなかったし、紳士がたのほうは、昔からの家名にふさわしい生活水準を維持しながら家庭をいとなむ資力がなかった。そこで、若い世代はつくりだされなかったというわけだ。こういう次第だから、この人たちは遠からず絶滅することを自分でも承知していたし、連中にとっては、若いということは二流の身分に属するのと同義語だったね。淑女がたは頭をつきあわせて、おれの伯母たちの紹介状を読んで、貴族階級がいまでも平気で子孫をつくっているなんて、スウェーデンというところは変っておりますこと、なんて言っていやがる。

おれは死ぬほど退屈だった。口を封蠟でとめて羊皮紙を結びつけた、ふるいぶどう酒や酢漬け類のびんと一緒に、棚に並べておかれたような気分でね。

この人たちのあいだでは、町はずれに小ぎれいな田舎家を借りてここ一年ほど住んでいる、若い金持ちの女のことがよく話題になっていた、その塀をめぐらせた庭つきの家は、朝の乗馬の時間におれも見たことがある。はじめのうちは、この女のことなどまったく興味はなかったね。ベギーヌ会修道女のお仲間だぐらいにしか思っていなかった。ただ、いくらかふしぎだったのは、この女についてだけ、若さも裕福さも欠点とされていないばかりか、逆にこの町の乾ききった老人たちの心に、あたたかく迎えいれられていることだった。

老人たちは、この女のことを熱心に説明してくれたね。あのかたは、スマラ・カレギー将軍の思い出に一生を捧げておられるのですと。たしかその将軍というのは、スペインの正統の王を支持して戦い、反逆者の手にかかって死んだ英雄だったと思うよ。その将軍の名誉を記念して、女はいつも白衣をまとい、野菜と水だけで生きている。毎年一度、スペインにある将軍の墓参りに出かけてゆく。貧しい人たちに慈善をほどこし、村の子供たちのために学校をはじめ、病院も開設した。ときどきこの女には幻視と幻聴が起る。たぶん、スマラ将軍のやさしく雄々しい声なのだろうよ。こうした次第で、女はとても評判がよかった。将軍の生前、この信念に殉じた人と彼女が肉体関係をもっていたことも、決して評判を落とす種にはなっていない。それどころか、老いたる処女、童貞たちは、この聖なる女性の体験したことを、殉教したあのケルンの一万一千人の処女たちになぞらえていた。彼女らはその体験ゆえに、天国に入ったら、さらに高位の聖女マグダラのマリアにひきあわされる名誉をもつだろうというわけだ。

ところが、友達のヴァルデマールの奴は、この女に会ったとたん、熱いコーヒーに入れた角砂糖みたいに、心が溶けてしまったものだ。

「アルヴィド君、ぼくはこんな女性に会ったためしがない。ぼくが彼女にめぐりあえたのは、運命の導きに相違ない。君も知っての通り、ぼくの姓は昼と夜という意味だし、わが家の紋章は白と黒の染め分けになっている。したがって、彼女はぼくのためにつくられた――あるいは、ぼくは彼女のためにつくられたのだ。マダム・ロサルバが、これまでぼくの知っている誰よりも生命力にあふれているのは、そのせいなのだよ。あのひとは第一級の聖女だ。おまけに自分が聖女だということを、攻防戦の最中にある城塞の指令官のような勇敢さで役にたてている。あのひとは、ふるい乾いたもみがらにかこまれて、満開の花のように坐っている。永遠の生命の湖に浮かぶ白鳥だ。これはぼくの家紋の白い半分なのだ。しかも同時に、あのひとにはどことなく死の匂いがする。それがナット・オ・ダーグ家の家紋の黒い半分なのだ。ぼくはたとえでしか説明できないけれど、ともかくあのひとを見ているうち、こういう霊感がぼくをおそったのだよ。

この町にきて以来、ぶどう酒造りの話をずいぶん聞かされたね。このあたり特産の白ぶどう酒をつくるには、ほかの種類のぶどう酒をつくるときよりも、ぶどうの摘みとりを遅らせるのだと教わったろう。こうするとぶどうは熟しすぎて、すこし干からびてきて、とても甘くなるのだそうだね。そのうえ、ここの人たちはフランス語でプリティール・ノブル、ドイツ語ではエーデルファウレと呼ぶ、特殊な条件をつくりだす。それがこの白ぶどう酒に香気を与えるのだ。アルヴィド君、ロサルバの態度には、ほかの女性が誰ももっていない特殊な香気がある。まことの聖性の放つ薫りなのだろうか、それとも、強い貴重なぶどう酒のもつ、高貴な腐蝕性のさび病、典雅な腐敗の薫りなのだろうか。あるいは、わが友アルヴィドよ、それは白と黒、昼と夜とに分割された魂の両面なのかもしれないのだ。」

つぎの日曜日――たしか五月のことだった――ミサのあとで、年とった友人の家に食事によばれ、そこでマダム・ロサルバに紹介してもらうよう、おれは早速手をまわしたよ。

ここの年とった貴族たちは、没落こそしていても、なかなか食いものにはうるさいし、ぶどう酒も決して軽視してはいなかった。だが、例の若い女は、豆となにもつけないパンに、ただの水をそえてたべるだけだ。しかもそんな食いものを、いかにも優しい身ぶりで、率直なまじめさをもって口に運ぶものだから、なんだかとても高貴な食物をとっているように見えたし、誰もほかになにか彼女にすすめる気にはならないのだった。

食事のあと、薄闇に包まれた気持のよい客間で、この女は食事のときとおなじような率直さとつつましやかな態度で、彼女が最近見た幻の話をして、一座の人たちをたのしませてくれた。なんでも彼女は花ざかりの広い野原にいて、幼い子供たちの群れに取りまかれていたのだそうだ。子供たちはそれぞれ、頭の上に小さな輪光があって、それが小さなろうそくの灯のようにはっきりと光っている。そこへ聖ヨセフその人が現れて、彼女に近づいた。ここは天国で、彼女は子供たちの世話をする役目を与えられたのだと、聖ヨセフは言った。彼の説明では、この子供たちはほかならぬ最初の殉教者たち、つまり、ヘロデ王の命令で虐殺されたベツレヘムの幼な児たちなのだという。イエス・キリストが人類に代って苦しみを受けて死んだとおなじように、この幼な児たちは主のかわりに苦しみを受け、そして死んだのだから、彼女に与えられるこの任務は優しさにあふれた仕事なのだと、聖ヨセフは教えさとしてくれた。この言葉によって大いなる至福が彼女の心に宿った。あまりの恵みに吐息をついて、私はこの殉教した幼な児たちを見まもり、一緒に遊べるならば、ほかのあらゆる永生のかたちを手離しても悔いはありませんと誓った。

おれは幻とか天国とかを信じる気はないよ。しかし、この若い女の話すのを聞いていると、彼女が自分で言っている通りのものを見たこと、彼女が天国行きに選ばれていることを疑う気は起らなかった。その女は実に生命力にあふれているので、天国もよくぞ選んだものと思わせたし、殉教した幼な児たちも、彼女と一緒ならとても愉快になることだろう。

話しているあいだ、一度だけ女は眼をあげた。いやはや、なんという眼をしているのか！　あれ以上強力なまなざしはないね。視線が会ったら、三十ポンド砲の一撃さ、ガーンとくるね。

さて、こうしておとなしく耳をかたむけ、幸せそうな年とった讃美者の群れを眺めているうちに、おれはその女の言動全体のどこかに、ひどく大胆なまやかしがあるのに気づき、たしかにそれがあると思うようになった。ロサルバはほんとうに第一級の聖女であるかもしれない。打出の小槌をもっていて、富んだ者にも貧しい者にも、惜しみなく恩恵をほどこしているかもしれない。それにスマラ・カレギー将軍を愛してきたのかもしれない。そうとすれば、将軍をうらやむがね。だが、彼女はこの世で将軍だけを愛してきたのではないし、したがって、現在将軍の思い出だけに生きているのでもない。一夫一婦制、これはたしかに存在するし、おれはこれまで、一夫一婦をまもる傾向の女たちにばかり、いつも愛されてきたものだ。この女は一夫一婦制を尊重しているということは、見ればすぐにわかるものだよ。尼さんと淫売を、たまにはとりちがえることはあってもね。インドの女は、夫の死体を焼く火葬台の炎に身を投じて、殉死させてくれと頼むそうだが、そういう一夫一婦制の狂信者は、一目でわかろうものじゃないか。この白鳥ロサルバは、愛人たちの名をロザリオの珠を繰りながら数えるほどにたくさん男を知っているか、それとも逆に、変った老処女なので――ただ処女と呼ぶには、ロサルバは老《ふ》けすぎていた。三十代にはなっていたからね――男を知らずにきてしまった絶望から、ここの王党派の連中に向かって、将軍の愛人だったことを演技しているのだと、おれは思った。

ロサルバは一度しかおれと眼をあわせなかったが、おれを意識していた。二人はずっと離れて坐っていたのだが、まるで舞台中央で、年とった踊り手の群舞にかこまれてパ・ド・ドゥを演じているように、お互いがしっかりとかかわりあっているのを感じていた。迎えの馬車がきたかどうかをたしかめようとして、窓ぎわまで歩いていったとき、ロサルバの白いドレスのひだと、黒い髪の束は、ただおれに見せるためだけに動き、ただよったのだ。

おれはこれまで、死者を恋の競争相手にしたことはない。スマラ将軍にどれだけの力があるか、ためしてやろうじゃないかと、おれは思ったね。復活祭の日、おれは聖女マグダラのマリアについての説教を聞かされた。この聖女は、おなじマリアの名をもつ、ほかのたくさんの女たちにくらべて、男が思いをとげるのはむずかしいのか、逆にたやすいのか？　年とった軍馬は、ラッパの音にキッと頭をもたげると言うではないか。

やがておれはマダム・ロサルバの別荘をたびたび訪問するようになった。この町の老いたる貴族社会が、彼らの聖女の危機をさとっていたかどうかは、おれの知ったことじゃない。おれはロサルバが貧しい人びとや病人を見舞うときの連れとして受けいれられた。はじめ、おれは自分の数々の罪をロサルバに告白したものだが、彼女はいっこう動じるふうもなかったし、そういう罪はどれもよく知っているらしかった。彼女はたしかによい忠告をしてくれたし、おれに実際改心するつもりがあれば、その忠告に従えば成功うたがいなしだった。ロサルバはあいかわらずまじめな優しい態度で、おれのことを気にいっている様子だった。しかし二人の愛のパ・ド・ドゥでは、彼女の動きはにぶかった。おれのほうはといえば、じっと辛抱していた。こっちとしては、若い友人ヴァルデマールも念頭におかなくてはならなかったし、このバレーの終りに、ロサルバにうれしいおどろきを与えられることはわかっていたからね。

ロサルバの家で、ひとつふしぎに思ったことがあった。おれはルーテル派の信徒として育ち、クリスマスの日には善良な祖母が教会に連れていってくれたものだ。たくさんの説教を聞いてきたから、メソディウス牧師とおなじくらい、聖性と罪のちがいについては知識があった。もっとも、老牧師とおれとでは、このことについての好みは一致しなかったがね。だが、護衛役としてのおれの名誉にかけて言う。ロサルバにかかると、聖性も罪も、区別がつかなくなってしまうのだ。彼女は神学談義を、実にゆたかな魅力をもって説くものだから、主の食卓こそが食通を満足させるただ一つの場所のように聞こえる。恋愛は、ロサルバが話すと、まるで幼稚園のお遊びみたいになってしまう。おれにはこれは気にいらなかったね。子供のころ、おれの乳母は魔女を信じていたものだが、ロサルバと一緒にいると、時としておれはマヤ・リサばあやのこわい話を思いだしたね。ともかく、ロサルバのような聖なる魔女、気まぐれな聖女に、おれは出逢ったことがなかった。

だが、とうとうおれは、ある金曜日の午後、彼女の家で逢引きする約束をロサルバから取りつけた。その日は百歳まで生きた元帥未亡人の葬式で、みんな出席するはずだった。六月末のことだったね。そのころにはもう、おれはロサルバの引きのばし作戦にうんざりしてしまって、もしその金曜に成功しなければ、この女のことはきっぱりあきらめようと決心していた。

これから話すことがソミエールで起らなければ、すべては別な方向に展開したかもしれなかったのだ。というのは、大層もない金持ちの、年とったユダヤ人紳士——君の話に出てきたのとそっくりの人物だよ、フリッツ——が、スペインからの帰り道、一週間この町に滞在したのだ。この人物の持ちものは、なにもかも超一流だった。馬車や召使い、彼の身につけているダイヤモンドのことがしきりに話題になった。だが、われわれ乗馬学校の連中は、この紳士の連れてきた二頭のアンダルシア産の馬に度胆を抜かれてしまった。特にそのうちの一頭は、これまでフランスで見たなかでも最高の名馬だった。スウェーデンのおれの所属する部隊にだって、あんな凄いのはいない。おまけにこの馬たちは、マドリッドの王室主馬寮で訓練されたのだ。そういう名馬がユダヤ人の一般市民の手にあるなんて、恥さらしなことだ。

この馬のせいで、おれはマダム・ロサルバのことを何日かすっかり忘れていた。馬の話にみんなで熱中していたのだ。この馬たちを買えるだけの資力をもった者は、乗馬学校の仲間にはほとんどいなかった。それでも、われわれの名誉にかけても、この馬たちをソミエールにとどめてやるぞと、みんな意気ごんでいた。しまいに、百万長者で機智に富んだ若い貴族のクローツ男爵が、ある日の夕食後、五人のごく親しい仲間にこんな提案をした。あのユダヤ人から、自分が例の名馬を買いとろう。そして、五人に競争をしてもらい、それに勝って自分の値うちを証明した人に、賞品として馬を贈ろうというのだ。この競争のきまりは、一日のうちに三フランス・マイルの距離を馬で走破し、この地方特産のぶどう酒を三本空け、その道すがら、三人の女と愛をかわすというものだった。どういう順序でこの条件を満たそうと、それは参加者個々の裁量にゆだねられる。ただし、ユダヤ人の馬は、このすべての条件をなしとげた上で、最初にクローツ男爵の住まいに到着した者に与えられるというのだ。

男爵の提案は大歓迎を受けた。おれはその場でもう、与えられた条件を個別に順序だてて予定をつくり、このへんに住むなじみの美女たちの誰かれを物色しはじめていた。そのとき、競争実施に決められた日が、マダム・ロサルバとの逢引きの日とかち合うことに思いあたった。その日は、彼女が選んだとおなじ理由で決められたのだった。つまり、町の上流階級連が葬儀列席で時間をとられ、この競争にうるさく介入してくるおそれがないからだ。

しかし、おれには勝つ自信があった。若いヴァルデマールと腕を組んで帰りかけながら、これは素敵な冗談だと思っていた。ヴァルデマールはいまだにロサルバを、その偶像の台座の石段から仰ぎみていて、彼女のために改宗することを考え、それどころか、カトリックの僧籍に入ろうとまで思いつめていたらしい。おれは何度も、奴がロサルバを讃めたたえるのに耳を貸さなければならなかった。それでも、かなり議論したあげく、おれたちのこの競争に加わるのをやっと承知させることができた。たぶん奴は、スペイン産の馬にまたがった勇姿をロサルバに見てもらうつもりだったのだろう。かなりすぐれた騎手だったからね。

おれは見栄を張ったりせず、金曜の午後、約束の時間通りにロサルバの白い別荘を訪問した。家じゅうみんな葬式に出払っていて、小間使い一人しか残っていない。その娘がおれを塔に案内し、長い石段を登りつめた最上階にある、ロサルバの私室に導いた。よろい戸は閉じてあって、部屋は薄暗く、戸外から入ってくると、教会のなかみたいに涼しかった。途方もない数の白百合が活けてあって、その薫りで空気は重くなっていた。テーブルにはグラスと一緒に、これまで飲んだうちで最高のぶどう酒が一びん置いてあった。辛口のシャトー・イケムだ。これがその日三本めのぶどう酒になった。

ロサルバはそこにいた。いつもながらの、ごく簡素な身なりだったが、このひとはほんの身ぶりひとつで、大変な美女に変身するのだ。

この塔内でおれの身に起ったことが、いくらか荒唐無稽で、恋物語というより、おとぎ話か幽霊話みたいに聞こえたとしても、それはおれのせいではない。その日はたしかに暑い日だった。夜には雷雨になった。白くかわいた道から、重い乗馬靴をひきずって入っていったおれは、自分の頭のたしかさに自信がなかった。自分が思っていたよりももっとロサルバを愛していたのかもしれない。というのは、あらゆるものが彼女を軸にしてめぐっているように思えるのだ。その日おれの飲みほした酒も、すごい勢いで馬を駆った競走も、ただ彼女とのまじわりのはじまりを飾る儀式としてふさわしいだけのものだと見えてきた。それでもおれは、その日の出来ごとはなにもかも、よく憶えている。

時間を無駄にするわけにはいかなかった。酒で頭がふらついていて、部屋全体が上下に揺れているような気がしたが、おかげで言葉はらくらくと口から流れだし、それほど時間もかけないで、着物を脱いだ彼女を腕に抱きしめることができた。ロサルバは雷雨のなかの百合のように白く揺れ、顔を涙で濡らしていた。ところが、彼女は両腕を伸ばしておれを押し返すのだ。「ね、どうぞ聞いて下さいな。ここには私たちしかおりません。家じゅうに、私たち二人と、あなたを御案内した、あの可愛い小間使いしかいないのですよ。あなたはこわくないの？」

「アルヴィド、あなたはドン・ジョヴァンニの物語を聞いたことがあって？」ロサルバがあまり真剣に見つめるので、おれはしかたなく、そのオペラを聞いたことがあると言った。「それなら憶えているでしょう、あの騎士団長の石像が、ドン・ジョヴァンニめがけて動いてくる場面を。スペインのスマラ将軍のお墓の上には、ああいう石像が立っているのよ。」「ああ、それなら石像が重石になって、将軍を墓に閉じこめておいてくれますよ」と、おれは言った。

「待って」とロサルバが言う。「ロサルバはスマラ・カレギー将軍のものでした。将軍を裏切れば、哀れなロサルバは消えなければならないの。でも、オペラは遅かれ早かれ、第五幕をあけることになるわね。私の北のお星さま、あなたはこのままゆけば、第五幕の主人公になるはずよ。でも、女にとって操《みさお》が大切なように、このことにはあなたの名誉がかかっているの。あなたは聖女マグダラのマリアに憐みをもたないのね。ロサルバは、光を反射する水の泡なのよ。あなたが触れてこわせば、手に残るのはほんのわずかの水分だけ。でも、それがロサルバの消える時期なのね。人びとも、ロサルバの造り主さえも、彼女を好きになりすぎているのですもの。あなたがロサルバに、とても悲しい最期を与えるの。世界中さがしても、これほどうまくやれる人はいないと思うわ。あなたは当然、この劇に登場してこなければいけない人なのよ。」

「それなら、登場させてくれよ」おれはあえいだ。

「あなたは、哀れなロサルバにすこしも憐みをもってはくれないの？　ロサルバは最後のかくれ家を失って、永久に追いかけられ、呪われるのよ。あなたはそれでもかまわないの？」

「君こそ、ぼくに憐みをもってくれないんだ」と、おれは叫んだ。

「ああ、なんてひどい誤解をするの！」ロサルバは声をあげた。「私がこんなに心配しているのは、アルヴィド、あなたのためだのに。おそろしい未来があなたを待っているのよ――荒廃と不毛――ひどい苦しみよ！　もしできることなら助けてあげたいけれど、私の力にあまるの。ロサルバの思い出は、あなたにはなんの役にもたたないでしょう。ロサルバの生きかたは、あなたのお手本にはならないの。今のこの時間の思い出だけは、後になっていくらかはあなたの役にたつかもしれない。だけど、それさえもたしかとは言えないわ。愛するひと、あなたを救うために、私が家のうまやに鞍をつけて用意してある立派な馬をあげたらどうかしら。その馬は、私たち二人のおそろしい堕落と破滅から、あなたをギャロップで逃げのびさせるだけの速い脚をしているのよ。この部屋にお連れしたあの小間使いを呼んで、その馬のところまで案内させましょう。いかが？」

「もうじきよ」と言うと、ロサルバは背すじを伸ばしてまっすぐに立ちあがった。彼女の手はおれの胸の上に置かれ、おれの手は女の胸にあった。そのままロサルバは、女予言者さながらに語りつづけた。「もうじき取りかえしがつかなくなるの。そのうちおそろしい足音が、階段に聞こえてくるでしょう。大理石が大理石の上を歩く音が。」

互いの興奮がつのるなかで、いつもは顔の両側に巻き毛をつくって垂れているロサルバの黒い髪が後になびいた。そのときおれは、この女がほんとうに魔女の印しを身にもっていることに気づいた。左の耳から鎖骨にかけて、長い傷痕が走っていた。小さな白い蛇のように――

男爵がここまで言うと、パイロットが叫んだ。「なに？　今なんて言った？」

男爵は自分の話が強烈な印象を与えたことに満足して、辛抱づよく繰りかえした。「こう言ったのさ、女の左の耳から鎖骨に達する、蛇みたいな傷痕があったとね。」

「それはわかっている」とパイロットはどなった。「なぜ君はぼくの言ったことを繰りかえすのだ。ルツェルンの帽子つくり、あのマダム・ローラには、首にやはりおなじような傷痕があった。そのことは、さっき君に話したばかりじゃないか。」

「君は一言もそんなことは言わなかった」と男爵は答えた。

「いや、言っただろう？」パイロットは私にむかって叫んだ。

私はなにも答えなかった。自分は夢をみているのだ、と思っていた。いまや、私が夢みているという確信はますます強くなった。この宿、パイロット、それからスウェーデン人の男爵も、みんな夢の一部分なのだ。なんという悪夢をみていることか！　私はとうとう、まったく正気を失ってしまった。今度起ることは、オララがあの入口から、いつも夢に現れるのとおなじ素早い足どりで入ってくるにちがいない。そう思って、私は入口を見つめていた。

われわれが話しあっているあいだも、ときどき新しい客たちが外から入ってきて、この食堂に坐ったり、奥の個室へ行くので食堂を横切ったりしていた。と、一人の貴婦人が小間使いを連れて入ってきて、足早に、ものしずかにわれわれのそばを通りすぎていった。貴婦人は黒のマントをすっぽりと着て、顔も姿かたちもわからない。小間使いはスイスふうに髪を編んで頭に巻きつけ、ショール類を手に持っていた。二人ともとても控えめなので、男爵さえちらっと一目眺めただけだった。パイロットが突然男爵との激しい言いあいをやめて、彫像のように突ったったまま、じっと二人の去った方向を見つめたが、もうそのときは二人の姿は見えなかった。われわれは飲みすぎて、他人のすることなすことがこっけいに見えてしかたがないようになっていたので、大笑いしながら、おい、パイロット、いったいどうした、とたずねた。彼は大きな顔をわれわれに向けて言った。「あれだ！」興奮した声だった。自分の声の調子に一層興奮して、彼は続けた。「あの人だった。ルツェルンのマダム・ローラだ！」

狂気の発作がおそってきたのだ、私ではなく、パイロットを。とはいえ、つぎにいったいなにが起るのか、誰にも見当がつかなかった。そう言われてみると、あの貴婦人にはなんとなく見慣れた感じがあったと、私も思った。パイロットは自分の髪を引っぱりはじめた。「おい、しっかりしろ」私はパイロットの腕をつかんで言った。「なにも気狂いになることはないんだ。一緒にポーターのところへ行って、聞いてみよう。きっと知っているだろう。あの御婦人はアンデルマットの産婆さんで、君の例のオルレアンの乙女とは、まったくなんのかかわりもないことがわかるかもしれないぜ。」笑いが止まらないまま、私はパイロットを引っぱってポーターの詰め所まで行き、禿げ頭の年とったポーターに、いましがた着いた客のことをたずねた。はじめのうちポーターは、上等のかばん類の数をかぞえるのに一生懸命で、われわれの質問などうわの空だった。

「さあ、ちょっと教えてくれれば、たっぷり礼をはずむよ。あの黒いマントの御婦人は、ザンクト・ガレンの司教補佐殺害を教唆した革命家なのかね？ それとも、スマラ・カレギー将軍の思い出に一生を捧げた神秘主義者かね？ でないとすれば、ローマの娼婦なのかね？」老人は鉛筆を手から落として、私をじろじろ見た。

「一体全体、旦那はなにをおっしゃっているのです？」ポーターはあきれて叫んだ。「いま食堂を通ってゆかれたおかた、九号室のお客様は、アルトドルフの市会議員ヘールブラント様の奥様にきまっています。この市会議員はアルトドルフきっての立派なおかたで、大家族をかかえたやもめでおられました。いまの奥様は、イタリアのぶどう酒製造業者の未亡人で、トスカーナに土地をおもちです。その監督をなさるために、この道を往復しておられるわけで。わたくしの娘たちが三人、アルトドルフで働いているので耳に入るのですが、あの町の人たちは奥様をとても尊敬しています。町中に活気を与えていらっしゃるし、トランプの名人としても有名なのですよ。」

「さあパイロット」私は彼を引きもどしながら言った。呆けてしまって、引っぱってやらなければいつまでもおなじ場所に突ったっている始末だ。「これがわれわれの謎の人物への、身もふたもない解答さ。これで今夜は、八号室と十号室で、市会議員夫人のベッドとお互い両側から壁をへだてて、ぐっすり眠れるというものだ。」

前のほうを見ないで歩いていたので、私は誰かに突きあたってしまった。その人は小ぶりのステッキを手に、ゆっくりと食堂を横切って、われわれとおなじ方向に歩いていた。失礼しましたと詫びると、その人はシルクハットをちょっとあげて、私に挨拶を返した。それは、あのローマで会った老ユダヤ人、マルコ・ココザその人ではないか。あっと思うまに、彼はさっき女が入っていったドアを抜けて、姿を消した。

その老人の蒼い顔と暗い眼を見たとたん、激しい恐怖にかられた私は、つぎの瞬間、今度は頭から爪先まで、強い怒りにふるえた。ミラ、君も知っての通り、私はなかなか腹をたてない人間だが、若いころからそうだったのだよ。ほんとうに腹がたってくると、私はとても気が楽になるのだ。私は気がふさぎ、失望し、馬鹿にされて、長いこと不活発な状態に置かれていた。その宿屋で二人の友人に出遇ったとき、私の絶望は極点に達していたのだ。そこで私は考えた。世界中のあらゆるものが私を敵にまわし、すべてがひとしくいまわしいならば、今こそ戦うべき時がきたのだと。すくなくとも、そのときの感じはそうだった。あとから思いかえせば、この気分の変化をひきおこしたのは自分の内心ではなく、あの女が身近にいることからきていたのだったが。女は六フィートと離れないところを通りすぎてゆき、そのペチコートのゆらぎで私の心を解きはなったのだ。私はふたたび帆に人生の順風を受け、潮流は私の竜骨の下を走っていた。

連れの様子を見ると、両方ともユダヤ人に気づいていた。おどろきのあまり二人は魂が抜けたようになっていた。私にかけられた魔術が、おなじように二人をとりこにしているのか、あるいは、二人とも私の想像がつくりだしているにすぎないのか。私にはもうどっちでもよかった。いまこそ運命を追いつめてやる決心でいた。私は名刺を出してあの老ユダヤ人の名を書き、即刻お目にかかりたいという挑戦を、できるだけ鄭重な文体でしたためて、宿のボーイに相手の部屋まで届けさせた。オララが自分の影だと言っていたあの老人を、私はすくなからずおそれていた。彼は悪魔の手下なのだと、本気で信じていた。だが、それでも会わなければならない。しかし、ボーイが戻ってきて、お申し入れは考慮の余地もないという返事を伝えた。老紳士は熱い飲みものを従者に運ばせて、もう床につき、部屋には錠をおろした。人に会う気はまったくないという。ことはとても重大な用件なのだとボーイを説得したが、もうボーイはそれ以上なにもしようとはしなかった。ボーイはこの客がどういう人かをわきまえていた。立派な自家用馬車で旅をし、自分の召使いたちを伴に連れ、はかりしれない富をもっている人物なのだ。

「あの客はここまでくるのに、ヘールブラント夫人と一緒だったのかね?」と、私はボーイに聞いてみた。

「いいえ、決してそんなことは。」気の毒に、ボーイは私のけわしい顔つきにおびえたらしい。あの奥様と紳士は、全然見ず知らずとお見うけしました、とボーイは言った。

なにか手をうつのに、今夜一晩待たねばならないと思うだけで、胸がむかついた。だが、どうしようもない。そこで暖炉のそばに椅子を引きよせて、火を掻きおこした。眠る気はなかった。女が朝早く宿を発つのではないかと気になった。そこでボーイを呼び戻して金を渡し、九号室にお泊りの夫人が明日の朝発つまえに、そのことを私に報らせるようにと命じた。

「でも旦那様、あのかたはもうお発ちになりましたです」と、若いボーイは言った。

「発った？」私が叫ぶのと一緒に、パイロットも男爵も、二重のこだまを返すようにおなじことを叫んでいた。そう、女は行ってしまったのだ。さっきあのドアを抜けて食堂から姿を消すとまもなく、今度は別のドアを通ってポーターの詰め所に引き返し、ひどく悲しげな様子で、すぐに馬車を調達するように、と命じた。今夜のうちにも山越えして修道院まで行きたいと言う。この宿屋気付けで手紙が届いていて、イタリアにいる妹が危篤だと報らせてきた。なにがなんでも、すぐ出発しなければ、と、夫人はポーターに言ったのだそうだ。

「しかし、今夜この吹雪のなかを、あの道を登れるのか？」私がたずねると、ボーイもそれはむずかしいでしょう、と言った。だが夫人は後にひかず、馬車の代金は二倍でも三倍でも払うと言い、悲しげに手を振りしぼるので、御者も心を動かされずにはいられなかった。おまけに、ヘールブラント夫人の言いつけにさからうのは、容易なことではない。並みの御婦人とはちがう。こうして夫人は発っていった。馬車の出てゆく音をお聞きになりませんでしたか、とボーイは言った。そういえば、ついさっき、車輪の音がしていたのだ。

われわれは、狐穴のまわりの三匹の猟犬のように突ったっていた。

あの女がいそいで出発したのは、老ユダヤ人を見かけたからにちがいないと、私は信じて疑わなかった。あいつはほんとうの魔法使いで、悪魔の化身なのだ。どういうわけか、あの美しい女を自分の力の圏内にとらえている魔神なのだ。あの老人におそいかかることも、殺してやることもできないのが、たまらなく口惜しかった。敢えて実行すれば大騒動をひきおこすし、みんなで止めにかかるにきまっていた。こうなれば、女のあとを追い、あの老人から護ってやることしか残されていない。こう思いつくと、私の心はヒバリのように舞いあがった。

馬車の手配にはいくらか手こずったが、大変な精力と有能さを発揮した男爵の手腕で、結局なんとかなった。この女には私も個人的かかわりがあるということを二人は知らなかったから、私の見せた熱意にはびっくりしたらしい。男爵はそれを私が酔っているせいだと取ったが、それでも自分がこれからたてる手柄に、見物人が一人多くなるのだから、否やはなかった。パイロットは私の熱意を、自分への友情のしるしと取った。おどろきのあまり啞同然になっていたのに、それでもパイロットは感謝の言葉をのべようとつとめるのだった。「おまえなんぞ、地獄へ行け」と私は言ってやった。そこでパイロットは、私の手をにぎりしめるだけで満足することにした。

大枚の金を支払ったあげく、ようやく馬車の準備がととのい、私たち三人は修道院さして出発した。

ひどい風で、道は厚く雪に覆われていた。そのため馬車はやたらに揺れたりはねあがったりし、ときどきまったく止まってしまうのだった。三人は馬車内のそれぞれのすみに座を占めていた。ぴったり戸を閉ざした馬車のなかは息がつまりそうで、窓の外側は吹きつけてくる雪でたちまちなにも見えなくなった。こういう狭い場所に閉じこめられてからというもの、三人は言葉をかわさなくなっていた。自分以外の二人が、旅の途中でいなくなるようにと、それぞれが望んでいたことは間違いない。しかし私自身は、オララに再会できるという思いに没入してしまい、それ以外のことはすべて念頭から沈み、消え去っていった。馬車はずっと登り坂をたどっている。私にわかることといえば、いま天国に登る途中なのだということだけだった。私の天国をもし選ぶ自由が許されるならば、そこはいま馬車がたどっているとおなじように、強風吹きすさぶ、荒々しいところであってほしかった。

進むにつれて道はさらに嶮《けわ》しくなり、雪はますますひどくなった。御者と馬丁は六フィート先も見通せない。いきなり馬車は、ひときわ激しく跳ねあがったかと思うと、ぱったり停まってしまった。御者が自分の席から降りてきて馬車の戸をこじあけると、激しい風と雪が吹きこんできた。御者も雪まみれになり、かんかんに怒ってどなった。いまはまりこんだ雪だまりから馬車を引きだすことはできませんぜ、と言うのだ。

三人は車内でちょっとだけ相談したが、それぞれにとって、相談などべつになんの意味ももたなかった。前進をあきらめる者は一人もいないのだから。三人はコートのボタンをかけ、衿《えり》を立てて、馬車の外にころがり出た。そして老人のように腰をかがめ、追跡にかかった。

ちょうど雪は止み、空は大体晴れかけていた。薄雲のかげを走る月が道を照らしてくれた。だが、このあたりは風が強かった。馬車から外へ出たとたん、子供のころ聞かされたおとぎ話を思いだした。年老いた魔女が、天上の風のすべてを袋に閉じこめるという話だった。この峠はその魔女の袋に相違ない。閉じこめられた風は、鎖でつながれた闘犬のように荒れくるい、まっすぐにおそいかかる。あるときは頭上に垂直に打ちかかるかと思うと、今度は地面から吹きあげ、雪の渦巻きをつくって空高くまでもってゆく。馬車のなかも寒かったが、外へ出てみると、もう山の高みに達しているので、頭から氷水をバケツ一杯ぶちかけられたように、空気は冷えきっていた。呼吸するのも苦しいほどだ。しかし、こういう荒々しい自然は私を勇気づけた。こんな環境、こんな夜なかにこそ、私はオララをさがしださねばならないし、彼女は私を必要としているのだ。腕を伸ばせばとどくくらいのところにいるのに、二人の道連れの姿は雪のつもった道を動くぼんやりした影にすぎず、私にはなんの意味ももたなかった。彼女をさがすのは、私ひとりの仕事でなければならない。やがて私は二人よりもかなり先に進んだ。パイロットは視野から消えた。男爵はかなり距離をつめていたが、それでも私に追いつけなかった。

一時間ほど歩いたあげく、道が岩をまわりこんだところで、突然大きな四角いものが見えてきた。われわれの馬車とおなじように、吹きだまりに車輪を取られ、転覆しかかっていた。馬も御者の姿もない。路肩にかかって傾き、大きな塔のように目の前にそびえている。それはオララの馬車だった。われわれの馬車とおなじように、吹きだまりに車輪を取られ、転覆しかかっていた。馬も御者の姿もない。馬車の戸をこじあけると、なかにいた女が鋭い悲鳴をあげた。それは宿で見かけた、あの小間使いだった。馬車の床にうずくまり、ショールを体に巻きつけている。娘はたった一人だった。私が人殺しでも、強盗でもないとわかると、彼女は風の音にさからって切れぎれに叫んだ。われわれの場合とおなじように、これ以上前進するのをあきらめた御者は、馬たちを馬車からはずして、避難できるところに連れていったのだという。あなたの御主人はどこへ行った、と私は娘に叫びかえした。奥様は歩いて先にいらっしゃいましたと、小間使いは言う。娘はおびえきっていて、女主人の危険にみちた逃避行を話そうとしても、ほとんど口がきけなかった。娘が私にこのままここにいてほしいと思っているのはわかっていたが、私は身をもぎはなすようにして、娘の上に馬車の戸をバタンと閉ざした。どのような恐怖、どのような危険が女を駆りたてて、ここで停まった馬車からただ一人、この深夜の嶮しい山中をさまよわせているのか？　アムステルダムの老ユダヤ人の手中に陥ちるのを、それほどおびえさせているのはなにごとなのか？

たぶん私はオララの馬車のところで十五分ほど立ちどまっていたらしく、その間に男爵が追いついてきた。馬車の前照灯は二つともまだともっていたので、男爵が後ろからやってきて声をかけたとき、月面のように寒い夜のなかで、男爵の顔は前照灯に照らされて、緋色に燃えたつように見えた。馬車のそばで風を避けながら、二人は二、三言葉をかわした。それからまた前進をはじめ、しばらく肩を並べて進んだ。

さらに急坂にさしかかるところで、地面から風に吹きあげられる雪が、大砲の煙のように立ちこめて視界をさえぎるかなた、百ヤードとは行かない前方に、私は人間に似た黒い影を認めた。最初それは見えかくれするばかりで、夜の暗さと吹雪のなかでは、見さだめることはむずかしかった。だが、やがて、別に距離をつめたわけではないのだが、次第に眼が慣れてきたので、女の姿をずっと追いつづけることができるようになった。彼女はこの嶮しい、雪の深い道を、私とおなじくらいの速さで進んでいた。この女は空を飛べるのではないかという、私のふるい幻想がよみがえった。風は女の衣類に吹きつけていた。マントが風をはらんでふくらみ、広がると、枝にとまったフクロウが、怒って翼を拡げているように見えた。女を中心に小さなつむじ風が起ると、マントは体に巻きついて、長い脚があらわになり、地上を走って風に乗り、空に舞いあがろうとしている鶴のように見えた。

女の姿をまのあたりにすると、私はもう、男爵が身近にいることに耐えられなくなった。この六ヵ月間オララをさがしつづけてきた以上、この峠で彼女を追いつめるなら、私だけが彼女を手にいれなければならない。この事情を男爵に説明しても無駄だ。私は足を止めた。男爵が一緒に立ちどまるや、私はコートの衿の合わせめをつかんで、彼を後ろに投げ倒した。男爵はこの山登りで疲れていた。息をあえがせ、これまで何度も足を止めていた。だが、私に衿をつかまれ、私の表情を見るや、彼はたちまち元気を取りもどした。こうなったからには、決してこいつを一人で行かせるものか。男爵の眼も歯も、私への敵意でギラギラした。二人は石だらけの道で何分間か闘った。男爵に撲《なぐ》られて私は帽子を飛ばし、どこかへ失くしてしまった。だが、それでも男爵の衿もとをつかんだ左手は放さず、私は強烈な一撃を相手の顔の中心に見舞った。男爵は重心を失った。道はすべりやすく、後ろざまに倒れた男爵はそのままころげ落ちていった。倒れながら彼は私のマフラーをしっかりつかんで放さなかったので、すんでのところで締め殺されるところだった。よけいな時間をついやしたことを呪いながら、私はいまの格闘で体じゅう熱くなり、武者ぶるいしながら、前方さして駆けた。

たった一人になり、ついにオララを、この高い山のなかでつかまえられることが確かになった今、私は幸せに酔うと同時に、さっきあの馬車のそばではじめて感じた恐怖が心をとらえた。両方がおなじ強さで私を前へと駆りたてる。空で月は雲間を走り、自分は暗い地上を駆けながら、これはきっと気が狂ってしまったのだ、と考えていた。まったく狂気じみた状況で、これではローマの劇場で上演される喜歌劇の舞台そのままではないか。自分はこうして愛する女を追いかけているのに、女のほうは、夜なかの山道を、足のつづく限り私から逃げようと、ひたすら前進している。追いかけている私を、われわれが別れる原因になった、二人にとっての共通の敵、私が殺してやりたいほど憎んでいる、あの老ユダヤ人と取りちがえているのだ。女は一度も後ろをふりかえろうとしなかったし、この風では、私がどんなに大声をあげたところで、女に届くはずもなかった。それに二人とも、逃げるのと追うのに全力をつくしていた。全力をつくすといっても、老人のように前かがみになって、よろよろ進んでいるのだから、一時間二マイル進めるかもおぼつかない速度なのだ。だが、なによりも腑《ふ》におちないこと、気がかりでならないことは、どうして女が私を、あの老ユダヤ人と取りちがえたりするのかということだった。ローマの街路でも、アンデルマットの宿でも、あの老人はステッキをたよりにゆっくり歩いていた。私は若くてスポーツマンの身ごなしをもっているのに、それでもなお、女は老人と取りちがえている。彼はほんとうに悪魔なのだろう。それとも、悪魔に命じて使い走りをやらせる力をもっているにちがいない。私自身が、彼からつかわされた代理人になっているような気分がしてきた。それと気づかないうちに彼の力に取りこまれ、私は自分の意志に反して、アムステルダムの老魔法使いの手先になったのだろうか?

こんな考えが頭のなかを走りまわるうちにも、私は女との距離を次第につめていた。彼女が近くにいることで勇気づけられ、抱きしめたい思いにかられて、私は何歩か大きく前進した。突然、女の長いマントが後ろになびき、私の顔をなでた。つぎの瞬間私は彼女と肩をならべ、さらに前に出ると、くるりと振りむいて、女の歩みをさえぎった。彼女はまっすぐ私の腕のなかに走りこみ、支えなければそのまま倒れるところだった。その瞬間、二人は荒涼たる冬の月に照らされながら、かたく抱きあっていた。二人を取りまく自然の暴威が、ますます互いをしっかりと結びつけ、両方とも息をあえがせた。

ミラ、君は知っているかね。人間のおろかしさとは、偉大なものだよ。女をつかまえたその瞬間に、あのローマでの幸せをもう一度取りもどせることを確信して、私は命がけで走ったのだ。私が女をどうするつもりでいたのか、いまは思いだせない。抱きあげて、その場で愛をかわすつもりだったのか、あるいは、二度と私を不幸に陥れることのできないように、殺してやるつもりだったのだろうか。女を両腕に抱きしめ、その息が自分の顔にかかるのを感じ、長くなつかしんできたその体を自分の体に押しつけながら、一瞬殺意が起ったことはたしかだ。ほんの一瞬のことではあったがね。女も私とおなじように、帽子を吹きとばされていた。上向いた顔は骨のように白く、二つの池のように大きな眼が、私のすぐまえにあった。その眼を見てはじめてわかった。女は私をおそれていた。彼女が逃げだしたのは、ユダヤ人の手からではなかったのだ。私を避けてのことだった。

後年、嵐の地中海を航海したとき、私の船の帆綱につかまろうと、何度もむなしい努力を繰りかえしていた鷹の顔が、ほんの一瞬見えた。その直後、鷹は風に吹きおとされて海に呑まれてしまった。

そのときの鷹は、峠でのオララの顔をしていた。鷹もオララとおなじく、恐怖に気も狂わんばかりで、極度の緊張に疲れ果て、望みを失っていた。

私が事態をさとり、二、三度オララの名を呼びかけたとき、私もやはりオララ同様、恐怖にかられて彼女の顔を見つめていたにちがいない。女はもう声をたてる気力もなく、名を呼ばれても聞こえないふうだった。

私が自分の体を風よけにして護っているので、女の長い黒髪と黒いマントは、彼女の体に沿って静かに垂れていた。姿かたちがすっかり変って、私の腕のなかで一本の柱に変身したかと思われた。しばらくそのままでいたが、私はやがて女にたずねてみた。「なぜぼくから逃げようとするの?」女は私を見つめた。そしてやっとこう言った。「どなたさまでいらっしゃいますか?」私は彼女を抱きしめて、二度キスをした。女の顔はとてもつめたくてあざやかだった。ただじっとして、私がキスするにまかせている。私の顔も口も、雪の粉や風が彼女のくちびるを押すのと区別のない風情だ。「オララ」私は呼びかけた。「ぼくは命がけで、いろんな国々を、君を求めてさまよってきたのだ。ここでいま、もう一度心をひとつにすることはできないの?」

女はすこし間をおいて、こう言った。「私はたった一人でここにおりますの。あなたがこられて、びっくりしましたわ。あなたはどなた?」

私はもう、なにがなんだかわからなくなってしまっていた。ともかく、いまはこのまま切りぬけるほかないと思った。そこで、状況をつかもうと、しばらく考えていた。この深夜、風のなかに女を一人にしておくことはできない。そこで、すこし身を離して、右腕で女の体を支えた。

「奥様、私はイギリス人で、この呪われた山中を旅している者です。リンカン・フォーズナーと申します。こんなひどい道を、夜もふけたいま、女のかたが一人で歩かれるのはよくありません。あなたをお護りして、修道院まで御一緒に行くことをお許し下さるなら、光栄に存じます。」

女はこの申し出を考えていた様子だったが、受けいれたしるしに、私の右腕にもたれかかってきた。だが、彼女はこう言った。「私、もうこれ以上歩けそうにありませんの。」

女の言う通りだった。私が支えていなければ、倒れてしまったろう。どうしたらいいのか？　女はあたりを見まわし、顔をあげて月を見た。いくらか回復してきた様子で、彼女は言った。「しばらく休ませて下さいません？　ここに坐って、御一緒に一息つきましょう。そうすれば、修道院まで連れていっていただけるようになると思います。」

私は風雪を避けられる場所をさがした。立っていたところのすぐ近くに、道の上まで張りだしている大きな岩があった。あの下なら悪くない。雪煙が舞ってはいたが、岩かげを廻れば風はとどかないだろう。そこは十ヤードほど離れていた。女をその場所まで、ほとんど運ぶようにして連れていった。自分のコートを脱ぎ、男爵が私の首を締めかけた、例のマフラーもはずして女に着せかけ、寒さをふせぐのにできるだけの手をつくした。夜空はちょうど晴れかけてきた。広大な眺めは見わたす限り白銀に輝いたが、ときおり月が雲にかくれると、がらりと様子が変るのだった。私は女のそばに坐り、すくなくともここしばらくは、この山の高みで、二人だけの平安をたのしめると思った。

オララは肩がふれるほど近くに坐り、落着いて、まったく心を打ちひらいていた。前に話したとおなじことを、私はそのときの彼女に感じた。痛みや苦しみを感じたためしはなく、すべてが彼女にとってはおなじことなのだと。摘みとった花々をスカートいっぱいにして、花畑に坐る童女のような様子で、女はこのつめたく荒れ果てた山越えの道に坐っていた。

しばらくして私は口をきった。「なぜ奥様はこんな山のなかにおられるのですか？　私はあるものをさがしてここまで参りましたが、運に恵まれませんでした。あなたをお助けしたいとも思ったのですが、おどろかせてしまうことになって、申しわけありません。なにかのお役にたつことのほうが、なにかをさがすよりもむずかしいようですね。」

沈黙をつづけた後、女は答えた。「そうです。生きてゆくのは、容易なことではありませんわね、誰にとっても。マダム・ナニーヌもおなじことでしたわ。あの女将《おかみ》は、女たちをきちんとしつけようとしていたけれど、また一方では、私たちの活気を押しつぶすまいともしていましたね。もし活気がなくなったら、私たちはみんなあの店にいても、役にたちませんもの。」

マダム・ナニーヌというのは、まえに話したあのローマの売春宿の女将だ。私に好意を示そうと、女は親しみぶかい語りくちでこの話をしたのだった。私が女をまったくの初対面の人として遇する心づかいをしたので、彼女はそのお返しに、ずっと昔、二人は知りあいだったと認めることにきめたのは明きらかだった。

私は女に言った。「こんなに寒いのはここだけのことですよ。明日峠を下ってゆけば、春風があなたを迎えるでしょう。イタリアはいま春です。ローマでは、きっとツバメが戻ってきていますよ。」
「あそこはもう春でしょうか？　いいえ、まだですわ。でも、やがて春が参ります。あなたにはさぞたのしいことでしょうね。お若くていらっしゃるから。」

「ミラ、君にはわかるだろうか」リンカンは、自分から話を中断してこう言った。「あの峠で起ったことは、これまで一度も思い返したことはない。今はじめて、君に話すにつれて、ひとつひとつ順を追って記憶がよみがえってくる。なぜこれまで考えずにいたのか、私にもわからないな。いまわれわれを照らしている月が、あのときのことを憶えているのだろうよ。月は峠での一部始終を見ていたのだから。」

「奥様、もし私たちがイギリスにおりましたら、どこか人家にたどりつき次第、さっそく熱い飲みものをつくってさしあげるところです。それを召しあがれば、すぐに元気を取りもどせるのですが、ショウガがピリッと利いていて。」私は女にイギリスの活力飲料を説明し、冬の寒い日、手足の指がこごえるようになって家に帰りつき、暖炉の前で熱くした飲みものを口にするときのことを話してきかせた。食べものや飲みものについてのおしゃべりがはじまり、もし二人がこの場所にずっと閉じこめられるとしたら、どうやって生きてゆこうかなどと話しあった。ここでは大声をあげなくても互いに話が聞こえるので、とても楽だった。ともかく、この岩の下にできたくぼみは、女と私にとっては家のようなもの、これまで二人で持ちたいと願いながらも実現できなかった家にひとしかった。そこではすべてのものが、あるべきようにととのえられ、仮りにおやじをここに呼びだすことに成功したとして、うるさい彼でもよろこんで、誇りをもってわれわれの仲間入りをするにちがいないと思われた。女はあまり話そうとせず、ただ私に向かってほほえみかけるのだった。私もそれほどしゃべらなかった。四十五分ばかりも、そこにそうしていたと思う。眠っては危険だということはわかっていた。

そのとき私は道に灯りを認めた。みじめな人影が二つ、休み休み登ってくる。登攀に疲れ果てたパイロットと、彼の腕にもたれ、嶮しい道を足をひきずって登ってくる男爵の姿が、月の光で窺えた。後でわかったのだが、男爵は落ちるはずみにくるぶしを捻挫し、遅れて登ってきたパイロットが彼を助けて、登るのに力を貸したのだという。男爵はパイロットに命令して、わざわざ引きかえさせ、オララの馬車でまだ燃えていた前照灯を持ってこさせた。二人は苦労してその明かりを運びながら登りつづけ、寒さでこごえかけていた。

疲れきった二人が息をいれようと立ちどまり、ランタンを地面に置いたのが、運悪くも、ちょうどわれわれが身を避けているくぼみのまん前だった。パイロットは気づかなかった。彼は自分の周囲のものをほとんど観察したためしがない。しかし男爵のほうは、足をひきずり、痛みに蒼ざめてはいても、注意ぶかく、ヤマネコのように素早い眼をしていた。こちらに向きなおり、パイロットをそばに引きつけた。二人のその様子を見て、私も立ちあがっていた。結局二人がここまできてくれてよかった。オララを人家のあるところまで運ぶ手助けになる、と思ったのだ。

男爵は私に腹をたててはいたが、もう一度闘う気はあるまいと、私は踏んでいた。自分とおなじくらい強い相手に闘いをいどむのは、男爵の好むところではないらしい。しかし今の場合、男爵はパイロットを味方につけているつもりでいるかもしれない。われわれの闘いのことをパイロットに吹きこみ、私を気狂いか、それともひどい酔っぱらいにしたてあげているにちがいない。

男爵は声をあげた。「いよお！　勝負あったね。イギリス人の勝ちだ。こいつはおれをひどいめにあわせたぜ、それも零下十度の寒さのなかで。この女の魅力を、こいつに話すんじゃなかったな。こいつ、これまでイギリス女しか見たことがないものだから、おれたちの話を聞いて、わきめもふらず追いかけやがった。さてフリッツ、おれたちも、御婦人の顔をおがませていただこうじゃないか。」

近寄ってくる二人は、まがまがしい二羽の大きな鳥のように見えた。パイロットはランプをめぐらして、オララに光をあてた。女はすっくと身を伸ばして私のかたわらに立ったが、いまはもう、私にもたれかかろうとはしなかった。

男爵は女をじっと眺めた。パイロットも。男爵が先ず言った。「ほんとうに君だったな、聖なるロサルバ、天国へ行く途中、一時休憩中かね。もっと愉快な生きかたをしてほしかったのに。」

それを聞いたオララが、必死に笑いをこらえているのに私は気づいた。実際のところ、そのスウェーデン人のほうに眼がゆくたびに、オララは笑いの発作を押さえているのだった。だが、女の顔は蒼白く、しかも、時とともに蒼ざめてゆくのだった。

ランタンを持ち、自分でもその光に眼がくらんだように立ちつくしていたパイロットが、一歩進みでて、女の顔を眺めた。「あなたですか、マダム・ローラ?」

「いいえ、そうではありません。人ちがいですわ」と、女は答えた。

そう言われると、パイロットはすっかり混乱してしまい、自分の髪の毛を引っぱりはじめた。いま、この場で気が狂うのではないかと思われた。「おねがいです、ぼくをだまさないで下さい。では、あなたは誰なのですか?」

「そんなこと、別にたいして意味はありませんわ。私、あなたにこれまでお目にかかったこともありません」と、女は答えた。

「ぼくのことをおこっているのでしょう、われわれのことをいろんな人に話してしまったから。でも、ぼくはどうしていいかわからなかったんです。あなたとお別れしてから、なにをしていいのか、まったく途方にくれているのです。マダム・ローラ、ぼくは不幸せだ。あなたはどなたなのですか、教えて下さい。」

ランタンの光で見ると、オララのマントは凍りついた雪でこわばってキラキラ光っていたし、靴も雪で覆われていた。だが私は、彼女を引っぱってその場を立ち去ろうとはせず、じっと耳をそばだてていた。

いきなりパイロットは女のまえの雪のなかにひざをついた。「マダム・ローラ、ぼくを助けて下さい。この世でそれができるのは、あなただけなのです。ルツェルンで御一緒にすごした日々だけが、ぼくの人生での幸せなときでした。それに、ぼくがやるはずだった、いろんなことがありましたね。どんなことだったのか、全部忘れてしまったのですよ。あなたは、どなたなのですか、教えて下さい。」

男爵はパイロットが落としたランタンを拾いあげて、高くかかげた。自分の仲間がそんなにもみずからを低くしたのを見て、落着きを失ったのだろう。彼は叫んだ。「マダム・ロサルバか。彼女は男どもなど無視しているのだ！ はじめからおれはそう聞かされていたよ。しかし、このアルヴィド・ギルデンスタンをあざむき通すことはできないぞ。この聖女には背中に小さな茶色のあざがあるのだ。われわれのあいだでは、この女の身もとをたしかめるには、それを見てやるのが一番手っとりばやいぜ。」

オララがまた、男爵をあざわらうのをこらえている様子に、私は気づいた。彼女は優しくパイロットに言うのだった。「もしあなたのことをわかっていたら、私は決してあなたを苦しめたりはしませんでしたのに。あなたをたのしませてあげるほうがよかったのですね。でも、私はあなたを存じあげません。さ、もう行かせて下さいな。」

それから女はゆっくりと向きなおって、私を見つめた。自分の側に立ってくれると信じきっている様子だった。十分まえまでは、全世界を敵にまわしても、その期待にこたえただろう。だが、わるい仲間をもつと、人間はなんとすみやかに堕落するものか。ほかの二人がそれぞれ女とのふるいなじみを口にするのを聞いているうちに、二人よりも女の身近にいた私は、彼女の顔にじっと眼をそそいでいた。「言って下さい、ぼくにも、あの二人にも。あなたは誰なのですか！」

女は暗い、しかも輝きを秘めた眼で私を見つめ、それから眼をそむけて月を見あげた。そしてしばらく全身をふるわせていた。

男爵が叫んだ。「君のあの年とったユダヤ人をおさえれば、この謎もすべてはっきりするさ。あいつは君のいろんな変装に、そのたび手を貸しているのだ。」

オララはちょっと笑ってこう言った。「誰のことを言っていらっしゃるの？ ここには年とったユダヤ人などおりません。」

「いや、そんなに遠くにいるわけでもない。そのうち修道院でみんな落ちあうことになるだろうよ」と男爵は言った。

これを聞くと女は身じろぎもせず、彫像のようにじっと立ちつくした。人びとを前にした、この奇妙な静けさに、私はいたたまれなくなった。「この連中を追い払ってあげましょう。でも、ただ一度だけでいい、ぼくに真実を明かして下さい。あなたはどなたなのです？」

女はそのままの姿勢で、私を見かえりもしなかった。が、つぎの瞬間、ついに、これまで私がいつもおそれていたことに踏みきった。女は翼を拡げるや、飛び去ったのだ。しろじろと照る満月の下で、彼女はわれわれ三人のもとから思いきって大きく一飛びし、風は女の体をとらえてマントを吹きひろげた。私の追跡から逃げのびようと山を登る道すがら、女は風をとらえて飛びたとうとする鳥のように見えたことは、まえにも話した。いま、またもや女は、山の斜面や屋根から身を投げて飛びたつイワツバメそっくりの動作を見せた。一瞬、女は風に乗って舞いあがるかと見えたが、つぎの瞬間、全速力で道を横切り、地上を離れてまっすぐに断崖に身を投げ、われわれの視界から消え去った。

抱きとめるひまはなかった。私も彼女の後を追って飛びこもうとした。断崖のきわに立って下を見ると、女はそれほど遠くまで落ちてはいない。二十フィートほど下の岩棚だ。淡い月明かりが、大きなマントに覆われてうつぶせに倒れている姿を照らしだした。

パイロットは私のそばで声をあげて泣いていた。三人は女を引きあげようと、一時間ほど力をあわせて働いた。ランタンの明かりをたよりに自分たちのコートを引き裂いて結びあわせた。どうやら綱ができると、われわれは崖からランタンをさげて下を照らしてみた。救助作業の条件はわるくなっていった。まず、ろうそくが燃えつきてランタンが消えてしまい、そのうえ、また雪が降りはじめたのだ。

最初に二人が私を吊りおろしたときは、岩棚をはずれ、私は宙吊りになった。ついに岩棚に足をかけることに成功すると、私は女の体にふれた。まったく生気は残っていないようだった。抱きあげると、女の頭はしおれた花のようにがっくり後ろに垂れた。それでも、体はまだ完全につめたくなってはいない。綱を女の体に巻きつけてみたが、それはなにもならなかった。上にいる二人が引きあげにかかると、女の体は激しく岩に打ちあたる。私は大声をあげて二人を制止し、もう一度岩棚まで女を吊りさげてもらって、腕にかかえた。私のいる岩棚はせまく、おまけに厚く雪がつもっていた。その上で動くのは容易なことではない。下は深い絶壁で、私は一度ならず、もう女を引きあげるのは無理だとあきらめかけた。そのたびに、女をこの大きなしろじろとした満月の死へと駆りたてたのは、結局は私が問いつめたせいなのだと思わずにはいられなかった。

しまいに綱のはしに輪をつくって片足をかけ、女の体をなんとか自分の体に縛りつけることができた。そこで上の二人に、引きあげろと声をかけた。この仕事を二人は、私が思ったよりもずっと早く、やすやすとやってのけた。女の体が解きはなされたとたん、私は力つきて倒れてしまったが、まわりで大勢の人声がきこえた。女はまだ息があると叫ぶ声が耳に入った。

気力をとりもどして頭をあげると、そこにはローマで見かけ、アンデルマットで見かけたあのアムステルダムの老ユダヤ人が仲間に加わっていたが、私はべつに驚きもしなかった。彼が山を登ってきてわれわれに合流するのは、ごく自然なことに思えた。ユダヤ人の馬車が道に停まり、御者と従僕が、オララと私を引きあげるのに手を貸したのだった。ユダヤ人がどのようにしてこの大きな重い馬車を、この夜なか、山道を登らせることができたのか、私にはわからない。ユダヤ人にとっては不可能はないのだろう。

人びとはオララを馬車のなかにかつぎ入れた。ひざと手から出血していた私も、ユダヤ人が馬車にまねき入れた。車内に彼と並んで坐り、オララの足をかかえながら、私はこの男とローマの道ばたではじめて会ったときのことを思いだしていた。渇きと寒さで苦しかった。汗みずくになったあとの体に、冷たい夜気がしみとおるのだ。とうとう修道院の大きな石造の四角い建物に着いた。いくつかの窓から明かりが洩れている。人びとが迎えに走り出てきた。

ここで私は、熱くしたぶどう酒を飲まされ、手の傷を洗ってもらった。それからオララのことをたずねると、大きな部屋に導かれた。テーブルの上にろうそくが二本ともっていた。

オララはさっきとおなじように身動きひとつせず、床に置かれた担架の上に横たわっている。どこかに運ぼうとしたのだが、もう無駄だとあきらめたのだろう。ただ衣類がゆるめてあるだけだった。ユダヤ人が持ってきた大きな毛皮の敷きもので体を覆ってある。頭の下に枕をあてすこし持ちあげてあり、顔の片側には黒いあざができていた。

老ユダヤ人は、毛皮のコートを着てシルクハットをかぶったまま、担架に近く置いた椅子に腰かけ、ステッキの握りにあごをもたせかけている。その暗いまなざしは女の顔にじっとそそがれたままで、身じろぎもしない。部屋の大時計を見ると、まだ午前三時だったのは意外だった。

私は長いこと坐ったまま、口をきかずにいた。ちょうど時計が鳴ったのをきっかけに、思いきってユダヤ人に話しかけることにした。私が問いつめたせいでオララを殺してしまったのなら、さらに一歩進んで、いまその答えをほしかった。彼なら知っているのだ。ユダヤ人に二言三言話しかけてみると、相手はごくおだやかな態度で応じた。そこで私はオララについて知っていることをすべて話し、ここでこうして待っているあいだに、彼女のことを聞かせてほしいとたのんだ。はじめユダヤ人は話したくなさそうだった。だが、いったん口をきると、大変な熱情をこめて話しつづけた。パイロットと男爵もその場に居あわせた。パイロットは部屋のすみの椅子から女の様子を見に立ってきて、またもとの席に戻った。男爵は椅子のなかで眠りこけていた。だが、しばらくたつと目をさまして、話に加わった。

ユダヤ人は話しはじめた。「そうです。この女の名が全世界に知れわたり、その本名であがめ尊ばれていた時分から、私はこの女を知っていました。このひとはオペラ歌手のペレグリーナ・レオニでした。」

そう言われても、最初は私にはなんのことかわからないので、そこで話はとぎれた。だが、やがて記憶がよみがえり、私は子供のころのことを思いだした。

「そんな！　それはあり得ないことです。いま名をあげられた偉大な歌手は、私の両親が夢中になっていた人ですよ。イタリア旅行から帰ってくるたびに、両親の話はその歌手のことで持ちきりでした。ミラノの大歌劇場の火事でその人が怪我をして、それがもとで死んだとき、両親が涙をこぼしたのを憶えています。でも、その事件は私が十歳のとき、つまり、今から十三年まえのことです。」

「いや、ちがうのだ」とユダヤ人は言った。「そう、たしかに彼女は死にました。あの偉大なオペラ歌手は死んだのです。十三年まえ、あなたのおっしゃる通りです。しかし、女は生きつづけた、この十三年間ずっと。」

「はっきりと説明して下さいませんか。」私はユダヤ人に求めた。彼はおうむ返しに言った。「はっきり説明する？　お若いかた、あなたの要求は過大です。むしろこうおっしゃっていただきたい。『あなたの意味をなさないもの言いを、表現を変えて、私が聞きなれた言いまわしの仮面をつけてほしい』と。ペレグリーナは、ミラノの劇場の火事で、ひどい怪我をしました。その負傷とショックのせいで声を失ったのです。生きている限り、二度とふたたび、たとえ一声たりとも歌うことはできなくなりました。」

話しぶりから、彼がこのことを口にするのはこれがはじめてなのだと察することができた。自分自身の言葉にユダヤ人が痛みと恐怖を感じている様子に、私は心を動かされ、なにも言えなくなった。いま聞かされたことだけではなんの説明にもならないし、もっとたずねたいことはいくらでもあるのだったが。しかし、パイロットが質問を続けてくれた。「それでは、その歌手は死ななかったのですか?」

ユダヤ人は言った。「死んで生き、生きて死ぬ。彼女は、あなたがたとおなじように、いや、さらに充実して生きたのです。」

「それでも、世界中の人は彼女のことを死んだと思いこんでいたのですね」とパイロットが言った。

「彼女がそう信じこませたのです。われわれ、つまりペレグリーナと私は、そのためにずいぶん苦労をしてきました。私は彼女の埋葬に立ちあい、墓の上に碑をたてたのです。」

「彼女の恋人だったのですか?」男爵がたずねた。

「いいえ」老ユダヤ人の返答は、大きな誇りと軽蔑にみちていた。「私はペレグリーナの恋人たちが、彼女のまわりを駆けめぐり、吠えかかったり甘えたり、喧嘩したりするのをずっと眺めてきました。私は恋人ではありません。彼女の友人です。天国の門で、門番が私に、『おまえはなにものか?』

とたずねるときがきたら、私はその大天使に、名前も言わず、この世でそれと知られた地位も業績も言いたてますまい。ただ、『私はペレグリーナ・レオニの友人です』とだけ申したてるでしょう。さっきおっしゃっていたように、なにものかと問いつめたために彼女を殺してしまったあなたがたは、最期がきて、墓の向こう側で、『おまえはなにものか』とたずねられたとき、なんと答えられますかな？　神の見そなわすまえで、あなたがたはアンデルマットの宿の帳場でそうしたのとおなじく、名前を名のらなければなりますまい。」

こう言われて、パイロットは不安げなそぶりを見せた。話そうとしたが、思いなおしてだまりこんだ。

「さて、お若いかたがた」老ユダヤ人は言った。「私は話をしたくなりました。聴いて下さらぬか。どうぞお心に留めておかれるように。このような話はまたとありますまい。

生まれてこのかた、私は大層な金持ちでありました。両親それぞれから莫大な財産を相続する、さらに、大商人だった親族たちからも遺産が入る。しかも、人生の最初の四十年間というもの、私はあなたがたとえらぶところのない、ふしあわせな人間として生きて参りました。いつも旅行でその不幸をまぎらわせていたものです。私は音楽を好みまして、作曲家として仕事をしたことさえあります。自分が興味をもったバレーをいくつか演出して、そのための作曲もしたのでした。自作のバレーを私のため、また友人たちのために演じさせる、それだけの目的で、自分が主宰するバレー団を二十年間運営しておりました。十七歳以下の少女たちが三十人いて、私の雇ったバレー教師の訓練を受けておりましてな。この少女たちは私のまえで、衣裳をつけず、裸で踊ったものです。」

　男爵はこれを聞いてぱっちり目をさまし、老人に心やすげな笑顔を向けた。「それじゃ、退屈はしなかったことでしょうな。」

「とんでもない。」老ユダヤ人は応じた。「それどころか、退屈で死にかけておりました。そのころたまたま、ヴェネチアのある小さな劇場で、当時十六歳だったペレグリーナ・レオニの歌を聴いたわけですが、その出遇いがなければ、私はほんとうに退屈のあまり死んでいたかもしれません。彼女の歌を聴いて、私は天国とこの世の意味、星々の意味、生と死、そして永遠というものを理解できるようになりました。ペレグリーナは夜ウグイスの声にみちた薔薇の園へと人を導き、さらに、気が向いたときには、月よりも高く共に昇ってゆきました。みじめな人間の常として、なにかにおびやかされている場合でも、ペレグリーナはいわば断崖絶壁の上にいてさえ、坐り慣れた椅子にくつろぐようなやすらかさを与えてくれたものです。海中に棲む若い鮫が深緑の水をひれで切ってはやすやすと進んでゆくように、ペレグリーナはこの広い世界の深みと神秘のなかを泳いでいました。あの歌声を聴くと心は溶けてゆき、ついにはこう思うのです。これはあんまりではないか、このやさしい調べは私を殺す、もはや耐えられない。やがて我れにかえると、このようなひとつの世界を与え給うた主なる神のはかりしれない愛と寛容を思って、涙にむせんでいる自分に気づくのです。すべては大いなる奇跡でした。」

　自分の心にあることを、われわれにうちあけずにはいられなくなっているこの老ユダヤ人に、私は深い同情をおぼえた。この人は今まで決してこうした話をせずにきたのだ。いったん口を切ったからには、もう止めようがなくなっている。老人の長い品のよい鼻すじが、白壁に悲しげな影をおとしている。老人はつづけた。

私はペレグリーナの友人になることを許されました。身に過ぎたことです。ミラノの近くに別荘を求めて彼女に贈りました。巡業のないときペレグリーナはそこに滞在して、大勢の友人に取りまかれておりました。ときどきは二人だけになることもあり、そんな折には、世間を笑いものにしてたのしんだり、午後や夕方に、腕を組んで庭を歩いたりしたものです。

ペレグリーナの態度は子供が母親に甘えるようでした。私にいろいろな愛称をつけたり、私の指をもてあそんでは、この手は世界一美しい手で、ダイヤモンドをいじるためだけに作られたのだと言ったりいたしました。はじめて出逢った場所がヴェネチアで、私の名がマルコなので、ペレグリーナは自分のことをあなたの雌獅子と言っておりました（聖マルコはヴェネチアの守護聖人。獅子はその象徴）。まことにその通り、彼女は翼ある雌獅子そのものでした。あらゆる人びとのなかで、ただ私だけがペレグリーナを理解していたのです。

ペレグリーナは人生に対して、あくことのない大きな情熱を二つもっておりました。その情熱は彼女の誇り高い心にとって、なにものにもかえられないほど強かったのです。

ひとつは、偉大なソプラノ歌手、ペレグリーナ・レオニに対する熱愛です。これは強烈な、おそろしいほどの完璧な誠実さを要求する愛情でした。奇跡をおこなう聖母マリア像に仕えるカトリックの僧がいだくような、あるいは、英雄を夫にもつ妻がいだくような、また、ダイヤモンド磨きの職人が、たぐい稀れなすばらしい原石に対してもつような愛情なのです。この偶像に対するとき、ペレグリーナは自制をなくし、休むことを知りませんでした。あわれみを受けることも、与えることも、断固拒否するのです。ペレグリーナ・レオニに仕えて、鞭の下で労役につく奴隷のように、泣きながら、時には死に瀕しても、自分に課せられたことをなしとげるのでした。

オペラ界の女たちにとって、ペレグリーナは悪魔のような存在でした。あらゆる役を自分が取らずには気がすまないのです。ひとつのオペラのなかで二つの役を演じるのは不可能だということに、ペレグリーナはいつも腹をたてておりました。オペラ界では彼女のことを女大悪魔と呼んでいたものです。舞台で共演者の耳をなぐりつけたことも、一度や二度にとどまりません。ペレグリーナと共演するときには、老いも若きも、歌手たちはいつも泣きの涙でした。しかし彼女には、そんなふうに怒ったりする理由などまったくなかったはずなのです。というのは、ペレグリーナが天上天下最高のスターだとは、みんなが認めていたことだったのですから。

ペレグリーナ・レオニとしての名誉に彼女が執着したのは、声についてだけではありませんでした。ペレグリーナという存在が、女たちの誰よりも美しく典雅で、流行の先端を切っていなければならなかったのです。この点にかけては彼女のみえっぱりはかなりこっけいですらありました。舞台ではほんものの宝石しか身につけませんし、このうえなく見事な衣裳を使ったものです。村娘アガサの役をやるのに、一面ダイヤモンドをちりばめ、三ヤードも裾をひく衣裳を着るしまつです。ペレグリーナなる存在の容色をそこなうのをおそれて、彼女は水だけしか飲みませんでした。公爵であれ、枢機卿であれ、あるいはローマ教皇その人であれ、午前中に訪問してきたら、彼女はピン・カールをしたままの頭で、顔には亜鉛華軟膏を塗りたくったまま面会するのです。それというのも、夜の公演で、舞台にいる女たちだけでなく、平土間や桟敷にいる女たちもふくめて、誰よりも美しくなければならなかったからなのです。イタリア、オーストリア、ロシア、ドイツの大立者たちがペレグリーナのサロンに群れ集ってきて、彼女はそれをよろこんでおりました。一同がペレグリーナの足もとにひれふすのを見るのが好きなのです。しかし、自分の演目や毎日の練習時間をあきらめるくらいなら、ロシア皇帝の招きを無視して、シベリア送りになる危険をおかすこともいといはしませんでした。

この偉大な魂を動かすもうひとつの情熱は、聴衆への愛情でありました。その愛情は、倨傲《きょごう》な貴族や権力者、宝石で埋まった美々しい淑女がたには向けられず、名高い作曲家、演奏家、批評家、文学者たちのためでもありません。それは天井桟敷の聴衆たちへの愛情なのでした。裏町や市場の貧しい人びと、熱気のこもる天井桟敷で押しあいへしあいしながらペレグリーナを聴くために、一食抜いたり、靴を買うのをあきらめたりして工面する人びと、彼女の歌声に床を踏み鳴らし、叫びをあげ、涙を流す人びと――こういう人たちを、ペレグリーナは世界中のなにものにもまして愛しておりました。この二つめの情熱は、もうひとつの情熱にまさるとも劣りはしませんでしたが、ただちがうところは、このほうの愛情は、人の世に対する神の愛、聖母マリアの愛さながら、優しさにみちておりました。北方のあなたがたは、南方や東方の女たちが愛するときの激しさを御存じない。子供たちを抱きしめたり、死者を悲しんだりするとき、この女たちは聖なる炎と化すのです。

『メディア』の初演が終ったとき、町の人びとはペレグリーナが乗っていた私の馬車から馬をはずしてしまいました。自分たちで引いてゆこうというのです。彼女はこの労役に高貴な肩を痛めている伯爵たちを見向きもいたしません。ダイヤモンドよりも尊い、熱い涙をさんさんと流し、優しいほほえみの虹をかけたのは、ミラノ街頭の道路掃除人、運送人、果物屋、水運びたちに対してでありました。この人びとのためなら死をもいといますまい。彼女は馬車に同乗した私の手を握っておりました。ペレグリーナ自身は極貧階層の出身ではありません。パン屋の娘で、母親の実家はスペインの自作農でした。社会の最も下積みの人びとに情熱をもつようになったのはなぜなのか、私にはわかりません。

ペレグリーナが下層階級の人びとのためにだけ歌ったとは申せません、というのは、彼女は偉大な芸術鑑賞家たちの喝采を求めておりましたから。ただし、それもまた、天井桟敷の人びとをよろこばせるために、通人の評価を求めていたのです。時勢が悪くて、下積みの人びとがうちひしがれているとき、ペレグリーナは悲しみに沈んでおりました。この人たちのためにならと、有り金全部を与え、手持ちの衣裳を売り払うのもいといはしませんでした。ところが、おかしなことに、貧しい人びとは決してペレグリーナのところにもの乞いには参りません。彼女が歌うときにこそ、その持てる最高のものを惜しみなく分かち与えているのだということに、この人びとは気づいていたように思えます。屋敷も庭も下層階級のファンに開放していて、テラスの夾竹桃の樹かげで貧民の子供たちと遊んでいるときなど、海を渡ってはるばる会いにやってきたイギリスの大貴族に面会謝絶をくらわせたりしておりました。

ペレグリーナのすべての幸せは、この二つの大きな情熱のあいだにかかっておりました。その名声の最盛期には、なにもかもがうまくいっていました。ペレグリーナの声と演技は、日を追うごとに磨きがかかってゆきました。信じられないほどのことでありました。あの最後のとき、ペレグリーナが自分の可能性の絶頂をきわめていたとは、私は思いません。彼女の名は世界にとどろいておりました。ペレグリーナは小さな手に音楽という賢者の石を持ち、それがふれるあらゆるものを黄金に変えるのでした。

——そこで老ユダヤ人は私にむかって言った。——あなたのお言葉によりますと、遠い国々の人たちが、ペレグリーナの芸術の深い黄金の流れ、ダイヤモンド、サファイア、鳩の血の色をなすルビーからなる大瀑布を思いだして涙したと言われましたな。ペレグリーナは人びとにあがめられておりました。彼女が舞台で歌いつづけてくれるあいだは、この世も天使たちに見捨てられたわけではない、みんなそう思っていたのです。

天井桟敷の客たちに向けて、天使さながら歌いかけ、聴く人の心を溶かし、この世ならぬよろこびの涙をおとさせる、生活苦を忘れさせ、失われた楽園を思いおこさせる、自分の魂を、星々の群れそのまま聴衆の上にふりまく。聴衆の側は、ペレグリーナを自分たちのマドンナとして、また、天国にあるおおよそ美しいもの、偉大なもの、典雅で輝かしいものすべてをこの世に示し給う神のおはからいの化身として、あがめ尊ぶ――こういうことが、ペレグリーナの幸せなのでした。

さきほども申しましたが、村娘を演じるときでさえ、錦織りの衣裳に大きな羽根飾りをつけるようなやりかた、それは、決して自分の虚栄から出たものではありませず、天井桟敷の聴衆たちへの義務感から、そうしておったのです。カトリック教会の僧侶たちが、聖母マリアの像を、できる限り美しい衣裳で飾るようなものと申しましょうか。キリスト降誕の絵でも、神のひとり子とその母なるマリアが、馬小屋のわらの上に身を置き、かいば桶をゆりかごにしているところを見て、人びとは感動するわけですが、僧侶たちは聖母マリアがその場にふさわしく貧しい身なりをしていることに耐えられず、絹の衣裳で聖母をよそおわせ、黄金の装身具をつけさせてしまうのです。

私のほうは、ペレグリーナのこの貧しい人びとへの情熱を笑っておりました。私にしてみれば、庶民というものはいつもいやな臭いがしますし、彼らの品性についても信頼できませんでした。そういうことにふれると、ペレグリーナは言いかえしたものです。「まあ、それじゃ、私たちは誰も彼もおなじ性格につくられて、聖なるものをあがめる罪びとにならなければいけないというつもり？　ねえマルコ、私をありのままでいさせて、したいようにさせて下さいな。私は罪びとをあがめる、聖なるものになりたいの」

彼女の恋人たちを、私はおおかた知っております。彼女も私も、恋人たちなどほとんど問題にしておりませんでした。実際、恋人たちはペレグリーナにとって、よろこびよりも傷を与えることのほうが多かったのです。やがて彼女はそのことにも慣れてゆきましたが。

というのは、すぐれた分別の力をもっていたくせに、ペレグリーナの世わたりときたら、まったくラ・マンチャの女ドン・キホーテそのままでした。人生での出来ごとが、彼女にとっては十分に大きくなかったのです。自分の心の大きさにくらべると、つりあいがとれない。つまりペレグリーナは、象射ち用の銃を手渡されて、小鳥を射てと言われた人のようでした。それとも、動物園の大きな鳥小屋に入れられて、そこの小鳥たちと一緒にちょこちょこ歩いたり、さえずったりさせられているアホウドリかなにか、大きな鳥に似ていたと言ったらいいでしょうか。恋愛沙汰で彼女が傷つくとき、痛みを感じるのは虚栄心のせいではありません。舞台の外では、ペレグリーナは虚栄心とまったく無縁でした。それに、彼女に言いよる若者たちは、不世出のソプラノ歌手に恋をしているのではなく、星と輝く双の眼をもち、私の故郷ユダヤの詩人が昔歌った、優しく賢いガゼルのみやびやかさをもった、当代無双の美女に恋をしているのだと、よくわかっておりました。この点にかけては、ペレグリーナは若者たちの浅薄さと不誠実を気にかけるようなことはなかったのです。ただ、この世がもっと壮大なところであってはくれないこと、そして、舞台でのような劇的で規模の大きいことはなにひとつ起ってくれないことに、ペレグリーナは深く傷ついておりました。その人生で、人びととのかかわりに全力をつくしても、なお思うようにはならなかったのです。

はじめての恋愛沙汰が終って戻ってきたときは、彼女はまだとても若くて、自分のことをはじらってさえおりました。そのときペレグリーナは、女でいることになんの意義も見つけられないので、男になりたいと思っていたのでしょう。というのは、女性美の精華のすべて、胸や四肢の見事さ、まなざしやくちびる、つややかな肌をもつ彼女は、かえってそのせいで奇妙なはずかしめを受けるのです。つまり、自分の愛する人に大舞踏会で会うつもりで、このうえなく美々しく着かざって出かけていったところ、それはただの警察署長歓迎のどうということもない集りで、出席者は誰もが普段着だったというようなことです。そんな目にあった貴婦人がたも、やはりいくらかはずかしくなって、腹立ち半分、照れが半分で、長いスカートの裾を持ちあつかい、ダイヤモンドの首飾りをやりきれなく思うことでしょう。その場で自分が笑いものにされているのを感じるからです。

恋をする女のひとたちのうち、大勢がこのような感じをもつのではないかと、私には思えるのです。

こうして苦しんでいるとき、私ならわかってくれると信じきって、ペレグリーナは私のところへやってきました。粗野で想像力に欠ける連中が、これほどに美しく豊饒な女人のなかに、憂いに沈む騎士の性向があることに万一気づくことができたとしても、彼らはペレグリーナをあざわらうだけだったでしょう。しかし、そんな彼女を、私は笑わずにはおれませんでした。そしてこう申しました。

「世間というもの、あなたの恋人もその一部なわけだが、世間にとっては、恋愛のあらゆる信条、いや、恋愛にとどまらず、あらゆる人間関係というものは、毒物学の様相を呈するのだろう、毒を盛ることと、毒に対する免疫もふくめてね。誰もが毒を受けいれる用意があるし、また、毒に慣れてゆくものだ。人びとは小さな毒蛇か、さそりのように、自分の毒を注ぎこむ一咬みの力を誇り、また、自分のもつ毒性に見合った免疫力を誇っているのだ。おおかたの人にとって、恋愛とは互いに毒性と免疫性を与えあうことなので、恋愛経験の数をふむにつれて、自分たちがどれほど強力な毒性に対して無感覚でいられるかを自慢するようになってゆくのだよ。インド人は、あらゆる種類の蛇の毒に免疫性をもつために、すこしずつ自分を毒に慣らすというではないか。」――そう私は申したのです。

「しかしペレグリーナ、君は毒蛇ではない。毒のない大蛇なのだ。君が歩いている姿を見ると、いつか見たインド人の蛇使いのあやつる蛇踊りを思いだすな。君にはまったく毒がないのだ。もし相手を殺すようなことがあっても、それは捲きついた力で締め殺すのだね。そういう力は、小さな毒蛇しか知らないできた恋人たち、君の力にあらがうすべを知らず、君が与えるたぐいの死の値打ちを理解するだけの知慧もない恋人たちを、とまどわせるだけなのだ。だが、まったくのところ、君が大きなとぐろを解きながらぐるぐる動きまわって、すごい力をまわりに示したあげく、しまいにちっぽけな野ねずみをぎゅっと締め殺すのを見ていると、おかしくて腹が裂けそうになるよ。」こんなことを言っては、ペレグリーナを笑わせたものでした。彼女は泣き笑いをしていましたが。

こういうことを申しましたけれども、彼女はたいそう賢くて、また私の知性によって鍛えられてもおりましたので、恋人たちから学んだのはペレグリーナのほうでした。ですから終《しま》いには、こうした恋愛沙汰についてはもう、相手とおなじくらい平然としていられるようになっておりました。この点私は、若い恋人たちには大いに感謝しております。と申しますのは、ペレグリーナが生来もっていなかった、人間関係についてのかろやかさを身につけるのに、この人たちは手を貸してくれたからです。こうして教えられたことを憶えこんで以来、ペレグリーナが舞台で演じる若い無邪気な恋する乙女の演技は完璧になったのでした。

——リンカンはここでユダヤ人の話を中断し、自分の意見をつけくわえた。「ミラ、これはほんとうにその通りだと、君もわかっていることだろう。あの昔から伝わる不滅の歌、年若い乙女がスルタンからのありとあらゆる贈りものを拒んで、自分の恋人へのまことをつらぬく歌を思いださないか。アー・ルピア、カマ・ナ・マジャセという聯で始まるのだったな。あれは純粋なまことの恋を歌いあげた、じつにすばらしい歌だ。私がこれまで聴いたうちでは、この歌を一番見事に歌ってくれたのは、ある娼婦だったね。」

——それからリンカンは、ふたたび老ユダヤ人の役柄に戻って、その話を語りついだ。

こうして私たちは、ミラノの白い別荘で暮しておりました。ペレグリーナに破滅の日がおとずれるまで。

お若いかたがた、父上が、例のあの火曜日のことを嘆き悲しんでおられたのを御記憶か。それが起ったのは『ドン・ジョヴァンニ』上演中、第二幕のはじめでありました。ドンナ・アンナがオッタヴィオの手紙を手にして登場し、「ひどい?《クルデーレ》 いいえ、そんなこと。《アー・ノ・ミオ・ベネ！》よろこびをひきのばすのは《トロッポ・ミ・スピアーチェ・アロンタナルティ・ウン・ベン・ケ・》私にもつらいのです《ルンガメンテ・ラ・ノストル・アルマ・デジア》』ではじまる叙唱を歌いはじめます。ちょうどペレグリーナが登場したとき、天井から彼女の足もとに、燃える木切れが二つ三つ落ちてきました。ペレグリーナは怖れを知りません。しっかりと歌いつづけ、やや視線をあげて、高い音程を、ただの呼吸をするように、苦もなく歌いあげておりました。そこへ続けて、今度は燃えさかる梁《はり》が一本まるごと落ちかかり、劇場全体は恐慌に陥りました。オーケストラは小節の途中でとぎれ、人びとは出口に向けて殺到する、婦人たちは気を失うという騒ぎです。ペレグリーナは一足さがって、私の姿を求めました。そして、平土間の最前列にいた私を見つけると、ひたと見つめました。そうです、あの惨事の最中、ペレグリーナが求めていたのは私だったのです。それを私が誇らしく思っても当然ではありますまいか。

ペレグリーナは全然おびえてはおりませんでした。静かに立ちつくしたまま、彼女はこう言いかけているようでした。「マルコ、あなたと私は、ここで今、一緒に死ぬのね。」しかし私のほうは恐怖にかられていました。炎に包まれた舞台に駆けあがる勇気がなかったのです。舞台装置の木立ちや街路に並ぶ家々はすべてボール紙で出来ているのですから。まさにその時、大きな煙のかたまりが舞台の一方の袖から反対の袖に向かって動いたかと思うと、巨大な炉から吐きだされたような熱気が吹きだして、彼女の姿は見えなくなりました。逃げまどう人びとのあいだを縫って、私はどうやら外の通りに脱出しました。そこは狂人の溜り場さながらのありさまでしたが、ともかく冷たい空気をふたたび吸いこむことができたのです。待合室に待たせておいた召使いが私を見つけて、支えてくれました。そのうち、レポレロ役の男性歌手がペレグリーナを救いだしたという報らせがきました。その歌手は彼女にひきたててもらって舞台を踏んだ人でした。髪も衣裳も火だるまになったペレグリーナを、燃えさかる舞台の袖を抜け、階段を通ってかつぎ出したのです。ペレグリーナが助かったと聞いて、人びとはいっせいにひざまずいて感謝しました。

私は彼女を別荘に運び、ミラノの医者たちを呼び集めました。ペレグリーナは生きていました。落ちてきた梁がぶつかって、くすぶる材木があたったところに深い火傷をしていました。耳から鎖骨にかけてです。ほかの火傷は表皮だけにとどまっていたので、そちらはすぐに回復しました。ところが、ショックのせいで、声が出なくなっていることがわかったのです。もう一声も歌うことはできなくなっていました。

声を失ってからの一週間というもの、ペレグリーナの様子を思いだすと、実際には燃えつきてしまって、ちょうどポンペイの廃墟から掘りだした死体のように黒い炭と化し、身動きもせずに、脇を下にしてベッドに横たわっていたように思えるのです。六日間、私はつききりでいましたけれど、そのあいだ彼女は一言も口をききませんでした。ペレグリーナ・レオニが声を失う、これほど残酷なことがありましょうか。

私のほうも、なにも話しかけずにおりました。世界中からやってきた見舞客の馬車が、寝室の外のテラスに集って、ペレグリーナの容態をたずねるのでした。

暗くした部屋で、私はこの事件を思いめぐらせておりました。大切にあがめ仕えてきた、奇跡をおこなう聖母マリアの像が、じつは世俗的で猥雑な異教の偶像にすぎず、おまけにねずみにかじられて中がからっぽになっていたのを発見したカトリックの僧。この事件はペレグリーナを、その僧の立場に追いこんだのです。英雄と思いこんでいた夫が、じつは英雄でもなんでもなく、ただの気狂いか道化にすぎなかったのだとわかった妻のようなものです。

いや、それどころではない、と、私はまた思いかえしました。ペレグリーナの落胆に匹敵する例、それは、一つの王国を持参金とし、父王の財宝に飾られて、彼女の到着を待ちわびる若い王子の婿君のもとへとついでゆく花嫁です。全市は歓迎に沸きかえり、乙女や若者はシンバルを打ち鳴らし、歌をうたって迎えようとしている、そこへ向かう道すがら、盗賊に凌辱された王家の花嫁の絶望です。彼女の落胆の深さは、そうしたたぐいのものだったでしょう。

ペレグリーナの容態を知ろうと、世界各地から集ってきた身分のある人たちは、一人として家に招じ入れられることはありませんでした。このことから、ペレグリーナは死にかけているのだという噂がひろがりました。見舞客たちが万一彼女に会えたとしたら、いったいなんと言うつもりだったのでしょう？　まだお若いし、美しいのだし、こんなにも人びとに愛されているとでも言うつもりだったのでしょうかな。

凌辱された王女に対して、いかなるなぐさめの言葉がありましょう。まだお若くお美しいことに変りはないし、婿君もきっといとしんで下さいますでしょうと言ったところで、どうなるというのです？　人びとは王女に、あなたさまにはなんのとがもなかったのだし、あやまちを犯したわけではない、と言うかもしれません。「王女には、死ななければならないような罪はなにもありはしません。盗賊は荒野で王女をおそったので、婚約者のある乙女は泣き叫んだけれど、誰の救けも得られなかったのですから」などと。しかし、粗野な人びとのなぐさめは、高貴な人にとっては、かえってつらいものにきこえるのです。豪家に仕える医師や菓子職人、召使いたちならば、自分のしでかしたことによって判断を下されるのもよろしいでしょう。あるいは、そうするつもりだったことについて判断を下されてもかまいません。しかし、偉大な人びとはちがいます。彼らは、その在りかたそのものによって判断されるのです。わなにかかってとらえられ、檻に閉じこめられた獅子は、飢えよりも恥辱の念にさいなまれると申すではありませんか。

あまりにも華麗にすぎて、御納得いただけぬようなことをお話ししているとしたら、失礼を許していただかなくてはなりません。このせつでは、あなたがたの恋の相手になる御婦人がたは、誇りというものをもっているものでしょうか？　誇りなどと言われたところで、そのような言葉も御存じないのかもしれませんな。

なぐさめの言葉など、私は一言も口にせず、また、私自身をなぐさめる言葉も、この世にはありませんでした。あの一週間、私が身近にいることにペレグリーナが耐えられたのは、この私の無言のせいでした。

ペレグリーナは、自分の名声、宮廷での人気、大貴族たちの尊敬を、もはや失ったことを嘆いておりました。凌辱された王女が、失われた壮麗な儀式、婚礼の冠、祝いの宴の踊りや祭典を思って嘆くのとかわりません。人びとはペレグリーナ・レオニを失ったことにどうして耐えられましょう？　これから先の一日一日を、雇い主や上役の者に痛めつけられながら、わずかな収入を得るために、きつい労働に耐えてゆかねばならないあの天井桟敷の聴衆たちに、天国がふたたび開かれることはなくなったのです。天上のマドンナがほほえみかけることはもうありません。唯一の星は陥ち、涙と笑いをペレグリーナと共にしたこの人びとは、夜の闇のなかにとりのこされました。

その一週間に私が学んだことといえば、おなじ一日二十四時間の長さが、先月と今月とではこんなにもちがうものなのかということでありました。ミラノの別荘では、時は五月のそよ風のように、あるいは蝶のように、また夏の夕立や虹のように、かろやかに過ぎていたものでした。いまや、一日は一年にも感じられ、一晩は十年とも思われるのです。

事故から一週間たったとき、ペレグリーナは私に強い毒薬を求めました。それを使って自分の命を縮めようというのです。私は若い時分から、人生が耐えがたいものになったときの用意に、いつも毒薬を身につけておりました。そのころ私はミラノに家を構えていて、毎日ペレグリーナのところに通っていたのです。彼女に毒薬を手渡したのは、水曜日の正午でした。明日の午後にまた来てほしいと、ペレグリーナはそのとき申しました。

翌日行ってみると、ペレグリーナはまだ苦しんでいる最中でした。私が渡した阿片の全量を飲んだのだけれど、十分に効かなかったと申します。死ねなかったわけです。ペレグリーナは自分の言った通りだと信じこんではいましたが、それはほんとうではなかったと思います。私が与えた阿片の量は、どのような人間の命をも断つのに十分なものでした。おそらく彼女は、気分がわるくなって失神するほどまでには飲んだのでしょう。そして、自分は全量を飲んだと思いこんだのです。しかし、それでもべつにどうということはありません。ありようは、彼女が死ねなかったということです。ともかくペレグリーナには生命力がありあまっておりました。

　後から考えたことですが、もしあのとき、私が先に自殺していれば、ペレグリーナは後を追う勇気が出たのかもしれません。それまでにも折にふれて口にしていたことからおしはかると、彼女はいつも死を怖れていたふしがあります。死はペレグリーナの生得の性格からあまりにもかけはなれておりました。ですから、ずっと年長の私が、自然のなりゆきとして先に死んでゆき、彼女のために道をととのえる、あるいは、仮りにそういうものがあるとするなら、他界で彼女を迎えるというふうに考えるのが、ペレグリーナのなぐさめになっていたようです。若くてたくましい男たちよりも私のほうを好んだ理由のひとつは、そこにあったのでしょう。しかし、当時私はまだ、そんなことには気づいておりませんでした。

　結果として、私の毒薬がペレグリーナにひとつの転機を与えるきっかけになったことは否めません。彼女は死への願望を通り抜けたのです。その日の午後、事故以来はじめて、ペレグリーナは私に話をして、と申しました。

　そこで私は、果てもなく長かった昨夜一晩が過ぎて、夜明けまえにかかったちょうどその時、一羽の夜ウグイスが鳴きはじめたこと、野性にみちて、あふれるようにゆたかに、私の窓のすぐそばで、時を追い越そうとするかのように鳴きしきるその声を聞くうちに、今度われわれにふりかかった事件を題材にしたバレーの筋書きを思いついたことを話してきかせました。彼女はじっとこの話に聞きいり、その翌日また例のバレーのことをもちだして、シナリオや曲のことをたずねました。そこで、題は『フィロメラ』とするつもりでいること、各場面がどのように展開し、踊りはどう続いてゆくかを、説明してきかせました。こうして話しているあいだ、ペレグリーナは私の手をとって、指をもてあそんでおりました。あの事故以来、彼女が人間の体にふれたのはこれがはじめてでした。

　何日かして、ある朝とても早く、日の出前に迎えがきました。行ってみると、おどろいたことに、ペレグリーナは戸外のパーゴラに、寝衣のまま出て待っていました。

　美しい朝でした。アカシアの樹々と庭草は、澄みきった静謐な青い大気に、やさしくも鮮烈な、こころよい薫りを放っておりました。

　ペレグリーナは、不幸に遇うまえの様子を取りもどしているように見えました。花のような顔は薄明のなかに白く浮いています。しかし、いざ話しはじめると、彼女の声はとても低く、誰か人の目をさますまいと気づかっているようにきこえました。

「マルコ、こんなに早く迎えを出したのは、もし必要とあれば、一日じゅうお話しできるようにと思ったから。」こう言うと彼女は私の腕を取り、一緒にゆっくり歩きはじめました。パーゴラのはずれまでくると、足をかえすまえに彼女はじっと外の景色を眺めておりました。すがすがしい空気がみちています。「とてもたくさん、お話ししたいことがあるの」と言っただけで、彼女はそのあとをつづけようとはしません。歩みを返して、もう一度おなじパーゴラのはずれまできたとき、ふたたび彼女は繰りかえしました。「マルコ、とてもたくさんお話があるのよ。」

　とうとう私たちはパーゴラのベンチに腰をおろしました。ペレグリーナは私の腕を放そうとしないので、二人は馬車の座席に坐るように、ぴったりと並んでおりました。

「マルコ、あなたは、あの事故このかた、私がなにも考えずにいたと思っているのでしょう？　でも、それは間違い。ただ、私の考えてきたことをお話しするのはとてもむずかしいの。それはとても遠いところから拾いあつめてきた考えなのね。どうぞ辛抱して聞いて下さいな。時間は今日一日かかってもかまわないの。」

ペレグリーナは低くやわらかい調子で話しつづけました。「ね、マルコ、私がどれほどわがままものだったか、今となってやっとわかってきたの。いつでも考えることといえば、ペレグリーナ、ペレグリーナばかりだったでしょう？　ペレグリーナの身に起ったことは、私にとって、世界中のなによりも重大なできごとに思えたの。ペレグリーナを好きな人たちだけがこの世での良い人だし、親切な人なのだと思いこんでいたし、賢い人にふさわしいことといえば、ペレグリーナ・レオニの歌を聴きにやってくること以外にないと考えていたわけ。」彼女は言葉をとぎらせて、私の腕を軽く押しつけてきました。

やがて、いきなりこう申しました。「この私の災難だって、もし誰かほかの人の上に起ったとしたら――たとえば、そうね、百年前の中国の宮廷歌劇のソプラノ歌手の身の上に起ったとしたら――私たちはその事件を聞いても、それほど気にかけないかもしれないでしょう。それとも、せいぜいのところ、同情の涙を流すくらいかしら。その災難が悲惨なことにかわりはないのにね。ところが、おなじことがペレグリーナに起ってみると、私たちにとっては耐えがたいほどつらく思えるの。そんなふうに思う必要はないのよ、マルコ。そして、もう二度とふたたび、私たちがそう思うことはないようにするつもり。

待って。今からなにもかも、もっとよくわかるようにお話しします。

ペレグリーナはなくなりました。彼女は偉大な歌手だった、スターだったでしょう？　この歌を憶えているかしら、

栄光のかがよいは消え
空の高みより　星ひとつ落ちぬ……

ペレグリーナもおなじなの。全世界があのひとの死を悲しみました。ああ、なんて悲しいこと。さあ、これから世のなかにペレグリーナの死を報らせるのを手伝っていただかなくては。ペレグリーナのお墓をつくって下さいね。その上に記念碑をたてるのよ。どうぞ、あんまりすばらしい彫像などつくったりしないでね。私が声を失わないままで死んだとしたら、それでもかまわなかったわけだけれど。でも、やはり大理石がいいな。大理石の板に、名前と生年月日と、命日を彫らせて下さいな。それと、短い献辞もね。マルコ、こんな言葉にしたら？　《神の恩寵により》。そうよ、《神の恩寵により、マルコ・ココザこれを建つ》」

「ペレグリーナは死んだの」と、彼女は繰りかえしました。「ほかの誰も、決して二度とペレグリー

ナになることはできません。このつらい世のなかで、もう一度彼女に人生という舞台を踏ませたり、この世に生きる人間には避けることのできない、さまざまな苦しみが彼女にふりかかったり、そんなことはもう、あってはならないの。そんなこと、想像するだけでもひどすぎる。さあ、まずともかく、私のお願いを果すと約束して下さる?」

彼女の希望通りにしようと、私は約束しました。

ペレグリーナは立ちあがると、パーゴラのはずれまで行きました。大分あかるくなってきて、明けの明星も消え、あたり一面は朝露にみちて、さっきまでは暗かった草も、葉末にやどる露で銀色に輝いておりました。大気はどこまでも晴朗で、空が地表から遠く高く上昇していったような感じでした。ペレグリーナは私の身近に立っておりました。着衣は露でしめり、彼女は長い黒髪の巻き毛をもてあそんでいました。髪房のひとつを口にくわえたまま、朝の寒さにすこし身ぶるいしました。パーゴラのはずれから、土地は斜面をなしていて、眼下に広々とした風景がひらけています。道や畠や木々を見わけられるほどに、もう明かるくなってきていました。すぐ下の道に、畠に向かう農夫の男女が見えます。

「ほら、見て。わかっていただけるような説明をするのに、私はあの人たちがくるのを待っていたの。眼で見たほうが、きっとはっきりわかると思って。見てごらんなさい、あの女の人は、畠仕事に出てゆくところなの。農夫のおかみさんなのでしょうね。マリアという名前かもしれない。今朝、マリアはしあわせなの。夫が愛情を見せてくれて、さんごのネックレースをくれたからなのね。それとも、マリアは不幸なのかもしれない。夫がやきもちを焼いて、マリアを苦しめているの。さあ、マルコ、あなたと私は、そのことについてどう考えるかしら？　マリアという名の女は、いまどうもふしあわせらしい。それだけよね。身のまわりには、あそこにもここにも、そんな女の人がいて、私たちはたいして気にもかけないでいる。ほら、見て。あそこにもう一人いるでしょう。あの女の人はラバに野菜や果物を積んで、ミラノまで運んでゆくところ。ラバがとても年とっていて、のろのろとしか歩けないので、市がたつ時間に遅れそうだと、気をもんでいる。その悩みだって、マルコ、私たちはそれほど同情したりはしないでしょう。そうなの、私は今から、そういう存在になるのよ。そういうものになる時期が、とうとう私にやってきたの。名前が変っても、世間の大勢に影響のないような女になるのよ。もしそういう女が不幸だとしても、人びとは気にかけたりしないの。」

二人はだまってその場に立ち、私はペレグリーナの考えを理解しようとつとめておりました。

ペレグリーナは申します。「それで、もし私が一人の女の身の上に起ったことを深刻に考えすぎるようになったら、すぐにその場を立ち去ってしまって、また誰かほかの人になるの。町でレース編みをする女、子供に読み書きを教える女、それとも、キリストの聖なる墓を拝しにエルサレムに巡礼する貴婦人かもしれない。私はいろんな女になれそうよ。その女たちがしあわせだろうと、ふしあわせだろうと、賢かろうと、おろかだろうと、私は気にかけたりしないの。あなたも、そういう女のことを耳にしても、気にかけないでいて下さいね。私はこれから先、一人の人間でいることをやめるのよ、マルコ。いつでも複数の人間でいるつもり。自分の心と人生を、一人の女に縛りつけられて、そのあげくこんなに苦しむのはもう御免こうむるわ。考えてみるだけでもおそろしい。あなたもわかっていて下さる通り、私はもう十分長いこと、そういう生きかたを続けてきたのよ。もうこれ以上はいや。すべては終ったの。

マルコ、あなたは私に、いろんなものを与えて下すったわね。今、お返しに、この忠告をさしあげましょう。複数の人におなりなさい。一人の人間でありつづけ、いつでもマルコ・ココザでいるというゲームは、もうやめておしまいなさい。あなたはマルコ・ココザのことで心を悩ませすぎて、マルコの奴隷か囚人になりはてているではないの。なにをするにも、まずそれがマルコ・ココザの幸福と名誉を侵しはすまいかと考えてからでなくては、なにもできなかったでしょう。あなたはいつでも、マルコ・ココザがおろかなことをしでかすのではないか、退屈するのではないかと、ひどく心配していたわ。そんなこと、ほんとうはなんの意味もないのではない？　世界中で、人びとはおろかしいことをしているのだし、大勢の人が退屈しているのですもの。そんなこと、これまでもいつもわかっていたのよ。マルコ・ココザであることを、今きっぱりとやめておしまいなさい。そうすれば、どこの誰ともしれないもう一人のユダヤ人が、おろかなことをしようと、一日二日退屈していようと、世間はなんとも思いはしないでしょうよ。もう一度、のびやかな気持と、軽快な心をとりもどしてほしいの。いいこと？　これからは、一度に一人以上の人間でいるのよ。思いつけるだけ沢山の数をそろえるほうがいいわ。そうなの、マルコ、世のなかの人は、誰もが一人以上の人間でいるべきなの。そうすれば、みんながもっと気を楽にもって生きてゆけるのだと思うわ。きっとおもしろいでしょうよ。哲学者たちが、これまでこんなことを思いつかなかったのはふしぎじゃない？　そして私がその盲点を発見するなんて。」

ペレグリーナの言うことが、私にとって役にたつだろうかと考えてみましたが、しかし、彼女が生きているあいだ、私がそうした生きかたをすることはとても不可能なのはわかっておりました。ペレグリーナが死んだ後なら、彼女のこの思いつきに逃避することもあり得るでしょうが。月は地球に従って動かねばなりません。もし地球がくだけ散ってしまったなら、月はおそらく隷属から解きはなたれるでしょう。そして、拘束を解かれた勢いで天空を飛び、しばらく木星の衛星になってみたり、つぎには金星の衛星をつとめたりするかもしれません。天文学のことはくわしくありませんので、この方面の話は、もっとよく御存じのかたにおまかせしましょう。

「すばらしい朝だこと」ペレグリーナは申しました。「まだ暗いと思っているうちに、じつはもう、大気はグラスにみたしたぶどう酒のように、明かるさでいっぱいになってきているのね。なにもかも露で濡れている。でも、もうじきまた、あたりは乾ききって、道は暑くなることでしょうよ。私たちにはどうでもいいことだけれど。一日じゅうずっとここにいるのだから。」

「それで、私になにをしてほしいのかね」と、私はたずねました。ペレグリーナは長いこと、じっとだまったまま坐っておりました。

「そうよ、マルコ、私たちはお別れしなければならないの。私は今夜出発するつもり。」

「もう二度と会わないのかね？」

ペレグリーナはくちびるに指をあてて、こう申します。「もしお互いに出遇っても、私に話しかけてはいけないの。あなたは以前、ペレグリーナと知りあいだった人でしょう。」

そこで私は申しました。「君の行く跡をいつもたどってゆくこと、君のいる場所の近くにいることを許してはくれまいか。万が一、助け手が必要になったとき、いつでも君からの連絡を受けられるように。」

「ええ、そうして下さいな。私の近くにいてね、マルコ。もしも誰かが私のことをペレグリーナ・レオニとまちがえたりしたら、すぐ連絡できるように。そういうときは手を貸して、私を逃がして下さいね。遠くに行ってしまってはいや。いつでもペレグリーナの名を私から追いはらえるようにしてほしいの。でも、マルコ、決して私に話しかけないで。あなたの声を聞いたら、ペレグリーナの聖なる歌声や、輝かしい名声や、いまここにこうしている庭やこの家のことを思いださずにはいられませんもの。」そう言って、彼女は家を見まわしましたが、もはや存在していないものを眺めているような風情でした。

そこで私は申しました。「ああペレグリーナ、人生の流れとはなんとつめたいものか。」

朝風のなかでペレグリーナは笑いかけましたが、またものしずかな調子を取りもどしました。「今はツバメたちが飛びかっているわね。」しばらく言葉をとぎらせたあと、彼女はこう申しました。「みんなの言う天国なるものを、あなたはどう考えている？　ほんとにどこかにあるのでしょうか？　もしあるとしたら、そこでは私たちは二人でまたこの家にたどりついて、天国の風がカーテンを揺らすのでしょうよ。そこは春で、ツバメたちが戻ってきていて、すべてのことが許されるの。」

ペレグリーナは立ち去ってゆきました。言った通り、その日の夕方のことでした——老ユダヤ人は話しついだ——

「それ以来、ペレグリーナに話しかけたことは一度もありません。ですが、彼女のほうからは時折連絡がきました。ある女でいることから逃げだして、べつの女になるとき、助けを求めてくるのです。ローマでは、もしあなたが——」と言いさして、彼は私の顔を見た。「お父上がイタリア歌劇にとても興味をもっておられたことを口になさりさえしなければ、彼女は御一緒にイギリスに渡ったにちがいありません。ただし、それも一、二年のことだったでしょう。やがてまた、あなたのもとを去るのです。彼女は決して一つの役柄に縛られないようにしておりましたから。」

老ユダヤ人の話は終った。われわれを見まわすと、ふたたび沈黙に沈み、ステッキの黄金の握りにあごをもたせて、深いもの思いにふけった。そして、担架に横たわる瀕死の女にじっと眼をそそいだ。

話に聴きいっていたわれわれ三人も、なにも言わなかった。誰もがなんとなく、みずからを恥じていた。

——リンカンはここまで話すと、思い出にひたり、しばらくのあいだ黙りこんでいた。

「そうだ、ミラ、このことを話しておかなければ。その後のことだが、例のパイロットというやつは、ペレグリーナ・レオニのすすめを実行したのだよ。

もうはっきり憶えてはいないのだが、大体こんな話だ。何年もたってから、喜望峰でドイツ人の牧師と知りあった。名前はローゼンキストというのだ。人間性なるものの不可思議さについて議論しているうちに、このふるなじみの近況を教えてくれたのさ。いや、それとも、私が自分をたのしませようとして、喜望峰で出逢ったドイツ人の牧師が、パイロットのその後のことを話してくれたという架空の体験をでっちあげたのかもしれない。

それはともかくとして、話というのはこうだ。パイロットはペレグリーナのすすめに従って、一人以上の人間になることにした。フリーデリヒ・ホーエネムゼルであるという、つらい、情けない仕事から時たま脱けだして、遠い所で小地主になり、フリドリン・エムゼルと名のったのだ。この第二の存在はかたく秘密にしていて、自分がなにをしているか、誰にも知らせはしなかった。まるで命からがら逃げだすようにして脱けだしてゆき、村はずれのフリドリンの小さな家に着くと、巣穴にもぐりこんだ動物のようにくつろぐのだ。仮りに誰かがうさんくさく思い、なにを目論んでいるのか見とどけようとして、足跡を消そうと必死になっているパイロットを追跡したとしても、つきとめたそのかくれ家で、エムゼルになったパイロットは、まったくなにもしていないことを発見するだけなのだよ。

パイロットはわずかな土地を大切に経営して、フリドリンなる人物のために毎日こつこつ金をためている。夕方には庭の木かげに坐り、黒鳥を一羽入れた鳥かごの下で、長いパイプをくゆらせている。ときどき村の旅籠屋に出かけていって、ビールを一杯やりながら、人なつこい村人たちと政治談義にふけったりする。この村では彼はしあわせなのだ。そもそもはじめから、フリドリンなる人物は実在しないと承知しているのだから、自分の存在をはっきり印象づけようとして苦労することなどまったくいらない。ただひとつだけつらいのは、こうしてのんびりしている期間を長くは続けられない点で、つまり、この架空の在りかたが重みを増して、自分をくつがえしてしまうことを怖れていたから、長居はできなかった。パイロットはホーエネムゼル家の所領に戻らなければならない。だが、ペレグリーナのすすめに従ってからというもの、フリーデリヒ・ホーエネムゼルとして生きることすら、以前よりもしあわせになってきた。なぜなら、人生に秘密をもつことは、パイロットにとっても、フリドリンにとっても、無形の財産になっているからなのだ。

この二つの在りかたのうちのどっちかで、この男が結婚したかどうか、私にはわからない。フリーデリヒ・ホーエネムゼルの結婚は、みじめで不幸なものになるのにきまっている。夫を引きずって結婚生活を続けてゆかなければならないその細君に、私は同情を禁じ得ないね。しかしフリドリンのほうは、結婚しても細君に安らかなたのしい暮しを与えてやれることだろう。自分が実在するのだと、四六時ちゅう細君に証明してみせる必要がないのだから。夫のこういう態度は、世間の細君たちのおかたにとって、たまらなくいやなことなのだ。フリドリンの場合は、逆に細君の実在ぶりを静かにたのしんでいられたことだろう。なぜかわからないのだが、今になってパイロットのことを思いだすたびに、傘をさしている姿が目にうかぶのだ。以前は強い日射しにも雨降りにも、無防備にさらされたままだった、あのパイロットが、この傘にまもられて、昼は太陽に射られることもなく、夜は月の光にさらされもせずにいるのだろう。」

――こんな回想をひとくさり話すと、リンカンはもう一度、年老いたユダヤ人に話を戻した。

突然、老ユダヤ人の表情が激しくかわった。ついさっきまで、自分の生きてきた道を話してきかせていた相手のわれわれ三人が、一度に消えうせてしまったかのようだった。ステッキをおろして前かがみになり、老人の全身全霊はペレグリーナの顔にむかって凝集されていった。

ペレグリーナは担架の上で身じろぎした。胸がふくらんで息を洩らし、枕に沈んでいた頭が微かに動いた。顔におののきが走り、眉がややあがって、暗いまぶたのまわりがふるえた。花にとまる蝶の翼がそよぐかと見えた。われわれは立ちあがった。私はもう一度ユダヤ人を見やった。ペレグリーナが眼をあけたとき、自分の姿を見られるのを、老人はあきらかに怖れていた。後ずさりして、私のうしろに身をかくした。その刹那、ペレグリーナはゆっくりと眼をひらいた。この世のものとは思えぬほどに大きく、おちついた眼だった。

ユダヤ人はかくれおおせなかった。女のまなざしは、ひたと彼の上にそそがれた。その眼に射すくめられて立ちつくしたユダヤ人の顔は蒼白だった。女が自分に嫌悪の気持をぶつけてくるのを怖れているらしく見えた。しかし、そんなことは起らなかった。ペレグリーナはほほえみもせず、眉をしかめることもなく、じっと老人に眼をそそいでいる。老ユダヤ人が緊張のあまり、深く息を吸いこむのがきこえた。それから彼は、ためらいがちに、すこし前に進みでた。

ペレグリーナは話そうとして二、三度努力したが、声が出ず、また眼を閉じた。やがてもう一度眼をひらき、ふたたびひたとユダヤ人を見つめた。話しはじめると、その声はいつもの低い声で、ややゆるやかではあったが、無理のない調子だった。

「今晩は、マルコ。」

ユダヤ人は話そうとして咳ばらいしたが、言葉が出なかった。

「おそかったのね」と、女はすこし困ったように言った。

「おくれてしまったね。」そう言ったユダヤ人の声に、私はおどろかされた。おちつきはらった、たのしげな声で、朗々として品位があった。

「私、どんなふうに見えて?」ペレグリーナはたずねた。

「とても立派だ。」

ペレグリーナが話しかけたその瞬間、老ユダヤ人の顔つきは、たちまちめざましいかわりかたを示した。この人物の尋常でない血色のわるさのことは、前にも話したと思う。あの長い物語をわれわれにきかせているあいだ、もはや血液は一滴も残っていないと思えるほどに蒼白い顔だった。いま、ペレグリーナの問いに答える老人の顔は、年若い少年か、入浴中に不意をおそわれた少女のように、深い繊細な血の色をのぼらせていた。

「来ていただいてよかった。私、今夜はすこしあがり気味なの」と、ペレグリーナが言った。

「いや、あがったりするようなしくじりはなにもしていない。これまでのところ、なにもかも上首尾だよ。」老人はそう言ってなだめた。

「ほんとにそう思う?」ペレグリーナは相手の表情を見さだめようと、眼をこらした。「まずいところはなかったの? これ以上は望めない出来栄えだった? 私、立派にやったのかしら? ほんとうになにもかも気にいった?」

「ほんとうだ。なにひとつ非のうちどころはない。このうえない出来栄えだったよ。君は立派にやったし、私はすべてに満足だ。」

二、三分ばかり、ペレグリーナはだまっていた。それから黒い瞳はユダヤ人をそれて、われわれ三人に向けられた。「このかたたちはどなた?」

「この三人は、外国からこられた若い紳士がたで、君にひきあわせてほしいと、長い旅をしてこられたのだ。」ユダヤ人が答えた。

「それでは、どうぞおひきあわせ下さいな。でも、いそがないといけないようよ。幕間はもうまもなく終ってしまいそうだから。」

ユダヤ人はわれわれに近づき、一人ずつ手をとって担架のそばに導いた。「遙かな美しい国々からこられた、高貴な若き殿がたよ、あなたがたの人生のなかでも忘れがたいひとときをさしあげられることを、私はよろこびといたします。いま、ここでおひきあわせするのは、世界最高の歌い手、ドンナ・ペレグリーナ・レオニそのひとであります。」

言い終るとユダヤ人は、われわれの名をペレグリーナに紹介した。三人の名を、彼は正確に記憶していた。

ペレグリーナはやさしい眼でわれわれを見た。「今夜ここでお目にかかれて、うれしいですわ。これから歌ってさしあげましょう。お気に召すとよいのですが。」われわれ三人は、それぞれ低く腰をかがめて、彼女の手の甲に口づけした。その高貴な手に、かつて愛撫を求めたことを私は思いかえしていた。だが、挨拶がすむとすぐ、ペレグリーナはまたユダヤ人に顔を向けた。

「でも、私はほんとうに、今夜はすこしあがり気味なの。どの場でしたっけ、マルコ。」

「私の小さな星よ、なにもあがったりすることはないのだよ。今夜はかならず上首尾でゆくにきまっている。そら、『ドン・ジョヴァンニ』の第二幕、手紙の歌のところだ。君の叙唱ではじまるのだよ。『ひどい? いいえ、そんなこと。よろこびをひきのばすのは私にもつらいのです』」

ペレグリーナは深い吐息をついて、ユダヤ人の言った歌詞を繰りかえした。「クルデーレ? アー・ノ・ミオ・ベネ! トロッポ・ミ・スピアーチェ・アロンタナルティ・ウン・ベン・ケ・ルンガメンテ・ラ・ノストル・アルマ・デジア」

このふるいオペラの歌詞を口ずさむうち、老ユダヤ人とおなじく、花嫁のような血色が、蒼ざめてあざのできたペレグリーナの顔にさしてきた。その赤らみは胸にも、髪の生えぎわにもひろがった。傍観者となったわれわれ三人のほうは、おそらく蒼ざめた顔をしていたにちがいない。だが、互いにひたと眼をあわせている二人は、無言のうちに恍惚の境地にのぼりつめ、光をはなつばかりだった。

突然ペレグリーナの表情が崩れた。子供のころ、夜のあいだに張った池の薄氷に石を投げて割ったときのように見えた。割れた氷は空にまたたく星々の群れさながらだった。ペレグリーナの眼から潸潸《さんさん》と湧きだす涙は顔を濡らした。楽器の弦がふるえるように、全身が激情におののいていた。

「ほら、見て、見て下さいな。ペレグリーナ・レオニよ。自分を取りもどしたの。元通りになったのよ。世界一の歌手ペレグリーナ、あわれなペレグリーナが、また舞台に立っているの。昔のままに、神の栄光のまっただなかに。ああ、ここにいるのは、あのペレグリーナ、ペレグリーナなのよ！」

死に瀕していながら、これほどの激しい悲しみと勝利の感情をほとばしらせる力があるとは。言うまでもなく、それは彼女の最後の声なのだった。

「さあ、みんなペレグリーナのところへ戻っていらっしゃい。私の子供たち、私のお友達、戻ってくるのよ。ほら、私、ペレグリーナよ。これからは、今までとおなじように、いつまでもあなたがたと一緒にいるの。」長いことこらえていた河をなすほどの涙が、よろこびにせきを切られ、とめどなく流れるのだ。

年老いたユダヤ人は、過度の緊張で、ひどく苦しげだった。その場に立ちつくし、激情に体がゆらいだ。まぶたから大粒の涙が盛りあがり、ほほを流れおちた。しかし倒れはせず、激情に押し流されまいと、全力をふりしぼって耐えていた。体がひどくおとろえているので、もし感情のおもむくままに行動したら、ペレグリーナよりも先に自分の命が絶えるかもしれない。その結果、最後になって彼女の信頼を裏切ることになるのを、この老人は警戒していたにちがいない。

突然ステッキを取りあげると、老人は担架のわきを短く三度たたいた。

「ドンナ・ペレグリーナ・レオニ」老人の声は澄みわたって朗々とひびいた。「第二幕に登場。」

この言葉をきくや、召集に応える軍人か、突撃ラッパを耳にした軍馬のように、ペレグリーナは息をととのえた。つぎの瞬間、彼女は凛々しく落着きはらって、しずかに自分をたもっていた。巨《おお》きな黒い瞳が老人に一瞥を投げたと思うと、大波のうねりのような力強い動作で、ペレグリーナは上半身を起した。胸のなかから、遠くで吠える巨大な動物の声に似た音がきこえた。顔から血の気が引いてゆき、やがてまったく灰色になった。彼女の体は仰《あお》のけに倒れ、横たわったまま動かなくなった。息が絶えていた。

シルクハットを取りあげてしっかりかぶると、ユダヤ人は唱えた。"Iisgadal vejiiskadisch scheme rava"（アラム語の頌栄「神の大いなる名にこそ、栄光あれ。その名を聖となせ」）

われわれはその場に立ちつくしていた。しばらくしてから食堂に引きさがって、体を休めた。夜の明けかかるころ、われわれが途中で乗り捨ててきた二台の馬車が到着したと報らせがあった。私は馬丁に指図を与えようと外に出た。明かるくなり次第、ここを発ってゆくつもりだった。それが一番よいのだ、行く先のあてはないけれど、と思っていた。

例の細長い部屋を通ると、まだろうそくがともっていたが、もう窓から朝の光が射しこんでいた。二人はそこにいた。担架の上のペレグリーナと、そのかたわらに、ステッキにあごをもたせかけた老ユダヤ人が。このままこの老人と別れるにしのびない気がして、私は彼に近づいた。

「ココザさん、今度はあなたは、何年もまえに墓をつくられた偉大な芸術家をほうむるのではなく、あなたがかけがえのない友人としてつくしてあげた、一人の女をほうむることになりますね。」

老人は私を見あげた。「ヴ・ゼテ・トロ・ボン・ムシュー」と言った。御親切いたみいります、という意味だ。

——リンカンが言った。「これが私の話だよ、ミラ。」

ミラは深かぶかと息を吸い、ゆっくりと吐きだして、低く口笛をふいた。

「もしその女があのとき死ななかったとしたら、どうなっていたろうかと、よく考えるのだ。今夜ここに、われわれと一緒にいたかもしれない。さぞ良い道づれで、この場にふさわしかったことだろう。それとも、モンバサで踊り子になっていたかもしれない。あのサスムのように。サイドは今でもあの女の抱擁を恋しがっているのだ。サイドの父親の情婦で、そのまえには祖父のおもいものでもあった、あの黄ばんだ眼のおいぼれコウモリをね。象牙狩りや奴隷買いつけの旅に、われわれと一緒に高地に出かけていたかもしれない。そして、高地に住む戦い好きの部族のところにおちつくことにきめて、その部落で偉大な魔女としてあがめられるようになっていたかもしれない。

そうして、しまいには、きれいで小さなジャッカルに変身する気になったことだろう。平原か、それとも丘の斜面に巣穴をつくってね。その様子が、私にはありありと目にうかぶのだ。月のよい晩など、ジャッカルになったペレグリーナの声が丘からきこえてくる。そういうとき、自分の小さな美しい影法師とたわむれながら走りまわり、心のやすらぎと、ちょっとした遊びをたのしんでいる彼女の姿を、私は目のあたりにしたとしか思えない。」

物語の名手、ミラは、その資質からして、もちろん想像力に富む、すぐれた聴き手でもあった。

「おお、それそれ、その小さなジャッカルの声なら、私もきいたことがありますよ。こう言って吠えるのでしょう――私を一匹と思ったら大ちがい。私はたくさんの、小さなジャッカルだよ――見る見るうちに、そいつは別のジャッカルになり、今度はうしろから吠えかかるのですね。――私はひとつのジャッカルじゃないのだよ。ほら、もうちがうのになったよ――リンカン、どうぞ、もうしばらく待って下さい。もう一度あのジャッカルの声をきくまで。そうしたら、あなたのお話の続きをつくってさしあげましょう。」

リンカンは言った。「さて、これで私の話は終りだ。サイイドへの教訓のつもりさ。」

「いまの話なら私は全部知っていますよ。以前きいたことがあります。私がつくった話ではなかったかな」と、ミラは言った。

「ホラーサーンのスルタン・サボウルは偉大な英傑でした。そればかりか、幻を見ることができ、神の御意志の導きをじかに聞くことのできる、神の人だったのです。そこで、火と剣をもって、神の言葉を全世界に伝えようとしたのでした。だが、なんたること、その偉業の絶頂で、彼はひとりの舞姫にあざむかれたのです。話せば長いことですが、スルタン・サボウル麾下《きか》の大軍は全滅しました。血潮は砂漠に吸われ、ハゲタカの餌食となり果てました。やもめやみなし児たちの嘆きは天にひびき、彼のハレムは敵に踏みにじられました。スルタン自身も手傷を負い、ひとりの奴隷の手で、かろうじて救いだされたのです。それからというもの、自分の軍勢の名誉のために、スルタンは乞食の境涯におちた自分の姿を決して明かしません。あなたのお話の女主人公とおなじく、彼はさまざまな人物になり、一人の人間であることを断念したのです。あるときは水運びの人夫、あるときは裁判官《カーディ》の召使い、海岸では漁師になり、また聖なる隠者にもなります。この人はとても賢いのですよ。たくさんのことを知っていて、足をとどめたあらゆる場所で、人びとに深い印象を残します。知りあった人びとの誰に対しても親切をつくし、ほんのいくらか、害も与えるのです。彼はあいかわらず王なのですから。けれど、長く一人の人物でありつづけることはしません。友人ができ、女から愛されるようになると、その地方から逃げだして、人びととも交わりを避けるのです。ふたたびスルタン・サボウルになること、いや、そもそも、ある一人の人間になりきることを極端に怖れているからです。この秘密を知っているのは、彼を救った奴隷ただ一人です。いま思いだしましたが、この奴隷は、サボウルを救うために、鼻を切りおとされたのでした。」

「人生にはつらいことが多いものだね、ミラ」と、リンカンが言った。

「ああ、私のことでしたら、どこへ行こうと安全なのですよ」とミラが言う。「あなたがたの聖書には、こう書いてあるのでしょう、神を愛する者には、すべてのこと働きて益となる、と。」

「神への愛を宣言したな。それは本心なのかね、それとも、甲羅を経た宮廷詩人が王に捧げるおべっかのようなものかね?」

「いやいや、本心からですとも。長いこと、私は神を理解しようとつとめてきたのです。とうとう、神とうまくやってゆけるようになれたのですよ。ほんとうに神を愛するには、変りゆくものごとを愛さなくてはならないものですし、それに冗談を好きにならなくてはいけません。ほんとうに、神様の魂とはそういうものなのです。そのうち冗談好きがもっと徹底すれば、以前は世間の人びとの血を凍らせていたこの私も、おもしろおかしい話で、人びとの腹の皮をよじらせるようになるでしょうよ。」

「それでは、マホメットの掟によれば、公衆の面前で細君にキスする床屋やなにかと同列で、君は法廷で証言することを禁じられるわけだな」と、リンカンが言った。

「その通りですな。私は証言することを禁じられるでしょうよ。」

「サイイドの意見はどうかな。」リンカンはたずねた。

話のあいだじゅう身じろぎもせず、沈黙をまもっていたサイイドは、わずかに笑いを洩らした。そして陸のほうに目を向けた。月明かりのなかで、波頭の白い線がおぼろに見え、弦の響きにも似たかすかな音が空にひろがった。

サイイドは言った。「あれがタカウングの入江にある大暗礁の砕け波だ。明けがたにはモンバサに着くだろう。」

「明けがたに?」とミラが言う。「それなら、これから一時間かそこら、眠っておかなければ。」

甲板に伏せた体をまわして、ミラは衣を体に巻きつけ、頭までかくした。じっと横たわると、死体のように動かなくなった。

リンカンはしばらくそのままの姿勢で、煙草を二本ほどふかしていた。それから体をのばして横になると、一、二度寝がえりをうって、眠りについた。

詩人

デンマークにヒルスホルムという小さな町がある。この町の名には、さまざまな物語がまつわっている。

十八世紀初頭のデンマーク王クリスチャン六世は、一日三度、全宮廷をひきいて教会へ礼拝におもむき、コペンバーゲンのあらゆる劇場を閉鎖させるという、信心ぶかい君主だった。この王の妃ソフィア・マグダレナが、ある夏の夕暮、森のまんなかにある静かな湖の岸辺で、雄鹿を射とめた。一日中狩り暮したあげくのことだった。王妃はその場所がいたく気にいり、宮殿を建てることにきめた。そして雄鹿にちなんで、その宮殿をヒルスホルム、すなわち雄鹿島と名づけた。

当時流行のチュートンふう建築のつねで、その宮殿がいざ完成してみると、大仰でひどく手のこんだものになった。湖上に建てられた宮殿さして威儀をこらしたお召し馬車が走れるように、岸からまっすぐに湖を横切って堤防が伸びている。そして、あの雄鹿が王妃の猟犬の群れに取りまかれてうなだれていたとおなじく、宮殿もまた澄んだ湖面にかこまれて、その影をおとしているのだった。

湖のまわりには、宮殿に仕える人びとの家、旅籠屋、つつましい小店が集って、赤い瓦ぶきの小さな町ができた。その町は王室の大きな厩舎と調馬場を取りまいていた。町は一年中ごく閑静だが、狩猟期がきて、華やかな宮廷の人びとがおとずれると、急に活気をおびるのだった。

五十年後、ソフィア・マグダレナ王妃の孫にあたるクリスチャン七世がデンマークの王位を占めていたとき、この王の若い妃、英国からとついできたカロリーネ・マチルデをめぐる悲劇が、このヒルスホルム宮殿で起った。いや、あるいは、悲劇の第一歩がはじまったと言うべきか。白い肌にばら色のほほ、ゆたかな胸をもつ、この若く痛ましい王女は、十五歳のとき北海を渡ってデンマーク王家に輿入れしてきた。放蕩に身を持ちくずした無慈悲な小男の王のもとへ。妃といくらも年がちがわぬというのに、この王はもはや取りかえしのつかぬまでに王家特有の精神異常が亢進し、数年を経ずしてほんものの狂人となり果てた。カリギュラ帝の縮小版ともいうべきこの王の肖像からは、まったく孤独な、幻滅した精神がうかがわれる。英国生まれの少女にとって、おそらく途方にくれ、気が沈むばかりだったであろう不幸な何年かが過ぎた。ちょうど王が黒人の小姓を相手にお馬ごっこにふけっているころのこと、この王妃は自分の運命にめぐり会った。病気がちな幼い王太子のために、新案の冷水治療をほどこすべくドイツから召し寄せられた医師に、王妃は捨て身の深い恋をしたのだ。

この医師は時代をはるかに先んじた、才能ゆたかな人物だった。王妃の情熱は、恋人をこの国最高の地位を占める人びとの交際圏に押しあげた。はじめのうち、医師は最大の光度をもつ星さながらに輝きわたり、不屈の革命派として、おそれげもなくふるまった。やがて、この王妃の情熱は二人をほろぼすことになる。恋人たちは短いたのしい時期をヒルスホルム宮殿ですごした。カロリーネ・マチルデ王妃は男装で狩猟に出て馬を駆り、デンマーク人の臣下たちをおどろかせた。この王妃の肖像画から察するに、それほど男装が似合ったとも思われないのだが。やがて、立腹した老太后の憎しみが恋人たちを取りかこんで攻めたて、破滅におとしいれた。医師のほうはデンマークの王冠をけがした者と断罪されて斬首の刑に処せられ、若い王妃はハノーファー侯国の小さな町に幽閉され、その地で生を終った。かくて道徳が最もやりきれぬかたちで勝ちを占めた。道徳をけがす行為の現場となった宮殿は見捨てられ、ついには取りこわされた。ひとつには、王家の人びとがそこを見るのもいやになったからであり、ひとつには、建物が湖中に沈下しはじめたからでもあったという。宮殿の耀《かが》よいは消え、十九世紀初頭の古典様式の教会が、宮殿の墓に立つ十字架さながら、おなじ場所に建てられた。後年、ヒルスホルム近在の内福な農家には、ばらの花綱やキューピッドの彫刻をほどこし、金色に塗った家具とか、彫像のたぐいが置かれていたものである。

　この嵐が頭上を吹きすぎた後、この小さな町は何年ものあいだ、衝撃に打ちひしがれて身をかがめているかに見えた。この場所であのような事件が起ろうとは、到底信じられなかったのだ。かつてこの町にほほえみかけた、あの若いほがらかな王妃に対する律儀な同情の名ごりが、おそらくまだこの町の思いの奥底に残っていたのかもしれない。しかし、誰かを斬首の刑に処すなどというのは由々しい出来ごとである。町の人びとはただ、もと宮殿のあった場所を眺めては、これが罪の報いなのだと思うほかなかった。デンマークには苦難の時がおとずれた。いくつもの戦争、艦隊の敗北、国政破《は》綻《たん》、道徳の奨励と、きびしい節約。十八世紀の軽佻浮薄《けいちょうふはく》な日々はもはや過去のものとなったのだ。

　さて、若き王妃とその最愛の人との悲劇があってから五、六十年の後、この町はささやかながらこころよい復興期を迎えた。

この町にしても、じつは自分にかかわりのなかった罪のことを、そういつまでも悔いてもいられない。それにまた、この国のほかの町々同様、節約を美徳とする確信にいつまでも立ちつづけることも出来かねた。生活の苦労が重くのしかかると、逆に苦労しらずの時代や人びとのことを思うのがたのしみになるものである。自分の母親の身もちをあれこれ取り沙汰されるのは困るが、祖母の浮気っぽさなら、なかなか魅力のある話として笑っていられる。人間とはそうしたものだ。男たちがほおひげをはやし、女たちが耳のわきにカールを垂らす時代になると、髪粉を振りかけた頭をしていた時分の人びとのおかした罪は、舞台で演じられる灼熱の恋や犯罪同様、ロマンチックなものに見えはじめる。コペンハーゲンから詩人たちが小型馬車でヒルスホルムにやってきて泊りこみ、幸うすき王妃カロリーネ・マチルデについて詩作にふけり、気まぐれな馬を駆る気まぐれな王妃のまぼろしが、自分たちのかたわらを疾走して森の奥へ消えてゆくさまを思いえがくという時勢になった。十八世紀の寛大な気風から堤防に植えこまれたシナノキの並木、たかだか六フィートばかりの若木を植え、後代の人びとに木立ちと緑の葉かげを与えようと、その殺風景さに耐えて堤防を歩いたにちがいないその並木は、今や成長して老木となった。緑ふかい木蔭では、老人たちが子供のころ目のあたりにした宮廷生活の様子を、町のかわいい娘たちや若者、中年の主婦たちに話してきかせるのだった。猟犬の群れをしたがえたあの王妃の駆る馬のひずめの音が、石橋をとどろかせたこと、髪粉をふりかけ、コルセットで締めあげ、愛らしい人形のようによそおった王が、うつろな顔で馬車におさまって通りすぎたこと。みんなはそんな話に、心臓の鼓動を抑えて聞きいった。

そのころヒルスホルムには、それぞれの在りようは異なるが、普通の人とはちがってひときわめだつ人物が二人いた。

一人はまさしく町の有名人、有力者であり、地位と財産にめぐまれているのみか、世慣れした、魅力に富んだ人物だった。名をマティーセンといい、王室顧問官をつとめたことがある。後年、この人を記念する胸像が、生前好んで散歩した、このシナノキの長い並木の入口に建立された。

この物語の当時、すなわち一八三〇年代初頭に、マティーセンは五十五歳から六十歳くらいで、ヒルスホルムでの閑静な引退生活に満足していた。だがこの人にも若い日々があり、さまざまな場所で暮してきたのだ。外国も広く旅していて、この平穏無事な時代にさきだった激動と不安の時期を、ドイツとフランスですごしていた。フランス革命、そしてナポレオン戦争のさなかであった。この小さな町の人びとが夢にも知らぬさまざまな事件を目のあたりにし、おそらくは自分も一役買っていたのであろう。若いころの彼を知る人びとによると、マティーセンが帰国したとき、眼の色が変っていたという。以前は青かったのが、うすい灰色とも緑ともつかぬ色になっていた。激動期をくぐったために幻想を失ったかもしれないのだが、今となっては、それを別に痛手と思っている様子もなく、そのかわり、人生をたのしみ、安楽に暮すすべを身につけたものらしかった。

分別のあるエピキュリアンにとって、小さな田舎町にまさるところはあるまい。この顧問官は妻を失って十五年になるが、すぐれた家政婦を使い、それに枢機卿をもてなすにふさわしいほどの上等のぶどう酒の貯えがあった。夜を一人ですごすとき、顧問官はクロス・ステッチの針仕事をたのしんでいるというのが、ヒルスホルムでのうわさだった。だからといって、この人ほどの地位にいれば、世間のしきたりに従うために自分の趣味を犠牲にする理由などなかった。

この顧問官が広い世界で蒐集し、ヒルスホルムに持ってきたさまざまな貴重品のなかでも、なにより大切にしていたのは、ヴァイマールの思い出だった。彼はそこで二年をすごし、偉大なる枢密顧問官ゲーテその人の放射する雰囲気のなかで暮したのだ。至高の存在に相いまみえるのはすばらしいことである。そして、あらゆる体験のなかで特にあるひとつの体験が、きわだって深い印象を魂に残すというのが人生の法則のひとつである。あの晴朗な町ヴァイマールと、偉大な詩人ゲーテのおもかげは、マティーセンなる人物の上に永遠に消えぬ刻印を押した。ここにこそ、理想の人間がいる。超人なる言葉がすでに発明されていた時代なら、彼はためらわずそれを使ったにちがいない。この超人は人類がうらやみ、そうありたいと願って努力する、あらゆる在りかたを一身に具現していた。詩人であり、哲学者にして政治家、王侯の友にして相談役、しかも女性たちのあこがれの的でもある。マティーセンは朝の散歩をするゲーテに何度も出逢い、道連れの友人たちと話している声を聞いた。一度など、この偉大なる人物にじきじきに紹介され、オリンポスの神にも似た、しかも人間らしいまなざしを浴び、巨人についていくらか言葉をかわしさえしたのだ。この大詩人とエッカーマン氏はちょうど北欧考古学のことを話しあっていたところで、エッカーマン氏が北欧から来た若い客人に、その議論の論拠となるような事実を求めたのだった。するとゲーテも巨人について彼に質問し、なにかしかるべき情報を入手してもらえないかと、丁重に頼んだ。マティーセンは深かぶかと体をかがめて言った。「私は閣下の心からのしもべであります。」

この顧問官は平凡な人間ではなく、また、平凡人がいだくような野心をまったく持っていなかった。ヒルスホルムにおける自分の地位をおおいに評価し——また実際そう思うだけの根拠はあったのだ——日常の暮しにはなにひとつ不満はなかった。余生をすごすために、例の偉大な枢密顧問官なるゲーテの肖像と共に、彼がこの小さな田舎町で小型の超人として自分を感じてみたい野心をいだいたとしても、それは自分にしかわからないことで、現実生活の上では見えざる方向性として働いて平衡を保つにすぎない、ありふれた理想の役割をになうにとどまったであろう。だがこの顧問官は長い見通しと広い視野のある、大きな展望の持主だった。人間の永遠の生命を信じる世代に育っているので、天国は存在すると確信しており、不滅という考えが宿るのもごく自然のことだった。彼の天国とは、とりもなおさずヴァイマールのようなところ、品格と優雅と才気の理想郷なのである。とはいえ、他界のことはそれほど切実でもなく、たいして苦痛もおぼえずに放棄できる程度のものだった。しかし歴史については堅固な信仰をもち、歴史のなかで不滅の名をとどめることを強く願っていた。自分はかつて、歴史がつくられるまっただなかに身をおき、歴史の息吹きが直接顔にあたるのを感じたではないか。いまヒルスホルムの粗末な敷石道で、帽子をとって挨拶する市民や商人たちに、顧問官は毎日愛想よく声をかけてはいたが、こういう相手よりも、あの偉大な皇帝ナポレオンや革命の英雄たちのほうが、いまもなおはるかに活きいきしていることを、彼は知っていた。顧問官が生きたかった舞台はその競技場であり、歴史の上流社会なのだった。

詩という芸術がこの人物の生きかたのなかでこれほどにも重要な位置を占めるに至ったのは、詩が彼のまえに偉大な姿をもって立ちあらわれ、深い印象を与えたためだったのか、あるいは、彼の生来の傾向から生じたものなのか、いずれにしろ、それは誰も予想もしなかったことだった。しかし、心というものについて人間がどれほど無知であるかを思えば、これも意外と言いきれるものではない。詩を除いては、彼の人生には真の理想は存在せず、心にかなうような不滅性もないのだった。したがって、この顧問官がみずから詩作を試みたのも、自然な成りゆきというべきだろう。ヴァイマールから帰国するや、彼はデンマーク古代史を題材にした悲劇詩をものした。さらに後年、ヒルスホルムのロマンスに刺戟されて、いくつかの詩を書いた。しかし、たしかな芸術の鑑賞眼をもっていたから、ほかの誰よりも早く、自分には詩才がないことに気付いた。以来この人は、自分の人生における詩はどこかほかからもたらされなければならぬさだめだと悟り、詩に対する自分の役割は、ミケナス（詩人のパトロン）になることだと思いきめていた。その役割は自分にふさわしく、また強く求めてやまない我が名の不滅にも似合わしいと感じているのだった。

やがて、長く求めてきたものにめぐりあうことになった。おなじヒルスホルムの住人で、そのころ地方書記をつとめていた若者のなかに、彼は求めるものを見いだしたのだ。その若者自身と顧問官しか気付かなかったとはいえ、彼は偉大な詩人だったのだ。

その名はアンデルス・クベ、二十四歳。知人のなかで彼を美男だと思う人は誰もいなかったが、若々しい天使の顔を描こうとしてモデルをさがしている画家なら、アンデルスこそうってつけだと思ったにちがいない。顔は大きくて、暗青色の眼がひどく離れてついている。仕事中は眼鏡をかけるが、それをはずしてじかにこの世界を眺めるとき、アンデルスは澄んだ深いまなざしをそそぐのだった。エデンの園をはじめて歩き、動物たちを眺めたときのアダムは、このような眼をしていたことだろう。その身ごなしはすべてがゆっくりとぎこちなく、人の意表をつく奇妙な優雅さがあり、暗褐色の厚い髪や大きな手と相いまって、ほとんど完全なデンマークの農夫の型の見本をなしていた。当時はまだ教区の書記や村の楽師のなかに見られたこの型の人間は、農夫が国会の議席を占めるようになって以来、消え去っていったのだ。

アンデルスの生きる二つの世界のうち、日々の糧を与えてくれるほうは、ごくせまい限られたものだった。地方裁判所の白塗りの壁にかこまれた事務室、大きなシナノキのかげの屋根裏部屋、この下宿の部屋は、アンデルスを気にいっている家主のおかみさんの手で、きれいに掃除がゆきとどいている。それから、勤めが終えてから散歩する、ヒルスホルム郊外の森や野原、それだけだった。それに、ヒルスホルムの寛大な上流階級の家庭の何軒かにまねかれて、トランプ遊びに加わったり、政治談義を聞かされることもあった。また、街道を行く道すがら、馬を解いて旅籠屋で飲み食いする運送屋連中のなかにも友人をもっていたし、エルシノーアからコペンハーゲンにかけての大森林から炭を運んでくる、一風かわった炭焼きたちともつきあっていた。例の顧問官の家は、アンデルスの暮しのなかで特別な位置を占めていた。三年まえ、はじめてこの町にやってきたとき、アンデルスは顧問官のふるい友人の薬剤師レルケからの紹介状をたずさえていた。この若者は才能もあり、勤勉な人物だと推薦してもらったおかげで、土曜日ごとにかかさず顧問官から夕食にまねかれるようになっていた。この機会はアンデルスにとって、さまざまな印象を与えられるたのしい時間となった。これほど多くの世間智や豊富な体験談を聞いたことがなかったので、とてもよろこんでいた。それに顧問官は、他の誰に対するよりも、この若者にはずっと率直に話していたらしい。しかし若者の側は、自分がこの保護者の人生に大きな役割を果しているなど、夢にも思ってはいなかった。

若者はまた、自分のために顧問官がつくりあげた理論に至っては、さらに知るよしもなかった。すなわち、この若者が詩人として最高の力を発揮するためには、なにか檻のようなせまい場所に閉じこめておかねばならないというものである。おそらくこの理論は、顧問官自身の体験にもとづいていたのであろう。自分はこれまでさまざまな出来ごとにさらされるうち、詩人にとって欠くことのできない力と理想を失ってしまったのだと考えていたらしい。それはまったく、本能からきていたのかもしれない。ともかく、この詩人の卵をまもらねばという気持は、顧問官の心の底ふかく根づいた確信だった。若者をヒルスホルムの静かな暮しのなかに置き、下宿と職場を往復させ、長い並木道を散歩させているかぎり、彼の内にひそむ偉大な力は必ず詩のかたちをとって湧き出るはずなのだ。だが万が一、世界がその予測しがたい荒々しい影響力をこの若者におよぼしたら最後、彼は文学とは無縁になり、保護者たる顧問官は掌中の珠を失うことになるだろう。この若者は、顧問官自身が堅固な支え手となっている法と秩序に反抗する闘争に引きこまれてゆき、バリケードで人生の幕を閉じることになるであろう。クベ青年がバリケードにいる姿を想像した人など誰ひとりいなかったことから考えるに、この理論が実現したら、この顧問官は人間性への深い洞察の持主だということになろう。ただし、バリケード上に姿を現わす人びとというものは、えてして決してそんなところに出てきそうもない人たちなのである。ともあれ、その結果、老人はこの若者の上に、無私の愛人にも似た、たゆまぬ注意のまなざしをそそいでいた。かの権勢並ぶものなきキスラー・アガ（トルコ後宮の宦官長）が、将来希代の美しさを発揮するであろう後宮の一少女に目をかけたさまもかくやと思われた。

さて、この庇護をうけている若者が顧問官の姿に詩の光背を認めているとは、顧問官みずからは知るよしもなかった。ヒルスホルムに若者が住むようになってまもないころ下宿のおかみから聞かされた話が、この光背をつくりだした。真偽のほどはさだかではないが、その話とはつぎのようなものである。

すでにふれたように、顧問官はやもめであった。しかしそこに至るまでにはさまざまの事情があった。故マティーセン夫人はつつましい家の跡とり娘だった。フランスのジャンセニストに似た厳格な清教徒の一派ヘルンフート派がデンマークで拠点にしている、クリスチャンスフェルの出であり、並みはずれて良心が強かった。なくなる二年まえの夏の夕暮に、夫人は突然悪魔への恐怖にとらえられて気がふれ、鋏《はさみ》で夫を殺そうとした。自殺しようとしたのだという説もある。老医師が呼ばれ、さまざま手をつくしたが、なんの甲斐もなく、それにこういう患者を収容する病院が手近になかったので、夫人はヒルスホルムからやや離れたフレデンスボー宮殿の園丁夫妻にあずけられることになった。顧問官の口ききでこの職についた老園丁夫婦は、親切な人たちだった。その地で夫人は、正気をとりもどすことはなかったが、まえよりもしあわせな気分で暮した。自分はもう死んで天国に住み、夫を待っているのだと思いこんでいた。だが時折り、夫は天国にこられないかもしれないと不安がっていた。夫は大罪を犯しているからというのだ。しかし夫人は、神の恩寵を信じることにした。

この話をきかせた人は当時マティーセン夫人の家で女中奉公をしていて、家族の内輪の者を除いてはただ一人、なぜこのような危機がおとずれたかの内情を知っているのだった。その七月の夕暮、雷雨のすぎたあと、燃えたつばかりの二重の虹がしばらくかかっていたので、顧問官夫妻は若い娘をさそって散歩に出かけるところだった。顧問官の友人で宮廷内の御用係りをつとめる人の娘で、失恋の痛手をいやすためにヒルスホルムに滞在していた。マティーセン夫人が自室で帽子をかぶりかけながら、窓ごしに外を見ると、その令嬢が黄色いパンジーの花を摘みとって、顧問官の上衣につけていた。ヘルンフート派の信徒は、黄色のパンジーに、それとも二重の虹に、なにかの魔力を感じるのだろうか。ともあれ、その光景はマティーセン夫人に、誰ひとりとして予測しえなかった働きを及ぼしたのだ。

二年後のちょうどおなじ季節に、顧問官はフレデンスボーから連絡を受けた。夫人は回復に向かい、もう自分は天国にいると思ったりしなくなった、夫に会えば、きっと病気のためによいと思うという報らせである。そこで顧問官は、ある晴れた日の午後、二輪馬車の支度をさせ、手入れのとどいた小さな座席におさまって、みずから手綱を取った。それから思いなおしたように馬車を降り、庭に行って黄色のパンジーを一輪摘み、上着の衿《えり》につけた。夫妻の再会の結果は、友人たちが望んだようにはならなかった。マティーセン夫人は一日中窓辺に坐って、夫の到着を待ちかねていたというのに。夫人は夫の姿を見るなり、以前とおなじ狂気にとらわれた。あまりの激しい狂乱ぶりに、よそから助けを求めなければならなかった。結局夫人はまったくの狂人に後戻りし、二度と回復せぬまま、一年後になくなった。

クベ青年には批判力のもちあわせはなく、人生のいかなる出来ごとに対しても、自分から道徳的立場をもって臨むことはない。この妻との葛藤についても、クベ青年は顧問官を崇拝もせず、また非難もしなかった。ただ彼には、自分の出遇う出来ごとを奇妙に拡大してとらえる傾向があった。山で霧に遇ったとき、霧にうつる自分の大きな影を見て、それが自分の影とわからず、恐怖にかられることがある。クベの心の働きにかかると、ものごとはこの霧におちる影のように巨大で奇怪な相貌をおび、人間の理性の領域をはずれた場所でたわむれるものめいてとらえられるのだった。かくて顧問官の人間像は拡大して気体化し、蛇のように神秘にうねり、クベにとってはソロモン王のびんから立ちあらわれて、バグダッドの貧しい漁師にその姿を示した精霊さながらに思われた。土曜の夜がくるたびに、この若い詩人は精霊ロキと共に夕食の席につく心持がした。

土曜以外の夜はほとんど、クベはひとりでいた。薄給の書記だったから、出費については本能的に用心ぶかく、それはよい心がけだと下宿のおかみにはげまされながら粥《かゆ》で夕食をすませ、それから大きな飼い猫に、自分の皿から、ミルクを飲ませてやる。そのあとはじっと坐って火を見つめるか、夏の夜ならば、水面にただようかすかな乳色の霧がその在りかを示している湖のほうを窓ごしに眺めては、全世界がその思いをひそやかに彼に向かって開き、クベ青年にとっては自然に思える、その荒々しい姿をあらわにしてみせるにまかせるのだった。実生活では記録簿にしばられているこの若い農民の息子は、自分たちをとりまく世界を神々と悪魔から成るものとしてとらえた古代エッダの魂をもっていた。そしてその魂を、この国では未知の高みと深淵とで満たした。さらに、ケンタウルスやファウヌス、水の精など、いつも行儀よくふるまうとはかぎらない存在を沢山考えだした古代の神秘家たちの気まぐれな心理をもってもいた。天性こうした人びとの跡つぎである、この若者のようなデンマークの農民たちは、子供同様、まじめな外見の下に、道化よりもさらに気まぐれで恥しらずな心をもっていた。ふつう農民たちは、自分たちのこういう側面をみずからさらけ出さないかぎり、理解も評価も得られなかった。自分たちの突飛なおもしろさを他人にわかってもらいたいあまり、彼らはよく酒の力を借りなければならなかった。アンデルス・クベはまた、薔薇の枝にいる蜘蛛についての短詩をいくつも書いていた。それが自分にはふさわしいことだと思ったからなのだが、後年、自分の作風を確立すると、彼の創作はまったく別のかたちをとるようになった。

時には夜出かけたまま、朝まで帰らないこともあった。どこでどうしていたのか、下宿のおかみはクベから聞きだすことはできなかった。

ヒルスホルムの町から二、三マイル離れたところに、居心地のよい白い邸をもつ小ぶりな荘園がある。木立ちと美しい庭にかこまれたこの邸は、「自由荘」と呼ばれている。長いこと無住のままだった。持主は、アンデルス・クベに紹介状を書いてくれた、例の老薬剤師で、コペンハーゲンに店をもち、一生を金もうけについやしている人物だった。七十歳のとき、たまたまクラブから借り出したロマンチックな旅行小説を読んで、この老人は外の世界を見てこようと心にきめ、イタリア行きの船に乗りこんだ。この壮挙は、出発からして冒険精神の栄光に輝いた。ナポリで地震に遇《あ》い、それをきっかけに一人の同国人と知りあったが、この人物は商船の船長だとも、劇場の監督だとも言われている謎の多い人で、老薬剤師に看とられ、悲しみに沈む大家族を残して息をひきとった。そのとき、この老人の冒険精神はひときわ輝きを増した。ナポリから届いた友人宛ての手紙に、老人はこの遺族の総領娘の世話をひきうけ、養女にすることを考えていると書いていた。だが、二週間後ジェノヴァから届いた手紙は、老人とその娘が結婚したという報らせだった。故国の知りあいの婦人たちからは、「そのお年でなぜ結婚なさったのでしょう」とたずねてきた。老人はなにも答えなかった。帰国の途中、老人はハンブルクでなくなり、遺言で財産は親戚の者たちに、自由荘とわずかな年金は若い未亡人に贈られた。一八三六年の冬の終りに、未亡人は自由荘にやって来て住みついた。

顧問官は未亡人が落着くのに手を貸そうと馬車で出向いたが、彼の老友を誘惑し、さらには殺してのけたのかもしれないナポリのあばずれ女を見てやろうという気もあったのだ。会ってみると、大変にしおらしく、なんでも彼の言う通りにする女だった。小柄でほっそりした人形を思わせた。人間の赤ん坊の顔や姿に似せた今の人形でなしに、人間に似せるだけでなく、女性美の抽象的理想の実現を追い求めた昔の人形のようなのだ。大きな眼はガラスのように澄み、長いまつげと繊細な眉は黒々として、筆で描いてあるかと見えた。なによりもめだつのは、稀れに見る身ごなしのかろやかさで、まるで小鳥が一羽いるようだ。バレーの専門用語で「バルーン」という言葉があるのを、顧問官は知っていた。体重の否定にとどまらず、空中に浮きあがり、飛びたつかと思わせるかろやかさのことである。痩せた踊り手にはめったに見られない。体そのものが空気より軽くなるので、体積が多いほどその特技が発揮できるのかと錯覚させられる。ところがこの若い未亡人は、小柄で痩せているくせに、「バルーン」のかろやかさをもっていた。

喪服と帽子はヒルスホルムでよく見かけるものよりどこか品がよかった。ハンブルクで買い入れたものだから、この田舎町ではやや異国ふうに見えるせいかもしれない。しかしこの若い女は、金使いがつつましいのか、好みが単純なのか、古い家の模様変えなどいっさい手をつけず、塗料を塗った部屋部屋に長いこと置き去りになっていたかびくさい古家具の位置を動かそうとさえしなかった。庭に面した客間には、はるばるロシアから取り寄せた、高価な大型のオルゴールがあった。女は庭園を歩いたり、しばらく腰をおろしたりするのが好きな様子だったが、ここ何年も手入れをしない草木の茂るままに放っていた。近在の婦人たちを馬車で訪ねてまわり、暮しかたについて助言をもらったり、ソーセージやしょうがパンの作りかたを教わったりするところから察するに、几帳面な暮しぶりをしつけられているらしかった。だが自分のことはほとんど話そうとしない。いくらかなまりのあるデンマーク語を話すのがはずかしかったせいかもしれない。もうひとつ、顧問官の目にとまった癖は、この女が極度に他人に触れるのをはずかしがり、きらう点だった。ヒルスホルムの習慣のように相手の婦人にキスしたり抱きしめたりすることは決してなかったし、相手から自分がそういう挨拶を受けると、あからさまに迷惑そうにした。この人形のような女には、たしかに魂があったのだ。ヒルスホルムの婦人たちは、彼女を無害な女と考えた。しょうがパンつくりの上でも、この町の気のきいたうわさ話づくりの上でも、競争相手にはなりそうもなかった。いくらか頭が弱いのではないかと、町の人たちは思った。顧問官はそうした意見に賛成でもあり、反対でもあった。あの女にはどうもなにかがありそうだ、と見ていた。

復活祭の日、顧問官とアンデルスはヒルスホルムの教会に出かけた。日は照りわたり、教会をかこむ湖面は明かるく青かったが、東の風の強い寒い日で、時おり雨がぱらついた。ほうぼうの庭に咲きだしたばかりの水仙、ヨウラクユリ、それから、花芯にシャンペンのびんと踊り子に似たかたちが見えるので、デンマークでは「中尉殿の心」と呼ばれるディクリトラなどの花々は、風雨にもまれてうなだれていた。金糸で刺繍した晴れの帽子をかぶって聖餐式にやってきた農婦たちは、教会の入口で重いスカートや長いリボンをととのえるのに大わらわだった。

ちょうど顧問官とアンデルスが会堂に入りかけたとき、自由荘の若い女あるじが、二頭の大きな栗毛馬に引かせた小型馬車で到着した。馬たちはあたりを圧倒せんばかりの勢いだった。老いた夫の死から一年がすぎたので、はじめて喪服を脱ぎ、あわい灰色のマントに青い帽子を身につけている。緑の木蔭の野鳩のようにしあわせで、弱音器つきのヴァイオリンでかなでるワルツのように、控えめにではあるが生きるよろこびを放射していた。

そのとき顧問官はべつの人と話している最中だったので、女が馬車を降りる手助けをしたのはクベ青年だった。短い立ち話をするあいだ、昔世話になった人の未亡人に敬意を表して、クベは帽子をとったまま手にしていた。その光景をポーチから眺めていた顧問官は、自分が奇妙に二人の様子に惹かれるのを感じた。じっと眼をはなさずにいた。若い二人はどちらも並みはずれて内気だった。このお互いの内気さは、若者のゆっくりしたぎこちない、しかも優雅な身ぶりと、女の動作の稀れに見るかろやかさと相いまって、このつかのまの出逢いに、独特な表情と意味深さを与えていた。なにかの秘密がその出逢いにあって、いまにことが起るような予感がした。なぜ自分がそれほど衝撃をうけ、感動しているのか、顧問官自身にもわからなかった。そうだ、と顧問官は思った。これはある曲の出だしの小節、あるいは「アンデルスとフランシーネ」と題する恋愛小説の第一章のようなものなのだ。偉大なるゲーテ閣下なら、これを題材にしてなにか作品をものされたろうに。顧問官は考えにふけりながら教会に入っていった。

礼拝のあいだじゅう、顧問官はついさっきの印象を心のなかでもてあそんでいた。ちょうどよい汐どきだ。最近彼は、自分の手飼いの詩人のことで不安がつのっていた。というのは、彼の若い奴隷はこのところずっと妙に心がうつろな様子で、恒例の土曜日の夕食にさえ一、二度姿を見せない。無意識のいらだちがそのそぶりにうかがわれる。顧問官が気がかりなのは、そうした態度の奥にかくされた憂鬱性のきざしだった。治療の手だてがないことを、顧問官はよく知っていたからである。下宿のおかみと話しあってみて、どうやら若い書記は飲みすぎているらしいと思いあたった。もちろん大詩人の多くは大酒飲みではあった。しかし、自分に詩人の保護者としての役割をふった場合、酒飲みの世話をする構図はどうもおもしろくない。この青年の家族のなかで以前大酒飲みが出たことを顧問官は知っていた。酒のせいでこの詩人は保護者の手から逃げ去り、農民の婚礼の席でヴァイオリンを弾くようになるのではないか。顧問宮は役所がこの書記を昇格させるというのに反対した。収入が増すと、本人にとってよくない結果になるのが目にみえていたからである。だが、この詩人を手もとに引きとめておくのに、もっと確実な方法があればよいと思っていた。結婚がその手段になるかもしれないと、顧問官は急に思いついたのだ。自由荘の白い家で、わずかな収入にたよって暮している若い未亡人こそ、わが天才詩人のために神が与えてくれた理想の妻ではないか。この女なら、夜ごとゲーテ閣下の腕のなかでふしどを共にしながら、決して人生の意義について質問したりしなかった、ただ一人の女性として伝えられる、クリスチアーネ・ヴルピウスのようになれるかもしれない。こうしたさだかでない未来像が顧問官の気にいった。

中央通路の右側の男子席から、顧問官は一、二度婦人席のほうを見やった。その若い女は身じろぎもせず坐っていた。牧師の言葉にじっと聞きいってはいたが、そのあいだにも、彼女の顔は深いひそやかなよろこびを示している。礼拝の終りにひざまずくとき、深く心を動かされた様子で、小さなハンカチを出して顔をおおった。いったいハンカチのかげでほんとうに泣いているのか、それとも笑いをかくしているのだろうかと、老顧問官は思った。

礼拝のあと、老人と青年は連れだって家に帰った。橋を渡るとき、氷のようにつめたいにわか雨がおそってきた。二人は傘をひろげて、小さなアーチ型の橋の上に立ちどまり、雨が水面を打つ景色、湖に棲む白鳥が二羽、腹だたしげに灰色の波を分けてアーチの下に逃げこむ様子を眺めていた。二人はそれぞれ深いもの思いにふけりながら、時間がたつのも忘れてそのまままたたずんでいた。

復活祭の説教のせいで、アンデルスの心は一群の影でみたされていたが、それがいま、湧きあがる雲のように、ゆっくりと形をとりはじめていた。

アンデルスは思った。マグダラのマリアは、あの金曜日の夜明けがた、大祭司カヤパの邸にいそいだ。その日の午後、神殿の幕が裂けるであろうというまぼろしを、昨夜の夢で見たからである。また墓穴の口がひらいて、聖者たちが立ちあらわれるさまも見た。さらに、主につかえる天使が墓をふさぐ石をどけて、その上に坐っているところさえ見たのだ。神を十字架にかけるとは、なんとおそろしいことか。マグダラのマリアはそう言いつのって、祭司たちを非難した。それを聞いて老人たちは確信するに至った。キリストこそ、まことに神のひとり子であり、世の救い主である、そして、自分たちが実行しようとしていることこそ、人類の全史を通じて唯一のまことの犯罪であると。

そこで祭司たちは、大祭司公邸の暗い部屋で会議をひらいた。ひとつだけともしてあるランプが、一同の極彩色の長衣や、思いをこらす顔のひげを照らしていた。何人かは怖れおののき、囚人をただちに釈放するように求めた。忘我の状態に陥って、するどい声で予言する人びともいた。しかし大祭司カヤパとその側近の年寄り二、三人は、ことを十分に吟味し、慎重に相談をかさねた結果、予定通り実行するほかないという意見におちついた。もし全世界の救済が神の子の犠牲というこの希望ひとつにかかっているならば、これから自分たちが犯す所業がどれほどおそろしい罪であろうと、神の御旨にそわなければなるまい。

絶望したマリアは、自分がくわしく知っているこの世の罪とみじめさ、そしてキリストの聖性について説いた。祭司たちは聞けば聞くほど、首を横に振るのだった。

大祭司カヤパは、この件を相談するためにサタンを呼びだした。サタンの最初の化身として、赤毛のユダがその部屋に入ってきて、キリストを裏切った報酬として与えられた銀三十枚を返そうとした。長老会議がそれを拒むと、ユダは笑いながら、この選民の将来たどるべき長い悲惨な歴史を予告した。銀貨を手にしながら、ユダヤ民族が永遠に全世界からはずかしめられ、追いたてられる運命を、ユダは告げたのである。ユダはさらに祭司たちに向かって、アムステルダムのユダヤ人街のさまを物語りさえした。その街のことは土曜日の夕食のとき、顧問官から聞かされたことがある。老祭司の頭は前に置いた厚い聖典の上に垂れた。

祭司たちのなかには、さだかには見分けかねたが、顧問官の顔も見えていたようだ。マグダラのマリアは顔を両手でおおってひざまずいていた。

若い書記はすこし頭がくらくらした。昨夜は旅籠屋で旅人たちを相手に、トランプで夜ふかしをしたのだ。

雨はやんでいた。二人は傘をとじ、また歩いていった。

顧問官のほうも、例の結婚の世話をする思いつきはさておき、今日の説教から考えごとの種を得ていた。聖ペテロはなぜ、雄鶏が鳴くまえに三度主イエスとのかかわりを否定したという話がひろまるにまかせたのだろうか。自分しか知らないことなのだから、だまってさえいれば、うわさをおさえることのできる立場にいたはずだのに、と顧問官は考えていた。

復活祭の後三週間というもの、気候はあたたかだったが、雨があった。大地は新しい芽生えにみち、晴れた日と日光を待って伸び育とうとするものの薫りが大気中にあふれていた。農家のまわりのスモモの樹々は、白墨色の雲がただようように花咲いている。やがてブナの森の下土は、指型の葉をひろげ、甘くするどい匂いをはなつアネモネの花で一面に覆われた。夜ウグイスがおとずれて、まだやわらかに降りつづける雨と霧のなかで、全世界をひとつのヴァイオリンに変えた。

五月の終りの木曜日に、顧問官はエルシノーアで海峡守備の任務についている友人をたずね、夕食を共にしたあと、トランプに興じた。これは旧友たちが集る、年に一度の恒例の会だった。いつもながら、散会したのは夜も更けてからで、しかもエルシノーアからヒルスホルムまでは十三マイルの距離である。だが顧問官は気にとめなかった。この季節のデンマークの夜は明かるいのだ。乗馬用の大ぶりな灰色のマントにくるまり、老馭者クレステンのあやつる二輪馬車におさまった顧問官は、五月の夜の美しさ、畠地や新芽の萌える林から立ちのぼるかぐわしい薫りを、ややねむたげにたのしみながら、家路をたどっていた。ヒルスホルムの近くまできたとき、馬具のどこかが故障した。馬車を停めなければならなかった。馭者のクレステンは、どこか近所の農家から綱を借りてきて応急修理をしなければと言う。あたりを見まわした顧問官は、自分たちが自由荘のつい外側の道にいるのに気づいた。クレステンを行かせると、もの音をたてすぎて、女あるじの眠りをさまたげはすまいかと案じた顧問官は、自分で綱を借りに行くことにした。ここの別荘番とは知りあいだった。その職を世話したのが、そもそも顧問官その人なのだ。別荘番の住いの窓をたたけば、ほかの誰も起さずに用事はすむ。馬車を降りるとすこし寒かったが、顧問官は車道を歩いていった。夜明けが近い。

ほの暗い大気は、濡れた若葉の甘く刺すような薫りにみちていた。砂利を敷きつめた車道にはまだところどころ水たまりが残っている。だが、夜空は晴れていた。顧問官はゆっくりと歩いていった。木々や茂みにかこまれた車道は暗かった。中庭に通じる道のバルサム・ポプラの並木はこまかい花をつけ、そのネクターを思わせる刺戟性のある薫りが、あたりの空気のやすらぎをさらに深めていた。

歩みを進めるうち、突然音楽がきこえてきた。顧問官は我が耳をうたがって足を停めた。気のせいではない。たしかに音楽だ。ダンス曲が奏でられ、住いのほうから流れてくる。すこし歩いたが、また立ちどまって考えた。この夜明け前、いったい誰が演奏したり踊ったりしているのか？　顧問官は車道をそれて、濡れた芝生を横切り、家の前庭のほうへ廻ってみた。テラスのあたりまでくると、白い家の正面は蒼白く輝き、閉じたよろい戸のすきまから、あかるい灯が洩れているのが見える。あの若い未亡人は今夜、庭に面した客間で舞踏会をひらいているのだろうか。

テラスにあるライラックの茂みは濡れそぼち、まだ開かない花々で重く垂れている。暗いとがった蕾《つぼみ》のかたまりは、そのなかにおどろきを秘めている。花ひらくときがきたら、解きはなたれてどれほど身軽になることか。チューリップの植込みは夜気から身を守ろうと、白とピンクの花冠をじっと閉じている。あたりはしずまりかえっていた。顧問官はふと、ある古い詩を二聯思いだした。

やさしき西風はいまし揺りやめぬ
眠りに入りし自然の揺りかごを

日の出まえのひとときと、世界はまったく色彩というものを失い、色彩否定の感覚を与えさえする。花のゆたかな明暗は、海岸から引いてゆく波のように後にしりぞき、昼間の色彩のすべては風景のなかでまだ眠っている。それはやきものにほどこした彩色が、焼きあがって窯出しされるまでは地の灰色とほとんど見分けがつかないのに似ている。そしてこのしずけさは、大きな予兆にみちている。

灰色のマントをまとった灰色の老人は、誰かが彼をさがしているとしても、見つけにくかったにちがいない。ほんとうに、自分の姿が人から見えなくなったような気がして、老人はひどく孤独に感じさえした。音をたててはいけないと思って、よろい戸にはふれず、背中に手を組んだまま、前かがみになって、顧問官は家のなかをのぞいた。

こんなにおどろかされたことはなかった。テラスに向かってフランス窓が三つあるこの細長い客間は空色に塗ってあったが、もはや大分色あせていた。家具はごくわずかで、それもすべて壁ぎわに押しやってある。だが、部屋の中央の天井から垂れたふるい立派なシャンデリアのろうそくは、ひとつ残らずともされ、燦然と光りかがやいている。こわれたスピネットの上に置いた例のロシア製の大オルゴールのふたはあけてあり、高く澄みわたる音色でマズルカの調べを流している。

部屋のまんなかに、この家の若い女あるじが、爪先で立っている。バレー・ダンサー用のごく短い透きとおったひだスカートを着け、かかとのない小さなバレー・シューズを、華奢なくるぶしと脚に黒いリボンで結びつけてある。両腕を頭上に挙げて美しい輪をつくった姿勢のまま、音楽の流れに集中し、身じろぎもせず立っている。その顔はおだやかでしあわせそうな人形の表情そのままである。

自分の踊る楽節がはじまったとたん、この人形に生命が吹きこまれた。まっすぐ伸ばした右脚はゆるやかに、このうえなくゆるやかに、その爪先は顧問官のほうをさしながら、次第に高く挙がってゆく。そのさまは、いまにも地面をはなれて舞いあがるかと思われた。やがてまた、ゆるやかに脚を下げると、指先でテーブルをたたくほどの軽い音をたてて、爪先で床に立った。

戸外の見物人は息をのんだ。以前ウィーンでバレーを見たとき、これはあまりのことではないか、人間わざではない、と感じたものだった。それとおなじことが、やすやすと、あそびのようにおこなわれている。若い舞姫がこんなにも軽々と地上の束縛から離れることができるなら、人間の堕落をうたがいたくもなり、もう罪などで思い悩むのはやめようという気にもなるではないか。

今度は右の爪先で立つと、舞い手は左脚をゆるやかに高く挙げ、両腕をすばやく大胆にひろげながら全身を一回転させるなり、踊りはじめた。実際のマズルカをはるかに超える、激しくしかもかろやかなその踊りは、およそ二分ほど続いた。音をたてて廻る独楽《こま》、一輪の花、ゆらめく炎、引力の法則へのからかい、天使のふざけ踊りのひとふしだ。その踊りは同時に演技の側面をももっていた。愛、やさしい無邪気さ、涙、励ましが、音楽と動きのなかで示される。踊りのさなかに動作がふと止まって、見る者をはっとさせるかと思うと、つぎの瞬間ふたたび続けられ、前よりもさらにすばらしく、一オクターブ音程が上がったように灼熱の度を増した。やがてオルゴールが鳴りやむ気配を見せると、踊り手は顧問官のひそむあたりをひたと見つめ、鋏で両脚を断ち切られたかのように、美しいかたちで床の上にくずおれた。切りとられた花が、花首を下にして落ちたさまに似ていた。

バレーという芸術にある程度通じている顧問官は、いま見た技術が非常に高度なものだと評価できた。それに世のなかのさまざまな美しいものを見ていたから、この夜明けの幻は、ロシア皇帝アレクサンドルの御前に出してもふさわしいほどの見事なものだとわかっていた。

若い女の澄んだ眼がまっすぐ自分に向けられた気がして、老人はたじろぎ、やや身を引いた。もう一度のぞいたとき、女は身を起していたが、なにか決めかねる風情で、ふたたびオルゴールを鳴らそうとはしなかった。その部屋には細長い姿見がある。鏡面にそっと掌を押しつけて前かがみになり、鏡にうつる銀色の自分の姿に、女はくちづけをした。それから長いろうそく消しを手に、シャンデリアにともった灯をひとつひとつ消していった。そして扉をあけ、別室に姿を消した。

人に姿を見られてはまずいと思いながらも、顧問官はその場を立ち去りかねて、一、二分じっとテラスにたたずんでいた。この五月はじめの夜明けがた、森の奥でひそかに踊りをさらっている妖精エコーを、はからずもおどろかせてしまいでもしたように、老人はうろたえていた。

家を離れて歩きだしたとき、自由荘からの眺めの雄大さに老人は打たれた。これまで気づかなかったのがふしぎだ。このテラスからは、新緑に包まれて起伏するあたり一帯の土地が、森の梢まで、くまなく見わたせるのだった。はるかかなたにエーレスンド海峡が銀の帯のように輝き、その上に日が昇るのが見えた。

顧問官は思いに沈んだまま馬車に引きかえした。どうしたことか、わらべ歌の一節が、その美しい旋律と一緒に頭に浮かんだ。

あのおんどりが死んだのは
めんどりのせいではなかったよ
緑の庭で鳴いていた
夜ウグイスのせいなのだ

綱のことなどすっかり忘れていた。綱なしでなんとか修理してしまいましたと馭者クレステンに言われて、顧問官は返事につまった。

それから先の帰り道は、すっかり目がさめていた。なすべきことがたくさんあるように思え、チェスの駒をすべて並べかえねば、という気がしていた。そう考えはじめると、つね日ごろは書物と法律にかかわる仕事が多く、つい昨夜のように、三人の年老いた独身者の友人たちとトランプをするくらいしか娯楽のない顧問官には、つぎつぎに浮かんでくる考えが新鮮で、たのしくてならなかった。

薬剤師の未亡人は、ゲーテ閣下の愛人クリスチアーネ・ヴルピウスの役柄ではない、それは明きらかだ。この女は人をつなぎとめるようなことはしない。あべこべに、顧問官がめあわせるつもりだった若者を大地から持ちあげ、顧問官の手のとどかぬどこか人しれぬところまで、二人で飛び去ってしまう力を、この女は秘めている。女がこれまで自分の眼をあざむいていたことは気にかからなかった。かえってそのことが好ましかった。顧問官はその人生でおどろきを味わうことがほとんどなかったからである。だが、この女の本性を見抜けたのは幸運だった。これで自分の手飼いの詩人を失わずにすむ。そうだ、両方ともを我が手におさめておきたいものだ、と顧問官は考えた。いっとき帽子を脱ぐと、早朝の風が額にこころよかった。自分は年寄りとはいえない。あの女の亡夫にくらべれば、まだ若いではないか。自分は金持ちでもあり、世にたぐい稀れなものを評価する力をそなえ、またそれらを持つに価いする人間である。夕食後のたのしみに、あの女を自分のまえで踊らせることは出来まいか。それはきっと、かつて経験したのとはちがうたぐいの結婚生活になることだろう。あの詩人はあいかわらず自分が世話をする者として出入りさせ、家族ぐるみの友人として遇するのだ。

日が昇るにつれて、顧問官の思いはさらにひろがった。恵まれぬ恋は詩心をかきたてるものだ。不幸な恋は史上最高の名作を創りだしてきた。恩人の若妻への望みなき恋が、若き詩人の名を不滅にするかもしれない。家庭でそういうことが起るのは劇的ではないか。若い二人はどれほど苦しもうと、自分への信義を裏切ることはあるまい。恋と若さの力はたしかに強いものではあるが。で、万が一、二人がみずからを抑えられなくなったとしたら?

顧問官はそこで嗅ぎ煙草を一服した。その匂いで、敏感な鼻がいくらかひきつれた。もう我が家は近かった。澄みわたる静かな朝の大気のなかで、小さな町は海底に沈んでいるかと見えた。屋根瓦は濃淡さまざまの珊瑚《さんご》の茂みのようにそびえ、青い煙が海面にただよう海草のように立ちのぼる。パン屋が焼きたてのパンをかまどから出しているのだ。顧問官はこの朝の空気のなかでいくらか睡気をおぼえたが、気分は上々だった。農民たちが独身者の祈りと呼んでいる、古い言葉がふと頭に浮かんだ。

「主よ、ねがわくば婚姻より我れをまもり給え。もし婚姻に至らば、我れを妻の裏切りに遇わせ給うなかれ。もし妻、我れを裏切らば、ねがわくば我れに知らしめ給うなかれ。もし知るに至らば、我れをしてそを心に留めずあらしめ給え。」

このような思いは、その精神のしくみのなかに完璧に整理された個室を持ち、その部屋に立ちいることは自分以外のなにものにも出来ないと確信している人のみに許されるものである。

翌土曜日の夜、アンデルスは顧問官邸の夕食に顔をだした。食後アンデルスは詩を一篇朗読した。三羽の野生の白鳥が三人の乙女に変身して、夜の湖で水浴しているのを、若い農夫が見かける。若者は脱いであった羽根を一対盗み、残された乙女を妻とする。白鳥妻は若者とのあいだに子供たちを産む。ある日、かくしてあった羽根を取りもどした妻は、それを身につけて飛びたつ。家の上空を大きく旋回し、その輪を次第にひろげ、ついに空のかなたに姿を消す。

こういう詩を書くとはどういうわけだ？　なぜ書かずにはいられなくなったのか？　顧問官は考え

た。これはおかしい。アンデルスはあの女の踊るのを見てはいないのに。

いまやこの地方の樺の林は若芽をつけはじめた。灰色の雨が、花嫁のヴェールのようにすべてをすっぽりと包んで何日か降りつづけたあと、ある朝突然、森も林もすっかり新緑におおわれた。

デンマークでは毎年五月におとずれるこの日は、めぐってくるたびに人の心をゆすぶる。おなじことが百年まえの人びとの心を、やはり説明のつかない、おどろくべき出来ごととしてとらえたのだ。長い冬のあいだは、たとえ森の奥に入っても風に吹きさらされ、荒涼とした冬空が見える。ところが、ある日いきなり、五月という月が頭上に円屋根を築き、ひとつのかくれが、すべての人びとの心にとっての神秘な聖域となる場所を創りだす。絹のようにやわらかな薄い若葉が、あたりいちめんに小さな柔毛《にこげ》の房をつくり、森は小さな新しく生えた翼を垂れ、それをためしている。だがその翌日、あるいは二日後には、森は立派な木蔭をなしている。森のかたちづくるあらゆる垂直線が、墜落か、または上昇の気分を与えるだろう。樺の木の鉛色の幹の列は、木々そのものを大地から伸びあがらせ、無限の虚空へ、地球がそのまわりをめぐる太陽へまでとどこうとする。さらにこの幹の列柱は、風の吹きとおる広大なホールの天井をしっかりと持ちあげ、支えている。木陰に射しこむ光はまぶしくはなくなっているが、まえよりも一層力強く意味ぶかげで、死ぬべき人間にとっては測りしれない秘密をはらみ、しかも明かるくかろやかである。ところどころにある樫の老木は芽立ちがおそく、そこだけが緑の天井に開いたのぞき穴になっている。あざやかなかぐわしさが全身を抱きしめてくれる。垂れさがる枝々は森を行く人を愛撫し祝福する。歩みつづけてゆくと、絶えまない祝禱を受けることになる。

そうなると国をあげて人びとは動きはじめる。森へ！　森へ！　長くはつづかぬこの輝きの季節に歓をつくそう。なぜなら、もうじきに若葉は黒ずんでかたくなり、木蔭の色は重く沈んでしまうのだから。馬車を駆るやら歩くやら、町じゅうが森に移り住む。丈高い木々の下で歌いたわむれ、持ってきたバターつきパンをたべ、草の上でコーヒーをわかす。

顧問官も森のなかを歩いた。そして、ひそかに「主よ、我れはふさわしからず」と思った。若者アンデルスも役所で記帳をまちがえたり、夜じゅう床につかずに森をさまよったりした。自由荘からはフランシーネが、新しい麦わら帽を腕にかけて出かけてきた。

森の美しさが最高潮のころ、顧問官は友人の来訪をうけた。アウグストス・フォン・シメルマン伯爵という。十五年という年齢のひらきがあるのに、二人のあいだはさまざまなことに対する共感と、趣味の一致でかたく結ばれ、真の友といえた。伯爵は十五歳のとき仲のよい友人に死なれ、その心の痛手をいやすために、顧問官が一年間、家庭教師として共に暮し、亡き友人のかわりをつとめたのだった。その後イタリアで再会した二人は、書物や宗教について語りあったり、遠くの人びとや外国のことを話しあって旧交をあたためた。ここしばらく会わないできたが、それは仲たがいしたからではなく、伯爵が自分を人間として磨きあげる努力をつづけていたためである。彼は自分を一つの生きかたの手本にしたてあげることに専念していた。そのくわだてについて、この老友はべつに役だつこともなかったので、つい足が遠のいていたのだ。

アウグストス伯は生まれつき重厚で憂鬱な気質の持主だった。しあわせになりたいと強く望んでいるのだが、そうなる能力に欠けていた。伯爵は苦しい青年期をすごした。音楽、花々、友情のよろこびとなって現れる力の根元、おおいなる不思議なしあわせが、世界のどこかにかならずあるはずだと思っていたのである。そこで花々を蒐集したり、音楽をまなんだり、数多くの友人をつくったりした。肉のたのしみにふけってみて、いくたびかしあわせな思いもした。しかし、求めるものの核心に至る道は、ついに見つけられなかった。時がたつにつれて、おそろしい事態がふりかかってきた。すべてがどうでもいいことのように思えてきたのである。中年をすぎた今、伯爵は人生のしあわせを別のしかたでとらえるようになっていた。自分がほんとうにかくあるべきだと信ずるようにではなく、他人が見るままに、鏡にうつる映像のようなものとして、しあわせを考えるに至った。

この内面の変化がはじまったのは、伯爵がはからずも巨額の遺産を受けつぐことになったときだった。財産を使ってなにかしようなどという考えはまったくなかったから、放っておかれれば、伯爵はそんな遺産のことは気にもとめなかったであろう。ところが、それを境いに、自分に対する世間の扱いが一変したことにおどろかされた。世間の人びとはこの事件に夢中になり、伯爵はなんと大きな幸運に恵まれていることかと思ったのだ。アウグストス伯は嫉妬ぶかい性格で、おもに書物のなかで出逢う人物たちに対する嫉妬心で繰りかえし苦しんできていたため、嫉妬という感情の重みをはかることができた。全世界がもてはやすような絵をかくことは、名作と自認できるような絵をかくには及ばないにしろ、それに次ぐよろこびではあるまいか。アウグストス伯のしあわせもこれに似ていた。彼は次第に、いわば世間の羨望によって生きるようになり、時代の紋切り型にしたがってみずからのしあわせを受けいれた。だが、世間のほうが正しいと信じるところまでみずからをあざむくことは決してなかった。伯爵は複式帳簿の方法をもちいることにした。世間の帳簿のうえでは、彼は誇るに足る、かつ感謝すべきものをゆたかに持ちあわせている。この帳簿にはほとんど資産ばかりが並ぶ。古い家名、デンマークでも指おりの領地と立派な邸の数々、美しい妻、十二歳をかしらに四人そろった、愛らしくて出来のよい男の子たち、莫大な財産、高い地位。伯爵はまた、稀れにみる美男でもあり、年をかさねるにつれてますます立派になってきたその容貌は、まさに彼のような人柄にふさわしかった。いまや伯爵は押しも押されもせぬ大立者だった。議会では彼は北方のアルキビアデス（古代アテナイの将軍・政治家）と呼ばれていた。実際よりも丈夫そうに見え、食事や酒をたのしみ、夜はよく眠れる人のように思われていた。じつは食事も酒もうまくはなく、自分では不眠に苦しんでいると思っているのだったが。ともあれ彼は、こうした人生のしあわせを周囲の人びとからうらやまれることが、真のしあわせの代用品として埋めあわせをつけてくれると思えるようになっていた。

　こうしたものの見かたからすると、妻の嫉妬心さえ役にたつのだ。伯爵夫人には、夫に嫉妬をいだく理由はなにもなかった。実際のところ、これまでに出逢った女たちすべてのなかで、あるいは伯爵は妻をいちばん好いているのかもしれなかった。なのに、十五年の結婚生活も、四人の成長した息子も、伯爵夫人の監視と不信の念をいやしてはくれなかった。あいかわらず涙にくれて延々とかきくどいては、時折り気絶したりする。若いころの伯爵は、こうした妻の嫉妬を重い十字架と感じていたものである。だが、いまやその嫉妬は、伯爵の人生のもくろみのなかで、恋の可能性をうながすという一つの役割を果すものと変った。近在の教区や宮廷の婦人がたが伯爵に恋をすることではない。それは可能性の段階ではなく、もう実践されている。逆に、伯爵のほうから彼女らに、またはそのなかの一人に恋を感じる可能性のことである。伯爵は妻の態度に頼るようになった。万一、妻がこれまでの態度をあらためて、嫉妬をつつしむようになったりしたら、伯爵はものたりなく思ったことだろう。新調の衣裳なるものをつけた裸の王様さながら、伯爵は荘重に歩みを進めるのだ。彼の人生はただひとつ、自分自身について以外はすべてにおいて成功をおさめた、絶えることのない行進のようなものだった。自分の方法をそれほどよいものとも思ってはいなかったが、結果はそうわるくもなかった。こうしてここ五年ほど、伯爵は以前よりもしあわせでいた。

こうして珊瑚が増殖してゆくように、伯爵が自分なりの道徳圏を築くのにいそしんでいるあいだは、顧問官はなにひとつ手助けすることはできなかった。なぜなら顧問官には他人をうらやむ気持がまったくなかったからで、そういう人物が口をはさめば、嫉妬を素材にした伯爵の世界の構造は、根底からゆるがされることになったであろう。しかし、いまやその外郭は堅固に組みあがり、どのような弱点もさらさずに安心して内にこもっていられるようになると、このもくろみ全体を、ちょっとした遊びごとだととらえるほどのゆとりさえ生じた。そこで伯爵は、旧友との再会をおおいにたのしむことにしたのである。

顧問官のほうは、伯爵がたずねてくれればいつも愉快だった。おそらくディオゲネスもこのように、アレクサンドロス大王の来訪をいつもよろこび迎えたことであろう。大王は、もしも自分がアレクサンドロスでなかったとしたらディオゲネスでありたいと言明したとき、その瞬間の味わいをたのしんだ。しかし、世評というものにおそらくは相当左右されていたであろう、この偉大な征服者のことである。もしそのとき、逆に空きだるの哲人が、自分がディオゲネスでなかったとしたらアレクサンドロスになりたいと言うのを聞いたとして、それをよろこんだかどうかは疑わしい。その偉業を確立した後にならば、大王も二度目の訪問をして、このシニックな哲人と、事物の本質について実のある討論をかわすゆとりを持ち得たかもしれない。アウグストス伯爵もおなじ願いをもっていたであろう。

森の道には、新芽のころの若葉を覆っていたなめらかな外被が散り敷いていた。連れだって歩く二人の友の姿は一八三六年版のアレクサンドロス大王とディオゲネスとして十分通用しそうであった。黒い服を着た両人は、ミヤマガラスかカササギか、二羽のめだたない鳥が、ほかの陽気な鳥たちにまじって五月の昼さがりをたのしみに出てきたように見えた。

二人は森のなかの簡単な腰掛けに坐って話しあった。

伯爵は言った。「生きていると、自分は召使いたちに依存して暮しているのだという不面目な事実に直面させられるものですな。散髪係がいなければ、一週間とたたぬうちに、私は社交界でも政界でも、家庭のなかですら、敗残者になってしまうことでしょう。精神界でもおなじことが言えます。われわれは自分よりも劣る連中にたよって暮さなければなりません。御承知かと思うが、しばらくまえから、私は芸術上の野心をいっさい捨てて、鑑賞だけに専念することにしています。（実際に伯爵はあらゆる芸術の分野にわたるきびしい批評眼の持主だった。）この鑑賞の領域で、私はこんなことをまなびました。絵で言えば、描いてから二十年とたたぬうちに、私なり、あるいはほかの眼の肥えた批評家が、この絵はいつの時代に描かれ、地球上のどのへんで描かれたかを確定できないような、明確な対象そのもの、たとえば薔薇なら薔薇そのものを描くのは不可能だということです。その画家の意図は、抽象化した薔薇か、またはある特定の薔薇の姿を描きとどめることにあったはずです。中国、ペルシャ、オランダなど、地域別の特徴をもつ薔薇、あるいはロココ風とか帝政時代風とかの時代区分による薔薇を描く気など、画家本人には毛頭ありません。君の作品はこれこれの様式に属していると言ってやっても、画家には私の言うことが理解できないばかりか、腹をたてるかもしれない。画家はこう言うでしょうな、おれは一輪の薔薇を描いただけだと。しかし、画家にはそうするしかありません。本人にはまったくわからない尺度でその画家をはかれるかぎりでは、私は画家に対して遙かに優位にいるわけです。ところが、私自身には絵は描けないし、一輪の薔薇を自分の眼で見てとるのもおぼつかなく、意識することさえむずかしい。彼らの作品ならなんでも模倣できるでしょう。中国式、オランダ式、それともロココ風の薔薇、なんでも描けます。しかし、あるがままの薔薇を描く勇気は、私には決して持てないのです。そもそも、薔薇とはどう見えるものなのでしょうか？」

伯爵はステッキをひざに置いてしばらく考えこんでいたが、さらに話しつづけた。

「徳とか正義、そして、もし関心がおありなら、神についての人間一般の観念も、似たようなものです。こうしたことについての真実とはなにかと、もし誰かにたずねられれば、私としてはこう答えるでしょう。君の問いは無意味だ。ヘブライ人はみずからの神をしかじかの存在としてとらえた。メキシコのアステカ族は——これは最近読んだ本で知ったのですが——みずからの神をしかじかの存在としてとらえた。ジャンセニストもまたしかり。神についてのさまざまなとらえかたをさらにくわしく知りたいというなら、私はその研究にかなり時をついやしてきたのだから、よろこんで教えてもあげよう。しかし、忠告しておくが、知性のある人びとに対してそうした質問を繰りかえさないほうがいいのだよ、とね。

しかし同時に、私がこの卓越した見解をもてるのは、素朴な人たちのおかげなのです。神についての直接かつ不動の、真実の観念をもち得るものと信じ、結局はまちがっている純朴な人たちが、私を支えていることになります。彼らの目的が、ひたすらヘブライ人、アステカ族、またはキリスト教徒独自の神の観念をつくりだすことにあるとしたら、第三者としてそれらを研究する者の前提条件は、いったいどこにあるのでしょう？　それはみじめなものです。エジプトで、わらを使わずに煉瓦をつくれとファラオから命じられたイスラエルの民とおなじ立場になるわけです。実際そうではありませんか、おろかな者たちはわれわれなしでもなし得たのに対して、彼らよりもすぐれたわれわれの知識は、おろか者たちに依存しているのですから。」

伯爵はしばらく間をおいて、また話しつづけた。「朝の散歩で質屋の前を通りかかって、ウィンドーのなかに『アイロン掛けいたします』という看板があったとしましょう。『ここでアイロン掛けをやっているぞ。行って洗濯ものを持ってこよう』と、連れが言う。そこで私は笑って、ここではアイロン掛けはやっていない。あの看板はただの売りものなのだと言ってきかせます。宗教なるものは、だいたいその看板のようなもので、われわれは本気でうけとったりはしません。しかし、その看板のあるところに行きさえすれば、かならず自分の服にアイロン掛けをしてもらえるし、そこにはアイロンがあるのだと信じこんでいる誰かがいてくれなければ、私は自分の優越性を示しようがないわけですし、そうなれば、看板などないも同然ということになりますな。」

顧問官は耳をかたむけていた。こうして緑の森のなかにいるうちに、自分の結婚の予定のことを話したくなってきた。まだ誰にも、かんじんのフランシーネ夫人にさえ、明かしてはいないのだ。

「いやね、いまのお話にいろいろなおろかしさが出ましたが、私など、まったくそれにあてはまるのですな。ことわざにも『年とっても馬鹿はなおらない』と申します。お話をうかがっているあいだ、このいかめしい毛皮帽の下に、私はそれ、そこで舞っている黄色の蝶のように現れて飛びまわる、小さな思いをかくしていたのですよ。その思いとは、お気にさわるかもしれないが、絶対の徳、美しさ、さらにおそらくは神に対する信念なのです。私は結婚生活に入ることを真剣に考えているのです。三ヵ月ほどしてまたヒルスホルムにおいでになれば、そのときはマティーセン夫人があなたに御挨拶申し上げることになりましょう。」

アウグストス伯はいたくおどろいた。しかしこの友人の賢さには信をおいていたので、結婚相手の人間像をすぐに思いえがくことができた。つつましいが機智に富み、かなりの持参金をもった、成熟した美女なのだろう。伯爵はほほえみをうかべながら、いそいで顧問官に祝いの言葉をのべた。

「ありがとう。しかし、まだ相手が承知するかどうかは、わからないのですよ」と老人は言う。「そこがむずかしいところなのです。その女は私の年齢の三分の一という若さで、しかも、どう考えても、ロマンチックな小悪魔らしいのです。ホットケーキさえつくれない、靴下のつくろいもできない女で、ヘーゲルの哲学など読みもせんでしょう。あれと結婚したら、フランスのファッション雑誌を買ってやったり、ヒルスホルムの舞踏会にショールをかかえて女房のお伴でついてまわったり、花言葉をおぼえたり、冬の夜は幽霊話をしてやらなければならないはめになりましょうな。」

この話の意外さにおどろかされたあまり、アウグストス伯は昔のことを思いだした。リンデンボー城の図書室のあけはなした窓辺で、この家庭教師とチェスの勝負をした若き日のアウグストス・シメルマンをまのあたりにする思いだった。なにかを見てもらおうと持ちだすたびに、いつもこの手でしてやられたものだ。エースやキングの持ち札《ふだ》を手に、安心しきっていると、この家庭教師は小さな切り札を出してきて、頭からやっつける。それも、まさか切り札など持っているはずはないと思っているときにやられるのだ。この人は子供のころからいつもこうだった。秋に子供たちが木の下で、クルミの実を馬に見たてて遊んでいると、この人物は白いハツカネズミを入れた籠を持って現れる。ほんとうに生きているハツカネズミのほうが、ずっと馬らしく見えるにきまっている。ナイフや木切れの兵隊、釣り針など、子供たちがそれぞれの宝ものを持ちよってくらべあっていると、この人物はいきなりポケットから火薬を取りだして見せる。それは一瞬の輝きで、そこにあるすべてのものを吹きとばす力があるのだ。

友達の手にいれたものにけちをつけたりはしないし、否定めいたことはいっさい口にしない。だが、この人には小悪魔がついていて、汐どきを見はからっては不意に顔を出し、相手の持ちものの値うちを下げてしまう。そうされると、急に自分のものがつまらなく思えてくるのだ。悪魔に興味をもたない者たちは、この人物のこういう性質をきらった。逆のタイプの人たち、たとえばチェスの勝負師などは、そこに惹きつけられた。いま、アウグストス伯がおちつきはらって、人生に対する自分の優越性、安全でゆるぎないかかわりかたをならべたてているまさにそのとき、顧問官はポケットからいきなり、輝きを発する小さな危険物を取りだして、宝石のように指につまんできらめかせて見せたのだ。年下の者のほうが智慧の言葉を語りおえたところで、老人はやおら小さな笛を取りあげ、三つの調べを吹き鳴らした。人生には音楽というものがあり、愚行というものがある、そのことをちょっとだけ、ほかならぬ昔の弟子に思いしらせてやろう、というのだ。

蝶たちが飛びかいながら木の間に姿を消すさまを、顧問官はじっと目で追っていた。「かろやかではあるが」と彼はつぶやいた、「畏《おそ》るべきこと旗をあげたる軍旅《つわもの》のごとし。」(旧約聖書「雅歌」六章四節)

アウグストス伯は帽子をぬいでひざに置いた。五月のたそがれのかぐわしい微風が、やさしく愛撫する指のように髪のあいだを吹きすぎる。なにもかも、昔をそのままだ、黄色い蝶の羽根が、ふと心臓にふれでもしたような、このねたみ心をかきたてる小さなおどろきは。若き日のアウグストスがよみがえり、英雄らしい生きかたと人生のよろこびについて思いめぐらしながら、薄くやわらかな若葉の茂る下を、甘くかおる風に吹かれつつ歩いていた。伯爵は銀の握りのついたステッキで地面にいくつも輪を描いた。「涙をもてみずからのパンを食し、寝もやらず、悲しみの一夜を泣きあかしたることなき者は、天の諸力を知るあたわず。」昔きいたこの言葉を思いだすと、伯爵は自問せずにはいられなかった。酒をたのしみ、夜はぐっすり眠るという自分の評判とはなにか？ いや、実際に酒やころよい眠りをたのしんだとして、それがなんだというのか？ 天の諸力。長いあいだ、考えても見なかったことだ。伯爵の心は、こうしたことに感動したころの動きを再現して、いくらかときめくのだった。

人影が森の小径をやってくるのが見えた。近づくにつれて、顧問官はそれが自分の保護している詩人だと気づいた。この有力者である友人に若者をひきあわせ、手短かに紹介してから、やおら顧問官は、自作の詩を朗唱してみるよう、アンデルスにうながした。

言われた通り、なにか考えだそうとしてみたが、どうもうまくゆかない。この春はなぜか心が、太陽のまわりをめぐる惑星の軌道ほどに大きく輪を描いて動くのだ。それでもアンデルスは、この堂々たる冷ややかな紳士をよろこばせたいと思った。なぜならこの若者は、この王様の「新調の衣裳」にあざむかれることなく、行列のまっただなかで、下着一枚でふるえている実態を、ひとめで見ぬいていたからである。しまいにやっと、小さなバラードを思いついて誦しはじめた。それは近ごろ彼をみたしたよろこびと悩みからあふれ出た、小さなあかるいしたたりだった。森へ眠りにいった若者が、妖精の国に連れ去られるという歌である。妖精たちは若者を愛し、心をつくしてもてなし、なんとかして若者をよろこばせようと、小さな頭をしぼって考える。そのバラードには森の暮しのたのしさがあざやかに描き出され、各聯の終りごとに繰りかえされる長い詩句の響きは、森の泉の湧く音さながらにきこえた。だが妖精たちは眠らないものだし、そもそも眠りなるものを知らない。この若い客人が、言葉につくせぬほどの歓楽に疲れ果て、まどろみにおちると、妖精たちは一斉に「どうしよう、死んでしまう！」と嘆きの声をあげ、眠らせないように力をつくす。ついに若者は、妖精たちの深い悔いにかこまれながら、不眠のために死んでゆく。

アウグストス伯爵は詩の美しさをほめたたえた。小さな妖精の女王の美が、見事に言葉で表現されていると思った。この若者は非常に強い素朴な官能のひらめきをもっている。彼の創作の味わいをそこなわぬようにするためには、この官能に注意せねばなるまい、と伯爵はひそかに考えた。

顧問官にむかって、伯爵はほほえみながら言った。「妖精の国のたのしみには、お気をつけになることですな。死すべき哀れな人間にとって、快楽というものは、稀れであるからこそ値うちがあるのです。昔の賢者はたしかこう言っておりましたな、半ばをもつはすべてをもつにまさる。そを知らぬは愚かものなりと。快楽が果てしなく続けば、疲れ果てる危険をおかすことになりましょう。いや、この若いおひとの詩によれば、死の危険にさらされるわけですな。」

顧問官は突然思いついた。この緑の森こそ、一場の劇の背景にふさわしいではないか。若者に笑顔をむけながら、顧問官は言った。「伯爵は、私が洩らした小さな秘密のことを笑っておられるのだよ。アンデルス、君にもその秘密を明かしてあげよう。だが、この年寄りを笑ったりはしないでほしい。近いうちに、君が詩を朗唱してきかせられるよう、若いパトロン夫人をつくってあげられると思う。そのひとは君の詩に歌われる妖精の女王や、樹の精、水の精に、自分の美しさが映じていると思うことだろうよ。」ちょうどあの夜明け前の、にぶい銀色の鏡にうつっていた美しさのように、と顧問官は思っていた。

海上に浮かぶ海坊主のような二つの黒い姿の前にじっと立ちつくした若者は、深いもの思いに沈んで、しばらくのあいだ身うごきもしなかった。やがて顧問官にむかって、かるく帽子を上げた。「それはまことに、おめでとうございます。」彼は重々しくこう言って、まっすぐ相手を見つめた。「わざわざ教えていただいて、ありがとう存じます。それで、いつごろなのでしょうか。」「さて、いつになるかな。薔薇の咲くころだろうか、アンデルス。」顧問官は若者の率直さにいささかたじろいでいた。やがてアンデルスは伯爵とパトロンとに別れの挨拶をして、立ち去った。人を観る眼のあるシメルマン伯爵は、その後姿を眼で追った。なんと！ このヒルスホルムの老魔術師は、ふるいなじみの精霊や、美しい樹の精を自在に恋におちいらせることができるばかりか、恋をすれば死ぬという、あのアスラ族の若い奴隷すら、意のままにあやつれるのか？

伯爵は寒さを感じた。抽象上の人生からのみならず、この具体的な五月の夕暮のゆたかさからも、なにかのけものにされている気分がしたためである。簡単な腰掛けから立ちあがると、伯爵は道を戻りはじめた。話をかわしながら顧問官の様子をうかがうと、その顔にはおだやかではあるが高揚した、深く堅い決意の表情が見てとれた。軍人の一族の出身である伯爵は、ひそかにほほえみながら思った。「一人の英雄の美しき死を見るは、英雄のみの持ち得るよろこびなり。」しかし伯爵は、後になってあらためて、このときの心の動きを思いだすことになる。

さて、アウグストス伯爵はひとつだけ、しあわせになる特技をもっていた。それを他人に知られれば、さぞうらやまれたことであろうが、彼は決して明かそうとはしなかった。伯爵はハシッシュをたしなんでいた。だが快楽を深追いはせず、ごく少量にとどめることを知っていた。たとえ寿命の半分を支払ってでも、伯爵のこの特殊な夢みる能力を得たいものだと思うハシッシュ愛用者がいたとしても、ふしぎはなかった。

顧問官と肩をならべて歩きながら、伯爵は考えた。今夜はどんな夢をみることにしようか。阿片には、人の衿くびをつかんで引きずってゆく、兇暴な性格がある。ハシッシュのほうは、たくみに人に取りいり、世界の上にヴェールをかぶせてくれる東洋の召使いだ。経験を積むにつれて、うすいヴェール越しに、自分の望むままの人物をえらぶ力がそなわってくる。伯爵は、象の背に乗って虎を狩り、ヒンズー教の踊り子の舞をながめるインドの藩王になったこともある。パリの大オペラの監督にもなってみた。あるいは、反乱軍をひきいて雪のつもるコーカサスの峠を進軍するシャミールにもなった。だが、今夜はいったい、なにを夢みることにしたらよいのか。インゴルシュタットですごした五月の露けき夜々の、花ざかりの木かげを再現してみようか？　それをえらぶとして、はたして夢にみられるだろうか？　よし夢にみられるとして、自分は敢えてそうするだろうか？

顧問官邸で夕食をおえると、伯爵は人のうらやみを買う立派な二頭のイギリス馬に引かせた豪華な四輪馬車の用意を命じ、家路についた。

その翌日、マティーセン顧問官はいよいよ自由荘へ求婚に出かけようと身支度をしていた。ちょうどそのとき、いくらかやっかいなしらせを受けた。箱から出しておくようにとたのんであった新しい帽子を手わたしながら、家政婦がしゃべったのだ。

家政婦はアベローネといって、もう十五年もこの家で働いていたが、まだ年は若く、背が高くて赤毛で、大変な力持ちだった。生まれてこのかたヒルスホルムを離れたことがなく、この小さな町で起ったことならなにもかも知っている。この女になにか秘密があろうとは到底思えなかったが、なかにはこんなうわさをする人たちもいた。十五歳の小娘のころ、ひそかに赤ん坊を産み、その子を殺したという嫌疑をうけ、かろうじて有罪をまぬがれたというのである。顧問官はアベローネを尊重していた。家政の切り盛りばかりか、生きかた全体として、アベローネほどの節約家はまたと見つけられない。彼女にとっては、浪費こそがおそらく唯一の大罪で、最もいとうべきことなのだ。意識にのぼるあらゆるものを、なにかのしかたで役だてずにはおかない。顧問官の目のとどくかぎりでは、アベローネはなにひとつ捨てたことがなかった。シチューの材料にねずみ一匹しかなかったとすれば、それを使っておいしいシチューを料理するような女なのだ。アベローネに接していると、顧問官は自分の言葉のひとつひとつ、気分のはしばしまでが貯えられ、いつか利用できるようにとっておかれているような感じがするのだった。

この気持のよい五月の日、アベローネは例の若い書記が昨夜しでかしたことを自分からすすんで報告した。これまでアベローネは、この若者を当家の発明した財産としてかぞえ、親切に対していたのに、である。

若者は旅籠屋で酒を飲む一座に加わっていた。ビールが底をつくと、飲み仲間たちにもっといいものを飲ませてやろうと言いだした。教区の記録係という職責上、顧問官も知っての通り、アンデルスは教会の鍵をもっていた。それを使って聖器室から聖餐式用のぶどう酒を四本持ちだしてきて、飲み仲間に振舞った。当人はまったく酔ってはいず、いつものようにおちついた物腰だったという。それにあの人、旦那様の健康をと言って、乾杯したそうですよ、とアベローネはつけくわえた。

アベローネがしゃべっているあいだ、顧問官は鏡にうつる自分の姿を見ていた。これから求婚に行く人らしく、いささか神経質になって、いったん着た服をまた別のに着がえることに決め、いま念いりに吟味しているところなのだ。アベローネの話が顧問官をおびやかしたと言っても、決して言いすぎではない。この事件はヒルスホルムのなかではルシファーの天国攻撃にひとしい。いったいどのような言葉で自分の健康を祝って乾杯してくれたものやら。

顧問官はうしろにいるアベローネの様子を、鏡のなかでうかがった。いつもなら、役にたちそうな貯蔵品をためこんでしっかり鍵をかけた扉のようなアベローネの大きく無表情な顔は、なにか普段とちがっていた。アベローネもまた、おびえているか、それとも深く心を動かされているらしい。とすれば、この事件にはなにか外見以上のものがあるにちがいない。アベローネは決してうわさ好きな女ではない。他人について知ったことを洩らしたりはしない。おそらくもっとましな利用法を知っているからなのであろう。それに、四本の聖餐式用ぶどう酒は、アベローネにとってはただのぶどう酒四本とべつに変るところはない。この女があの若者を悪魔の手に渡すまいとしているとすれば、彼を自分のものにしたいためなのであろうか？　あの若者は、アベローネがシチューにするつもりのねずみなのだろうか？

顧問官は向きなおって、親切なわが家の顧問官と顔をあわせた。ルシファーが天国を襲撃するのを見物するとは、大変に興味ぶかい体験である。さらに、それを妨害することができれば、なおさらおもしろいにちがいない。

顧問官はほほえみながら言った。「親切なアベローネ。ヒルスホルムというところはどうも、人の醜聞をでっちあげることがうまいようだね。アンデルス君に聖器室からぶどう酒を取り払うように言いつけたのは、このわしなのだよ。どうもなにかのまちがいで、ラム酒の混ったものが納品されたらしいのだ。ぶどう以外のものでつくった酒は、キリストの血のかわりをつとめるわけにはゆかぬだろう。アンデルス君はそれを取りかえることになっていたのだよ。」

こうしたわけで、いろいろ思いなやみながら、顧問官は自由荘へと馬車を走らせた。おかしなことに、その考えごとのおおかたは自分の家政婦についてだった。自由荘のポプラ並木にさしかかってから、やっと顧問官は気をとりなおして、自分の未来を考えはじめた。

着いてみると若い女あるじは留守で、しばらく庭に面した客間で待たされた。小さな脇机の上に、フランシーネはジャスミンの大きな束を活けた花瓶を置いていた。甘くにがいその薫りは涼しい部屋にただよい、息苦しいほど強かった。顧問官は求婚者としてここにやってきた自分の役柄に、いくらか神経をたかぶらせていたが、相手の返事のことは気にかけていなかった。承諾するにきまっている。あの女はいつでも人に言われた通りにするので、それはほぼまちがいない。ただ、承諾をもらった求婚者として自分がこの自由荘から立ち去るとき、果してフランシーネが自分の妻としての将来を思いえがいて胸を一杯にしているかどうか、それは心もとなかった。後日、この女の手にかかると、ものごとがいかに展開するかを思いしらされるのは顧問官の側なのだが、それはこの際かかわりのないことである。

待つあいだに、この空色の部屋にある家具類と一層したしい関係になった気分がしてきた。スピネットもオルゴールも椅子も、顧問官におびえ、壁に背をもたせかけて後ずさりしているように見えた。人形の家の家具たちが、大人の侵入におびえている。もう遊び時間は終ってしまったのかしら、と考えている。顧問官は家具たちをなだめようとして、一同に言ってきかせた。「わしは破壊しにきたのではなく、完成するためにきたのだよ。いちばんおもしろい遊びがこれからはじまるのだ。」

そのとき、ほんとうにこの言葉になだめられて我れにかえったかのように、裾ひだつきのピンクの服を着た若いレルケ夫人が、客用のサモワールとテーブル・クロスを持った女中をしたがえて入ってきた。陽気な会話をいくらかかわしたあと、顧問官は申しこみを切りだすことができた。

フランシーネはいつでも、取りかかったことは早くかたづけてしまおうとつとめているのか、それとも早くかたづけるのが好きらしいという印象を与えるのだった。どうしてなのか、顧問官にはいっこうわからない。フランシーネには、いそいではじめたいと気負いたつようなことは、べつになにもありはしないのだから。ある瞬間のあまりの美しさに、時よ停まれと命じるファウストの犯した危険を繰りかえすことは、この女には決してあり得まい。若いイタリアの尼僧がロザリオを大いそぎでつまぐるように、フランシーネはあらゆる瞬間を、できるだけ早く押しやろうとするのである。顧問官が自分の愛情と大それた望みを訴えると、女はすこし蒼ざめ、大型の椅子のなかでほっそりした体をわずかに動かした。暗い眼が相手の視線と会ったが、すぐにそらしてしまった。申しこみが終るとフランシーネはほっとした。顧問官の予想通り、お受けしますと答え、人生のかくれがが見つかったという感動の様子を、いくらか示しさえした。顧問官は女の手にキスをし、女はそれが済んだのでほっとした。

そのあと、婚約した両人が一緒にお茶を飲み、大きなサモワールを前にした長椅子に坐ったフランシーネがもてなしているとき、顧問官は会話に内容をそえようとして、例のアンデルスと聖餐式用ぶどう酒の話をもちだした。すると、思った以上の手ごたえがあった。フランシーネはその話に身ぶるいしたのだ。そんなおそろしいことを避けられるなら、地の下に沈んだほうがましだといわんばかりの風情である。やがて口をきくだけの気力を取りもどすと、真青な顔でたずねた。牧師様はそのことを御存じなのでしょうか？　教会の神聖なものを、この女がこれほど畏れ尊んでいようとは、顧問官は思ってもいなかった。たしかに愛らしい性質ではあるが、どうもそこにとどまらず、精霊への恐怖ないしは精霊そのものがふくまれているらしく思われた。顧問官は女をなだめ、若者のおろかなしわざが問題にされないようにつじつまをあわせてかばってやったことを話した。そう聞くと女は、大きな輝く眼で相手を見やった。深く暗いやさしさにみち、なやましげでしかも活力あるまなざし。それはジャスミンの薫りのように室内をみたし、顧問官はおかげで自分が力強く情けぶかい人間なのだと感じることができて、いい気分になった。

「私はあの青年を叱ってやらなければなりますまい。それが本人の身のためなのですから。私があの職を世話してやらなければ飢えにさらされていたことでしょう。」終りの言葉をきくと、フランシーネはまた蒼ざめた。「しかし、あの青年は前途有望なのですよ。無考えな青年が浮浪者の境涯におちて、偉大な人間になり得る未来を破滅させるのを見るのは悲しいことです。それに、あの若者は我が子のようなもので、私の未来もなにほどかは彼にかかっているのです。しかし、下手に叱ってあれの心をかたくなにしてしまうと、私の手におえなくなります。女性のやさしい言葉のほうがあれの気持にこころよく訴えかけるし、ききめもあるでしょうな。あの若者はたしかに守護天使を必要とする型の人間です。あの男をさとして救ってやるのをあなたが手伝って下されば、それは立派な仕事になりましょう。」

そこでフランシーネは顧問官と共にヒルスホルムに出向き、アンデルス・クベをさとすことになった。いそいでピンクの帽子をかぶると、つば越しに射す日光が顔を薔薇色に染めた。若い婦人が紳士と二人連れで馬車に乗るのは、いくらか異常なことであった。駅者のクレステンがいるとはいえ、道ゆく人びとは同乗する二人の姿を見て、婚約を察するにちがいない。そう考えると顧問官は愉快になり、この遠乗りをたのしんだ。かたわらに坐ったフランシーネは馬の足どりを眺めながら、遠乗りが早くすむのをよろこんでいる様子だった。

守護天使の役をつとめるはずの若い花嫁は、顧問官と腕を組んで、若葉をつけたシナノキの大木のかげのアンデルスの小部屋へと階段を登っていった。着いてみると、そこにはアンデルスの姉で、エルシノーアに住む商船の船長の妻が、男の子を連れて来あわせていた。これは若いフランシーネの果すべき使命をいささか複雑にはしたけれど、かえって気は楽になった。この人たちとなら、心やすらかなたのしい時をすごせると思えた。姉と弟はよく似ていた。小さい男の子が顔を見あげたとき、フランシーネの鼓動は止まった。ナポリの教会堂で見たことのある幼な児イエスの像に生きうつしではないか。アンデルスそっくりの眼をしたこの小天使は、天国にある小さな鏡のように、詩人の人柄を示していた。

フランシーネは美々しいショールをまとい、あやまちを犯した哀れな者の守護者としてやってきたのだったが、いまや暗い眼をしてじっと立ちつくしていた。その顔は、ラケルがヤコブにむかってこう言ったときの表情を思わせた。「請う我れに嬰児《みどりご》を与え給え。しからずば我れ死なん。」

ひざをついて子供を抱きしめたかったが、礼儀にかなわないかもしれないと思ってためらった。そうだ、私とおなじ高さに持ちあげてやればいいのだわ、と考えついた。椅子の上に子供をのせ、フランシーネはまず、窓の外を見せてやった。それから黒い手袋をした指をさまざまに動かして、あやしてやった。子供はじっと見つめていた。こんなに巻き毛になった髪を、まだ一度も見たことがなかったので、なかに手を突っこんでみた。子供をよろこばせようと、フランシーネは帽子を脱いで、ゆたかな黒髪の房を前のほうへ振りさばいた。巻き毛は顔のまわりに雲のように拡がり、子供はよろこびの声をあげて両手で髪をつかんだ。フランシーネは笑いながら子供を軽く抱き寄せ、顔に見入った。しばらくのあいだ、子供の胸の鼓動が小さな時計のように、自分の胸の鼓動とかさなるのを感じていた。居あわす人びとに見つめられて、フランシーネはほほを染めた。濃い血の色が顔にさしのぼったが、それでも自然に浮かぶほほえみを止めることはできなかった。

顧問官は長椅子に坐った若い母親と会話をはじめた。縦ひだをつけた清潔な白いキャップをつけた母親は、子供をひざに抱いていた。そこで若い男女は窓辺に一対一で残された。フランシーネは自分の使命を果すときがきたのだと自覚した。

「アンデルスさん、顧問官様、いいえ、あの、私の許婚者《いいなずけ》が――」と、彼女は言いなおした。「私の許婚者は、困ったことに、あなたのなさりかたに失望し、腹をたてていると申しておりますの。それはよくありませんわ。このままにしておいてはいけません。ヒルスホルムにおられるあなたは、世間というものがどれほど悪とみじめさにみちているかを御存じないのではありませんか。アンデルスさん、おねがいでございます、どうぞ永遠の地獄におとされるようなことはなさらないでいただきたいの。」

大まじめで話しかけているくせに、フランシーネの顔にはつい今しがたのほほえみの余光が輝いていた。さらに話をすすめ、自分の言葉に感動してもまだ、そのほほえみは消えなかった。

アンデルスは言われていることをひとことも耳にとめなかった。時として顧問官の気にさわる、彼特有の偉大な忘却の天分のおかげで、アンデルスはフランシーネがふれている事件のことなど、とうに忘れ果てていたのである。男は女の表情をそっくりそのまま、相手にむかってほほえみかえした。女の顔つきが変ると、男のも変る。一室にむかいあって掛けてある鏡のように、二人は互いに光と影とをうつし出しあうのだった。

ことがいっこうにうまく運ばないのをフランシーネは感じとったが、どうしたらよいのかわからなかった。ともかく、話しつづけた。

「顧問官様はあなたを息子のように愛していらっしゃいます。あのかたの御援助がなければ、あなたは飢えにさらされていたかもしれないのでしょう? あのかたは賢いかたです。私たちよりもずっと、処世の道を御存じなのです。あの、これ。」フランシーネは首に掛けた金鎖についている小さなものをまさぐった。角型に刻んだ小さな珊瑚で、イタリアの庶民が護符にしているものである。「私の祖母がくれたのです。邪悪な眼から護ってくれるのですって。でも、天然痘除けにもなるし、自分が悪心を起したりすることからも護ってくれると、祖母は言っておりました。だから私にくれたのです。さあ、これをあなたにさしあげますわ。顧問官様のお言いつけをまもって気をつけることを、これを見て思いだして下さいね。」

アンデルスはその小さな護符を女から受けとった。手が触れあうと、二人ともひどく蒼ざめた。

なにか巨大な力が作用しあっている。その気配を、顧問官は長椅子に坐ったまま横眼で見てとっていた。そして、自分の花嫁が若い書記に、一対の角のようなかたちをしたなにかのしるしを与えるのが、はっきり見えた。ことの成りゆきが自分の期待以上だったか以下だったかはともかく、これで一応顧問官は満足としなければならなかった。そこでフランシーネと腕を組んで階段を降り、クレスティンが待っている馬車へと戻った。

ヒルスホルムの社交界では、たとえ婿がかなりの年配であり、花嫁となる女が未亡人であるにせよ、婚約者同士が二人だけですごすのはよくないとされていたため、その夏の数ヵ月間、アンデルスが顧問官の付きそい役として自由荘をたずねるのがならわしになった。晴れた夜にはテラスで三人がお茶を飲み、フランシーネは客たちのためにちょっとした小ぎれいなイタリア料理の何品かを用意した。その料理を前に顧問官は、昔のことのあれこれを思いだすのだった。それからおだやかな夕映えの光のなかで、どちらもいとしくてならない二人の若い人たちをテーブル越しに見やるのだった。彼の心のなかで自分たちがそれほどまでに重要な位置を占めているとわかったら、二人ともさぞおどろくことであろう。こうして二人を眺めながら、顧問官はしあわせを感じ、かつて憶えなかったほどの宇宙との一体感を味わっていた。これにまさる完璧な牧歌を思いえがくことは不可能だ。彼はひそかにこうつぶやいた。「我れもまた、かつてアルカディアに在りき。」

時として、彼の若き羊飼いの男女の態度が顧問官をおびやかし、不安におとしいれることがあった。そんなとき、彼はある旅行記で読んだ話を思いだすのだった。イギリスの探検家の一行がある黒人部落で捕虜になっている人たちを見つけた。柵のなかで、食用にするために肥らされている。怒りにかられたイギリス人たちは、身柄を買いもどしてやろうと申し出たが、捕虜たちはそれを拒んだ。

かつて経験したことのない楽しい時をすごしているのだから、このままでいいと言うのだ。顧問官は考えてみた。若い二人はひそかに逃亡をたくらみながら、巧みにそれをかくしているのか、それとも、食人種の捕虜同様、先のことが見えないでいるのだろうか？　どちらもおなじくらい、可能性としてはあり得ないように思われた。

しかもなお、顧問官のこのたとえ話による着想は、真相からそれほどへだたってはいなかったのだ。あるいは、かりに真相をつかんでいたとしても、それは彼にとっては到底起り得ないこととしか思えなかったであろう。

アンデルスにとっては、事態はきわめて単純だった。フランシーネが結婚する当日、自殺することに決めていたからである。婚約を聞かされた日から、この決心はかたまっていた。その婚約は彼にとって、死そのものとおなじほど避けがたいものに思われた。アンデルスのような人柄のデンマーク農民にとって、自分の命を投げ捨てるという発想はごく容易なものである。彼らにとって人生は、決してそれほどよいものとは思えず、また実際にその通りでもあった。いずれかの方法による自殺は、農民のあいだでは自然死の一種とも受けとられていたと言ってよい。

アンデルスは運命によって損われてはいなかった。かりに損われていたとしたら、それは運命以外の、ほかの諸力によってである。アンデルスは自分の同類に共通する運命を感じていた。自分の属するやからは、世間の人たちとはまったく異なる、他人の目には見えない素材でつくられているという感覚である。フランシーネに会ったとき、フランシーネは彼という存在をたしかに見てとった。その澄んだ眼はなんの苦もなく、あるがままのアンデルスをすべて受けいれた。他人にとっては自分は人間として存在しないことにもうあきあきしていたのだが、その状態に終止符が打たれた。新たに獲得した自分の実在感から、アンデルスは多くのものを期待するようになった。フランシーネが顧問官と結婚して自分から眼をそらすなら、自分もどこかへそれてゆくのが理にかなっているではないか。

アンデルスは常々、自分の計画についてはきわめて控えめだった。今度の場合も、自殺の決意は他人とはかかわりなく、自分ひとりの問題だと思っていた。したがって、それを洩らすような態度は決して示さない。もし顧問官が知っていたら、自殺をとめるばかりか、さぞ嫌悪したにちがいない。死んでから今日で一週間めの新しい亡霊と共にお茶のテーブルをかこもうというもの好きはめったにあるまい。そのことをさとればフランシーネは不幸になるにちがいない。アンデルスには騎士道精神の持ちあわせこそなかったが、友人としての思いやりはゆたかにもっていたし、誰をも悲しませたくはなかった。そこで、ルングステッドで漁師をしている友人から帆船を借り、転覆事故をよそおう計画までたてた。アンデルスは熟練した船乗りだったから、うまくやってのけられるのだ。ときどき彼はアンデルス・クベなる人物に、自作の詩の主人公に対するのと似た奇妙な感慨をもつのだった。ときにはやや気がとがめ、またあるときには、さまざまのいやなことから逃がれるのを助けるのだから、これは自分で自分の恩人になることなのだと思いなおす。つまるところアンデルスは自分の檻のなかで、例の旅行記に出てくる黒人の捕虜とおなじく、おちつきはらった眼つきをしているのであった。

彼の頭の中心を占めるこのもくろみとは別に、最後の作品となるはずの偉大な詩の着想があって、アンデルスは自死のまえにそれを完成するつもりでいた。これまですでに森や野原のことは詩に書きとどめ、海の抱擁に最後をゆだねる心づもりのアンデルスは、すべての思いをフランシーネに向けた。この最後の大叙事詩のなかでは、水のニンフやトリトンが波のなかで踊っている。鯨たちが雲のように妖精たちの頭上を過ぎてゆく。イルカ、白鳥、魚族の群れが、真珠色をなす長い磯波の力強い動きのなかでたわむれる。風は巨大な自然の合奏に加わってフルートやバスーンの調べをかなでる。人間は死ぬことができるという自由をもちながら生きている、そのことがこの詩のなかには織りこまれていた。劇としてはそれほど長くないが、そこに繰りひろげられるおもむきの多様さは果てもなかった。詩作が進むにつれて、アンデルスは午後の自由荘でそれをフランシーネに読んできかせた。

フランシーネの側では、こうして先のことを考えずに生きてゆくのはごくあたりまえのことだった。時の観念のなさにかけては、時と永遠との区別もつかないほどに徹底していた。ヒルスホルムの婦人たちがフランシーネはすこし頭が弱いのではないかと思ったのは、こうした性質のためでもある。フランシーネがこれほどにしあわせだったことはかつてなかった。それが長続きしそうもなく、未来の不確かなことがこのしあわせを一層際立たせているのではあるまいかなどと不安をおぼえることは、彼女にはできないのだ。しあわせを感じるほかにフランシーネのしたことといえば、アンデルスの気分の変化に従うことだけだった。彼の新作の長篇詩を読むと、海のことばかり出てくるので、フランシーネは婚礼衣裳を空色と海の青色とであつらえた。二人の男たちはそういう彼女をなかなかやさしいところがあると思うのだった。

こうして何ヵ月かたち、自分の花嫁の人柄がわかってくるにつれて、顧問官はこの女が真実にまったく無頓着なことにたびたびおどろかされた。自分もまた現実に手を加えて組みかえる名人だったから、顧問官はフランシーネに共感する点が多々あった。さらにまた、彼女のこうした処世法が自分の計画と実によく合致するのにも気づいた。とはいえ、フランシーネのこの天分には、一度ならず驚嘆せずにはいられなかった。顧問官は考えた。これは女性特有のずるさ、太古から幾百幾千世代にもわたって証明されてきた、実生活上の秩序たる女の憲法なのだ。しあわせになりたいと望むとき、女は不可抗力にさえ対抗する。幸福への近道をとって、ものごとをあるがままにでなく、自分がこうあってほしいと望む姿で実在すると言い張るのも、このゆえに正当化されるのであろう。女たちは人生を営むにあたって、この家計の彌縫《びほう》策を実践上不可欠なものにしてきた。したがって、やがて夫となるはずの人間だからという理由で、自分はこの花嫁から、あなたは善良で賢くて、寛大なかたで、それはほんとうなのよ、と言い張られているのだ。顧問官はこれを自分に対するほめ言葉とは受けとっていなかった。この女はおそらく、おなじ方法をあの薬剤師レルケに対しても用いたことだろう。自分への贈りものをいつでもまあきれいと言い、ヒルスホルムの老牧師アベルの説教は常にすばらしく、遠乗りに連れだすときはいつでもなんていいお天気でしょうと言うのも、すべてはおなじ、彼女がこうあってほしい在りかたを口にしているわけなのである。もっとも服や帽子については例外で、うそいつわりなく、ほんとうに気にいったものを選ぼうと苦労する。だがフランシーネは大変な着上手なので、自分の理想を実現する努力は立派にむくいられるのだ。

女性特有のこの信仰に彼女がかくれがを求めたのは、自分の必要からなのか、あるいは知将ネストルのような女に導かれてのことか、そのあたりは顧問官には知るよしもなかった。ただ、こうした手続きをふまずに恋を知り、結婚の幸福を得、人生の成功をかち得る女はごく稀れにしかいない、と顧問官はひそかに思った。女性特有のこのやりかたは、裸の王様の場合のようなシメルマン伯爵の「新調の衣裳」といくらか似かよってもいるのだが、率直な女たちのつくりだしたものである以上、男にありがちな、実在を証明しようとする野心気がなく、論争の余地のない単純なドグマとなっているのだ。

いにしえの魔女たちは、このドグマによって、蠟で子供のかたちをつくり、九ヵ月のあいだ着衣の下にかくし持ち、月満ちると真夜中に洗礼を授けて、知りびとの誰かれの名をつけた。すると蠟人形は名づけられた人の代理をつとめて、あらゆる実際の役を果すようになる。愛すべき魔女の手になるこの愛らしい白魔術は、多くの善をなしたことであろう。しかし、若い魔女がみごもり、自分の血と肉を分けた子供を九ヵ月やどしたとしたら？　おお、そのときこそ悪魔が立ちあらわれ、すべての決済を求めるであろう。

顧問官は、自分が面倒をみている詩人が新作に没頭しているのを見て、作品を読んでほしいと求めた。アンデルスとしては老友に作品を公開しない理由もこれといって思いあたらなかったので、時折りすこしずつ読んできかせた。老人は心の底から感動し、時としては偶像崇拝にも似た嘆賞を惜しまなかった。自分もまた、新しい時空間、宇宙のエーテルのなかそのものに踏み入り、青い虚空、かつて知らぬたぐいの調和と幸福感のなかをただよう思いがした。これは偉大な出来ごとの前ぶれだ、と考えた。顧問官はこの新作について作者とさかんに意見をかわし、忠告を与えたりしたので、その長篇詩のなかには顧問官自身の思いや回想がそこはかとなく反響しているのだった。この夏の日々、彼の代理として花嫁となる人に恋をし、詩をつくる。この危険な快感にみちた状態は、結婚式の当日まで続くはずだった。毎日毎週、テラスでお茶のテーブルをかこむあいだですら、この三人は至福にみちみちた広大な海中に生きているのだった。

結婚式の二日まえ、顧問官はドイツにいる友人から送られてきた新作の小説を受けとった。グツコウという若い作家の創作『迷える女ヴァリー』で、当時ドイツではこの小説をめぐって非難や論議が沸騰していた。

いまもその内容を憶えている人もあろう、ヴァリーとチェザルは愛しあっているが結婚できない。ヴァリーはサルディニア大使の花嫁となる約束に縛られている。そこでチェザルはヴァリーに求める。結婚式当日の朝、二人のあいだの霊的結婚の象徴として、彼の面前で全裸となり、その美しさをくまなく見せてほしいと。ドイツの古詩にも、ジグネという乙女がこのようにしてシオナトゥランデルに裸体を見せる場面が歌われている。

顧問官はこの小説にいたく心を惹かれ、午後のきまりの自由荘訪問のときにも手ばなさず、テラスの木蔭に坐って読みつづけた。そのあいだに若い二人は、フランシーネが犬小舎で飼いならしている狐の仔を見に行った。来週いっぱいはとても本など読むひまはなかろうから、今日のうちに読みあげておきたいものだ、と顧問官は考えていた。

「左手より現れしは、息づまるまでにうるわしき姿。メディチのヴィーナス像にもまさるはじらいをこめつつ、みずからの裸形をかくさんとする、いにしえのジグネにも似て。聖なる恋の狂気にとらわれしヴァリーは、消えいらんばかりにかしこに立ちぬ。恋の狂気こそ、この恩寵を与えんことをヴァリーに求めたれば、さからう意志はもはや働かず。全身はこれ、はじらいと清浄と献身。こは敬虔なる入信の場なれば、そのあかしにこそあらめ、紅薔薇は女の頬をいろどらず。丈高き白百合の花ひとつ、操《みさお》のしるしと、女にそいて咲きつつ、その身を覆う。もの言わぬつかのま、ただひと息のあいだのみ。こは瀆神《とくしん》なり。しかはあれ、けがれなき心と、まことをつくせるあきらめより出でし瀆神にあらずや……」

顧問官は本を閉じて、ふかぶかと椅子にもたれた。天国をのぞみ見るのか、じっと眼を閉じていた。シナノキの木蔭は緑金の光にみち、ぼだい樹の花の甘い薫りと、蜜蜂の羽音が流れてきた。これはじつに美しい、と顧問官は思った。じつに美しい作品だ。メンツェル教授とやらには、勝手に非難させておけばよろしい。黄金時代の夢、永遠の無心とやさしさの夢が、ふたたび老人に戻ってきた。こんなことが起るはずはないなどと言う批評家どもには、言わせておけばよい。そんなことは問題ではない。想像の花園のなかで、ひとつの新種の花がつくりだされたのだ。すこし離れたところでフランシーネとアンデルスが話しているのがきこえた。だが、話のなかみまではわからなかった。犬小舎を離れた若い二人は、家の南側の菜園に降りていって、夕食用のレタスや豌豆《えんどう》や、まだ小さい人参などを採っていた。低まったところにある菜園の一部は、垣根になっている曲りくねった樺の老木の影が落ちて、もう暗くなりかけていた。垣根のすきまからは野原が見わたせた。おだやかな金色の夕暮のなかを、乳しぼりの少女が二人、頭の上に丈高い牛乳はこび用のバケツをのせて歩いてゆく。クローバーに覆われた野原に、二人の大きな蒼い影が長く映っている。

フランシーネは狐の仔のことでアンデルスに意見をきいていた。「秋になって、もしあれを放してやったら、自分で餌をさがせるでしょうかしら?」

アンデルスは言った。「私なら放してやりますね。ただ、お宅の鶏小舎にすっかりなじんでいるから、夜になったら戻ってくるでしょうよ。」夏の夕暮、二人と共にあそびたわむれた、毛糸のかたまりのような仔狐の幻影、するどい歯をしたはぐれ狐が、霜のおりた銀色の冬の夜、自由荘さしてやってくる光景を、アンデルスはまざまざと思いえがいた。「それでしたら、またつかまえにきていただかなくては」と、フランシーネが言った。

「でも、そのころ私はここにはおらんでしょう」アンデルスはうっかりとこう言った。

「まあ、アンデルスさん、私たちを置いて行ってしまうなんて、どこの州で、どんな高い地位にお つきになるのですか?」アンデルスはだまっていた。どこの州で、どんな高い地位にだって?

しまいに彼は言った、「ともかく、行かなくてはならないのです。」フランシーネはそのことをあれこれ口にしようとはしなかった。おそらく、人々と神々をつかさどる女あるじ、すなわち、生きてゆくための苦労を、十分に知りつくしていたからであろう。しかし、一瞬の間をおくと、フランシーネは全身全霊をこめたまなざしで、じっと相手を見つめた。「でも、もしあなたがいらっしゃらなくなったら、きっと——」フランシーネはこう言いさして、しばらく考えた。「ここはあんまり寒すぎるようになりますわ。」

アンデルスにはフランシーネの言いたいことがよくわかった。憐みの大波が彼を捲きこみ、女の足もとにたたきつけた。ほんとうに、このひとには寒すぎる。フランシーネが寒むざむと感じるころ、自分は彼女をなぐさめるにはつめたすぎる水死体となっている。この二つの絶望のあいだに、アンデルスの心は引き裂かれた。「そうなったら私、どうしましょう?」女はたずねた。男のまえに、彼女はすっくと立っている。ちょうど顧問官が読んでいた本に出てくる、あのメディチのヴィーナス像そのままの姿勢である。ただちがうところといえば、着衣のままなので、両手はそれぞれ着物のひだの上にそっと置かれている。

女を眺めているうちに、これまでフランシーネのことを、アンデルスという気にいりの人形を手ばなすまいとしている子供そっくりだと思っていたことに気づいた。いや、それはちがう、逆なのだ、とアンデルスはいまや思うに至った。これは、着物を着せたり脱がしたりして遊び、夢中で可愛がってくれる子供と別れまいとしている人形なのだ。自分がいなくなれば、フランシーネは持主のいない人形、置き去られた人形になってしまう。

フランシーネは言う、「アンデルスさん、復活祭のあとの何週間か、顧問官様のお宅でよく御一緒したころ、ほら、ルングステッドにピクニックに参りましたでしょう、憶えていらっしゃる？ あのときあなたは、一生ずっとここにいて、私の友達でいるのがなによりしあわせだと言って下さいましたわね。」アンデルスは答えなかった。復活祭のあとの日々のこと、それは思いだすだけでも苦しい。口にしたりしたら、自分を殺すことにさえなりかねない。「あなたは、そんなに頼りにならないお友達なの？」フランシーネはたずねた。

「聞いて下さい、フランシーネさん。私はおとといの夜、あなたの夢を見たのです。」そう言われて女はほほえみ、どんな夢かと気を惹かれた。「私とあなたと、二人で広い海岸を歩いている。風が強いのです。あなたが言います、『いつまでも二人は一緒よ。』そこで私が、いや、これはただの夢なのだと申します。するとあなたは、『それなら、私がこの新しい帽子をぬいで海に投げこんだら、夢ではないと信じてくれる？』と言って、帽子のリボンをほどいて、海にほうります。波がそれをさらっていった。それでもなお、私は夢なのだと思いつづけていました。『まあ、なんてわけのわからない人なの。私のこの絹のショールをはずして捨てたら、なにもかも本当だと悟れるでしょうよ』と言うと、あなたは絹のショールをうしろに投げ捨てます。砂の上に落ちたショールを風が捲きあげて、遠くに運んでゆきました。それでもまだ私には、どうしても夢としか思えない。『私が左の手を切りおとしたら信じてくれる？』あなたはポケットから鋏を取りだしました。左手を、まるで一輪の薔薇の花のようにかかげると、それを切りおとしたのです。そのとき――」アンデルスは言葉をとめた。ひどく蒼ざめていた。「そのとき目がさめました。」

フランシーネはじっと立ちつくしていた。夢を信じる傾向があるので、いま聞かされたその海岸を二人で歩いているところを、まざまざと感じられた。しかし今や彼女は、この男を引きとめるために、自分の持てる武器の総力をあげようとしていた。万が一この人を失うようになれば、自分は死んでしまうだろうと本気で思っていた。もし男が望むなら、自分の左手を切りおとすくらいなんでもなかったが、おなじ左手を男の頭の下にあてがっておくほうがさらに心にかなう。澄みわたるかぐわしい夕暮の大気のなかで、フランシーネは自分の体に樺の若木の強さとかろやかさとを感じていた。細い腰は枝のようにしなやかに、若々しい双の乳房は、さわやかであたたかな芝草でつくった巣に憩う二つのなめらかな丸い卵のようだ。炎と燃える女のまなざしは男のまなざしのなか深くしみとおり、男のまなざしもまた、女のなかに沈みこんでいった。二人を引きはなすには、強力な起重機でも持ってこなくてはなるまい。

フランシーネはヴィーナスの姿勢から、かくしどころを覆う手をわずかにのべて、大変な重さに耐えているようにゆっくりと、男のほうにさしだした。アンデルスは手をのばして、女の指先にそっとふれた。二人は、ミケランジェロの描いた造物主が若きアダムに生命を吹きこむ身ぶりをそのままなぞっていた。この日の夕暮、自由荘の菜園では、こうして古典芸術の粋のいくつかが、生きた姿で再現されていたのである。

二人は顧問官が本をわきに伏せて、椅子のなかで身じろぎする気配をきいた。そのほうを見ると、老人は木の梢を見上げているふうをよそおっていた。フランシーネはなにも言わず、ゆっくりと向きを変えて、テラスのほうへ歩いていった。アンデルスはレタスや豌豆を入れた籠を手に、その後をついていった。

顧問官はいましがた読んでいたページにまだ指をはさんだままでいた。「ああフランシーネ、自由荘の上品な蔵書のなかに、私はちょっとした過激な文学をまぎれこませてやろうとしていたのですよ。これを書いた青年は、そのせいでドイツで投獄されています。その処置はもっともなようですね。肉体を罰せよ、しかして精神を高く飛翔せしめよ、です。大学教授連中がこの詩人を追放したおかげで、われわれは彼の詩をたのしむことができるのです。私は不まじめな話しかたをしているかもしれん。しかし、こんな夕方には、道徳家などはみじめに見えるものですよ。それに、私の心をとらえたのは奇妙な偶然で、とるに足らぬことなのです。つまり、この著者グッコウが、むこう見ずな若い恋人たちのあいびきの場所として描写しているところが、あそこの自由荘の樺林のなかにある、お宅の『友情の堂』そっくりなのですよ。」

こう言うと顧問官は立ちあがって、花嫁と共にお茶を飲みに行った。本はそのまま、シナノキの下に置き去りにしておいた。

結婚式の前日、顧問官は自由荘を訪れなかった。デンマークではこれが正しい作法とされている。残された最後の一日、花嫁は心しずかに過去と未来を思いめぐらす。そして花婿と花嫁は、翌日教会で顔をあわせる。顧問官のほうもいろいろな用事でいそがしかった。新婚早々の何日かを雑事でわずらわされることのないようにと、書類に目を通したり、使用人たちと打ちあわせをしたりして、一日をすごした。それでも、アンデルス青年にことづけて、大きな薔薇の花束を花嫁に届けさせた。晴れわたった夏の日だった。

夕方、日没後に、アンデルスは猟銃を持って鴨を撃ちに出かけた。自室にいても落着けず、顧問官も長い散歩に出かけた。花婿にふさわしく、感傷にとりつかれていた。野原を横ぎって自由荘にむかった。世間の目からも花嫁からも気づかれずに、花嫁のいる近くをさまよいたかったのだ。

夏の夜空いちめんに、ツルニチニチソウの花弁のようにあざやかな青さが拡がっている。地平線一帯には巨大な銀色の雲がそびえ、大木の群れは雲の峰と高さを競って、そのきびしく暗い樹冠をしっかとかかげている。しめった長い草は緑の光をはなっ。景色のなかには昼間見えたあらゆる色彩があり、日中に劣らず鮮明ではあるが、その在りかたの別の新しい一面を展《ひら》いて見せるかのように色どりを変えている。色彩全体が長調から短調に転調したのだ。その夜の静けさと沈黙は、底しれぬ生命にみちていた。いまにも宇宙がその秘密を明かすかと思われた。老顧問官は空を見あげ、中空に夏の満月がかかっているのにおどろいた。輝く円盤が鉄色の海原に短い金の橋を投げかけ、数百の小さな魚の群れが海面でたわむれているさまを思わせた。しかも、満月はそれほど光を拡げているとは見えなかった。もうこれ以上明かるさは要らないものらしかった。

いまや顧問官は、木の間ごしに射す月光がつくる明かるみのまだらを、それと見わけられるようになった。夜露に濡れそぼつ長いかぐわしい草の茂る道のはずれに沿って、小さな細長い水たまりができているのも見えてきた。

自分が月に気をとられて、しばらくその場に立ちどまっていたことに顧問官は気づいた。月は遙かかなたにあることはわかっている。だが、月と自分とのあいだには、透明な大気があるだけなのだ。しかも、高く登れば登るほど稀薄になってゆく大気が。これまで月に捧げる詩をものすことが一度もできなかったとは、どういうことか。月に述べてみたい思いのたけはこれほどあるというのに。月はあんなにも白く、まろやかだ。自分は白くまろやかなものを、いつも好んできたのに。

突然こんな思いが浮かんできた。自分とおなじく、月のほうでも、自分に言いたいことがたくさんあるのではないだろうか、あるいは自分以上に。いや、すくなくとも月は、自分以上の力でそれを表現している。老い、そうだ、たしかに自分は老いている。月だとておなじこと、自分よりもさらに老いているではないか。老いるのも悪くはない、と顧問官は考えた。若いころにくらべて、ものごとを見たりたのしんだりする力にかけてはまさってくる。芳香は年代もののぶどう酒にあるだけではないのだ。芳香を享楽するには老いた味覚が必要なのだ。

それにしても、月から伝わってくるこの強烈な通信は、なにかの警告なのだろうか？　肥えた羊を盗みだして、月明かりのなかでそれをたべている泥棒のおとぎ話を思いだした。泥棒はうまそうな羊肉を月に見せびらかして叫ぶ。

お月さんよ　見てごらん

これをお前さんに
くれてやってもいいのだぜ

すると月は応える。

ぬすびとよ　こころせよ
鍵よ　あのおろかものを
念いりに焼くがよい

そこで真赤に焼けた鍵が空中を飛んできて、泥棒の顔に焼き印を押す。年とった乳母がこの話をしてくれたのは五十年もまえのことだった。この夜のなかにすべてがあった。生も、死も、それから、生のはかなさへの警告も。「こころせよ、死は迫る」と月は言う。自分はこうして警告を受けねばならないのだろうか？

それとも、これはひとつの約束なのか？　この年老いた自分という存在が、いまや人生の労苦を報いられて、エンディミオンとおなじく、今夜のようにおだやかな永遠の眠りを与えられるのか？　そうなるとしたら、人びとは神々の仲間入りをした自分を記念して、ここ自由荘の牧草地に像を建てるであろうか？

こんな奇妙な幻想が浮かぶとは、どうしたことか？　露に濡れて重くうなだれた、蜜の芳香をはなつクローバーが老人の脚をなでた。地表をわずか離れた空中を歩いているような、ふしぎな感じがした。牧草地のどこかで牝牛たちが横たわったり、歩いたりしている。月光のなかではそれと見きわめられないが、大気は牝牛たちの深く甘い匂いをふくんでいる。

　そのとき急に、四十年もまえにあった出来ごとを思いだした。控えめで内向的な少年だったペーター・マティーセンは、モルスで牧師をつとめる伯父のもとに滞在していた。その家には堅信礼にそなえて教理を学んでいる若い農家の娘がいた。伯父は読書家で、神や愛や永生をはじめ、あらゆることを話題にしたし、おまけに新ロマン派文学に熱中してもいた。夕食後、牧師館の住人たちは詩の朗読をするのだった。ある夜のこと、ちょうどその少女の名前がナナといったので、牧師はおもしろがって、悲劇『バルドルの死』（エーレンシュレーガー作）の登場人物を若い二人に割りあてて、朗読をさせた。バルドルとナナの情熱にかられた燃えるような詩句を、二人は互いにかわし合った。老牧師は眼鏡を額に押しあげて聴きほれ、はじらいもなく我れを忘れていた。それは未婚のまま老いた女たちが、根の伸びるさまを眺められるようにと、細長いガラスびんにヒヤシンスの球根を栽培するのと同質の熱中ぶりだった。牧師は自分の興味を追うあまり、田舎育ちの少年少女が、自分たちの声のひびきに身を焦がし、蒼ざめている様子に気づかなかった。その夜、床についても少年は眠れなかった。体がほてり、どうしてよいかわからず、農園の建物のあちこちをさまよって、なにか自分を鎮めてくれるものを求めた。そして、畜舎までやってきた。それは早春の、霧のかかった月明かりの夜のことだった。

壁にもたれた少年は、強い孤独を感じていた。いや、孤独なだけではなく、なにものかが自分を待ち伏せしているような、あざむかれた気分だった。そのとき、壁の内側にいる牝牛たちのことを思いだした。暗闇のなかでしずかに落着きはらっている牝牛たち。ローサという名の大きな白い牝牛は、子供たちの気にいりだった。あの牛なら自分をなぐさめてくれるかもしれない。ローサのいる柵に入ると、坐っておだやかに反芻している動物の横腹に、少年は自分の胸を押しあてた。すると安らぎと落着きが、やさしく自分のなかにしみとおってくるのをおぼえた。今夜はここで一晩すごそうと、少年は心に決めた。ところが、わらの上に身を横たえるとまもなく、畜舎の扉がそっと開いて、やわらかな足音が近づいてきた。ローサの背中ごしにうかがうと、淡い月光のなかに、小さな少女が入ってくるのがほのじろくかすかに見えた。あの子もぼくとおなじように悲しくなったのだ、そして、心に安らぎを戻してくれる力をもつのは、反芻動物だけだと感じているのだ。少年はそう考えた。

畜舎の小窓から月が射しこんでいた。いま地上を照らしているのとおなじ月である。月光のあたる所だけ、畜舎の白壁が乳白色になって見えた。少女の金髪が月光をうけて輝いていた。だが、少年のいる場所は暗く、それに、見つかるのをおそれる逃亡者のように、少年は息をころしていた。じき近くのわらの上にひざまずいた少女が、苦しげに荒い息をついている様子がうかがえた。ひとりでこっそり泣いているのだろうか？　それはよくわからなかった。その春の短か夜、二人は眠ったり目をさましたりしながら、何時間かを畜舎ですごした。しずかに甘い匂いをはなつローサを、騎士道物語に出てくる両刃の剣のように真中にはさんで。少年の脳裏には、さまざまの美しくも力強い想像が駆けめぐるのだった。眠りこむと、ナナのおもかげが夢に現れた。目をさまし、体を起してのぞいてみると、ナナは少年に気づかぬまま、まだそこにいた。明けがた早く、少女は起きあがると、スカートからわらくずを払って立ち去った。少年は自分がそこにいたことを、決してナナに話さなかった。

顧問官はきげんよく歩きつづけた。つはすべてをもつにまさる。そを知らぬは愚者なり。」長く忘れていたこの少年のころの出来ごとは、自分の人生のひとつの花だった。人生の花輪のなかの一輪の野の花、野生のワスレナグサなのだ。思えば、自分の生涯はすくなからぬ花々にいろどられてきた。数々のすみれやパンジーの花。今夜のこの体験は、その花輪に薔薇をひとつ加えることになろうか?

自由荘の庭園からやや離れた牧草地のなかに樺の林があった。林のはずれの小高い場所には、百年ほど前、そこの静けさとやさしみのあるおごそかさに惹かれたこの荘園の女あるじが建てさせた、小さな夏の休み場があり、「友情の堂」と呼ばれていた。木製の柱が五本立ちならび、丸屋根を支えている。階段を二段登ると建物の床で、柱の内側には半円型をなすベンチがつくりつけてある。そこからは海が見える。デンマークの気候にはギリシャ風の建築はあまり向かないので、そこでもの思う人が風を避けられるよう、新築後しばらくして、建物の片側は壁で覆われた。今はもう朽ち果てて見るかげもなく、昼間はいくらかもの悲しげだが、満月のもとではロマンチックに見える。

花婿が夢想にふけるにふさわしい場所だと思った顧問官は、その小さな堂に足を向けた。しかしゆっくりと、足音をたてぬよう気をつけていた。花嫁のほうもまた、おなじことを思いつくかもしれない。とすれば、彼女をおどろかせたり、邪魔をしたりはしたくなかった。ところが、近づくにつれて、小山の上から人声がきこえてきた。顧問官は最初はじっと立ちどまっていたが、やがて足音をしのばせて、声のするほうへ進んでいった。自由荘の地所内で人目をしのんで歩くのはこれで二度目になる。十分に注意して音をたてず、壁のうしろに身をひそめた。

堂のなかのフランシーネとアンデルスは、低い声で話しあっていた。若者はベンチに腰かけたまま、身動きしなかった。若い女は相手の真向かいに立ち、柱にもたれている。月光が二人を照らしている。二人を取りまく周囲は雪景色のようにしろじろとあかるい。だが老顧問官の姿はかくれ場所の暗闇に包まれていた。ほんとうに、つい今しがた想像していた自分の彫像になったようだった。しかし、彫像とても、時としては多くのものを観察するのである。

若い女は仮装用か、それともオペラ観劇用か、この土地にそぐわない黒い長外套をまとっていた。この女がそんな衣裳をもっていたとは顧問官は知らなかった。女はそれを体に巻きつけるようにして着ていた。かぐわしい活きた幕のように垂れかかる黒髪のなかで、女の顔は夜霧に濡れたつめたい白薔薇さながらである。女がこれほど美しく見えたことはなかった。この夏の夜がすべてを挙げて、その美しさの縮図となるひとつの花を産みだしたのか。白薔薇の花々の重みにたわむ枝のように、女の体はかすかに揺れているかと見えた。

長い沈黙があった。やがてフランシーネが、しあわせそうな低い笑い声を洩らした。鳩が鳴くようなやわらかく甘い声だ。

「みんな横になっている。墓地の死人みたいに。立っているのはあなたと私だけ。横になるなんて、馬鹿げたことだと思いません?」女は外套のなかでわずかに身をよじった。「私、あの連中にはもうあきあきですわ。」女は熱をこめて叫んだ。「いつでもおしゃべりばかり。みんなが永遠に横になっていてくれればいいのに。そうすれば、私たちだけで、しばらく御一緒にいられるのに。」

そう思うだけで、甘いよろこびが女の心をみたすらしい。彼女は深く息をついた。じっと立ったまま、男が動作で答えるか、言葉で答えるかと待っていた。しばらくして、笑いとやさしさの余韻のある声で、もう一度たずねた。「アンデルス、なにごとですの?」

アンデルスは答えるのに手間どった。やっと、口重くゆっくりと話しはじめた。「そう、フランシーネ、よくぞきいて下さった。それは重大なことです。精神についてはしゃべる必要はありません。精神はべつに危険なものではない。しかし、ものごとのほうはどうでしょう? ものごとにはいろいろな不思議があるものです。それはわれわれの体を燃えたたす物質で、体重を否定するといってもいい。もちろん、この作用はわかりやすいでしょうが、しかし、実際に我が身に起ってみると、たいへんに苦しいものですよ。まず火にかけられる。焼かれるか、とろ火でゆっくりあぶられるか、どちらにしろおなじことです。そんなにされても、われわれは飛ぶことはできないのだ。」

いまや立ち聞きしている老人には、相手の恋人が身動きできずにいるわけがはっきりわかった。この若者は正体もないほど酔っているのだ。腰かけたままの姿勢をたもつのが精一杯で、それ以上なにもできずにいる。若者は死人のように蒼ざめ、額から汗がしたたりおちている。そこから目をそらせば無限の苦痛におそわれるとでも言いたげに、女の顔にひたと眼をそそいでいる。「半ばはすべてにまさる」というあの格言を心のなかで繰りかえしていた顧問官は、いまや目の前で自説が証明されるのを見せつけられていた。

フランシーネは若者にほほえみかけた。女によくあることだが、酔いどれ男の症状というものをまったく知らないのだ。「まあ、アンデルス、あなたは御存じないのね。それじゃ教えてあげましょう。私は飛ぶことができる、と言ってもいいくらいなの。バレー教師のバッソ老人がそう言いました。『ほかの娘たちは鞭で叩かなければ跳ばないけれど、お前は逆に、両脚に石でもくくりつけておかないことには、わしのところから飛んでいってしまいそうだ』って。年寄りって頭がおかしいのね、変なことをさせたがるものなの。もう私、かまいはしない。私が飛べることを、今すぐに見せてあげましょう。海の子供たちがあひるや鴨のかわりにして遊ぶ、あの飛び魚のようにね。」

「君というひとは、臓物入りスープをつくるために、生きた立派なあひるをそっくり一羽つぶしてしまう料理人のようだな。お望みなら、臓物入りスープをつくるのに私を使ってもかまいませんよ。でも、そのためには、あなたが自分で必要なところを切りとりにこなくてはね。鳥の側では、自分のどこに心臓や肝臓があるのか、わかってはいないのですから。それは女の仕事なのですよ、フランシーネ。」

フランシーネは言われたことをしばらく考えてみた。ひとことひとことに智慧があるし、私のことを思いやってくれている、と信じきっていた。「私の母親は、ローマのユダヤ人街の出身なの。知らなかったでしょう。誰もそのことは知らないの。ユダヤ人街にいるころ、母が正しいやりかたで鳥を殺すのを見ましたよ。血が全然残らないようにするのね。ユダヤ人街というところはね、アンデルス、ほんとうに、人間の受難の場所なのです。気をつけていないと、盗みに遇ったり、傷つけられたり、首つりにされることとさえあるの。私、首をつられた人たちを見たことだってある。私の祖父もそうやって殺されたの。私はこの世でつらい思いをしてきました。あなたもおなじなのね、アンデルス。だからこそ、しあわせでいられるのはなおさらすばらしいではないの。」フランシーネは言葉をとぎらせた。「ね、しあわせでいる、あなたはそう思いません?」

アンデルスは言った。「しかし、もう手おくれなのです。たとえあなたがいないところでも、ことは起る。それが困るのですよね。あなたにはわかっていない。ここからはきこえなくても、雄鶏《おんどり》は鳴いているのです。」そして炭焼きたちの歌う古い民謡を、アンデルスはゆっくりとしずかに口ずさんだ。

真夏の夜明けに雄鶏鳴いた
二十九のゆりかごを揺らせてやった

「いいえ、鳴いてなんかいない。夜は明けないもの、アンデルス。まだ真夜中にもなっていないわ。」フランシーネは相手の前にじっと立った。

アンデルスは言う。「ここに坐っていると、おれをまるごと取ろうとするものが二つあるのだ。アベローネがねらっている。あの女はエルシノーアで民宿をひらくつもりでいてね、おれと結婚して、水夫たちの宿の亭主にしようとしている。もうひとつ、海もおれをまるごと奪おうとしているのだ。どっちがおれをおそってくるにしても、おれは骨までしゃぶられるような目にあうだろう。」

二人の話に夢中で聴きいっていた顧問官は、ここでいくらかおどろかされた。うちの家政婦はそんな計画をあたためていながら、自分にはひとことも洩らそうとしなかったのか。あるいはアベローネは、フランシーネが自分の恋がたきだと見ぬいて、そのせいで顧問官自身よりも洞察力を示したのだろうか。

フランシーネは途方にくれてアンデルスを見つめていた。「アンデルス、そんな言いかたはやめて下さいな。ねえ聞いて。お祭のとき私が踊ると、みんなが『もう一度！　もう一度！』って叫んだものよ。『星の踊るのを見るようだ、心が燃えるところを見るようだ』と言ってね。私、あなたをしあわせにしてあげられる。それを信じないの？」

「君、おたがいに、わるものにはならないでおこう。よい人間としてふるまおうよ。エルシノーアで水夫たちが娘たちに支払うものを、君にあげよう。たいしたものはあげられない。情けないことだ。このあいだの晩、旅籠屋でいあわせた連中にビールをおごってやって、貯えのおおかたを使いはたしてしまったのさ。つまらんことをした。それでも、まだ銀貨で五十ターレルはとってある。たのむから、これを受けとってくれないか。誓って言うが、これはおれのためにたのむのではない。いずれにしろ、おれは遅かれ早かれ死んでゆく人間なのだ。これは君のためにたのんでいるのだよ、あわれな、きれいな娘さん。銀貨五十ターレルは、若い女のためにはいつでも役にたつものだ。着がえでも買ってくれ。寒い晩に、裸でそこらを走りまわるようなことはしないでほしいのだよ。」

フランシーネには大変な気力があった。こう言われて一歩、男に近寄った。ぴったりと身にまとった外套と長い黒髪が、その動きを追った。光をはなつばかりの顔のなかで、暗く大きな双の眼が男の顔に据えられた。月光のもとで、その姿は魔女さながらだった。「アンデルス、アンデルス、私を愛していないの？」

「やれやれ、そうくるだろうと思っていた。その御質問には上手に答えられますよ、練習してあるから。愛していますとも、きれいな魔女さん。君の髪は闇のなかで燃える赤い炎のようだよ、悪魔の炎だ。人びとを沼地に誘いこむ鬼火、道を踏みまよわせて、地獄にみちびく火なのだ。」

若い女は全身をふるわせていた。両の手をにぎりあわせてたずねた。「あなた、今夜ここに、私にきてほしいと思ってはいなかったの？」

男はしばらくだまっていたが、やおら口をひらいた。「そうだな、ほんとうのところを知りたいのなら、言ってあげよう。来てほしくはなかった、フランシーネさん。おれはひとりでいたいのだ。」

フランシーネは身をひるがえして走り去った。ナポリ製の長外套が裾をひいて足さばきをさまたげたが、それでも女はしっかりとそれを身にまとって去っていった。はるか昔のギリシャの地で、川に変身させられたアレトゥーサは、まさにいまのフランシーネのように、嘆きの声をあげながらミルテの林のなかを流れ去っていったのである。

アンデルスはそのまま長いこと、死人のように坐っていた。やがて、あやふやなゆっくりした酔いどれの身ぶりで、銃を手にして立ちあがった。うしろに向きを変えると、ちょうどそこにいた顧問官と顔が会った。

顔をあわせても、アンデルスはまったくおどろいた様子も見せなかった。おそらく顧問官のことがずっと念頭にあったのか、それとも、このあいびきの雰囲気のなかに、なんとなく顧問官の存在を感じとっていたのであろう。しげしげと相手の顔を見ると、手のこんだ謎の答えを明かされたように、なにも言わずニヤリと笑った。間のわるい思いをしたのはむしろ顧問官のほうだった。二人はしばらくじっと見つめあっていた。やがて、誰かにいたずらをしかける少年に似た笑いをうかべると、アンデルスは銃身をなかば持ちあげ、ねらいもつけず、老人の体に向けて発砲した。銃声は夏の夜に鳴りわたり、はるかにこだました。

突如おそった激しい痛みと銃声のとどろきが一体となって、老人を打ちのめした。これは世の終りか、それともはじまりなのか。老人は倒れた。倒れながら、自分に手をくだした犯人が、酔いどれにあるまじき身軽さで堂の低い囲いを跳びこえて姿を消すのを見た。

この世ならぬところを長くさまよったあげく、正気をとりもどした顧問官は、自分がクローバーの茂みの上にあおむけに横たわっているのに気づいた。体の下にあたたかくねばつく水たまりができている。出血が、野原の夜露とまじっているのだ。

自分はひどく怒っていたな、とぼんやり感じた。この耳鳴りと眼の前の暗さが、あの恩しらずの若い詩人にそそぎかけた呪いといきどおりのせいなのかどうか、よくわからない。意識をとりもどしかけながらも、老人はまだ、激しい怒りが胸中に残した痛みと疲労に苦しんでいた。しかし、もう憎しみもなく、相手をせめる気持も消えた。そういう段階はすべて通りこしていた。

出血はひどかった。火薬一樽ぶんほど、右の脇腹にぶちこまれたらしいな、と思った。右脚も動かなくなっている。さっきまで立っていた場所に横たわるだけで、こんなにまで徹底して事情を変えられるとは、奇妙なことだ。花咲くクローバーの薫りがこれほど強烈だとは知らなかった。もっとも、こうして横たわってクローバーに埋もれ、露にひたされたことなど、これまでなかったのだが。

老人は死にかけていた。自分の愛した若者が、自分を死に追いやったのだ。世界は老人をはじき出した。遺言はきちんとできている、と顧問官は思いめぐらした。財産は花嫁に遺してある。長くつとめた奉公人たちにも、しかるべく手配してある。地下室のぶどう酒は、愛酒家のシメルマン伯爵に贈られる。こういう遺言書をつくりながら、いったい、死にゆく者にとって、ゆきとどいた遺言を用意してあるということは、なぐさめになるものなのだろうかと、顧問官は考えたものだ。いまとなってみると、たしかになぐさめになることがわかった。

しばらくしてから、自分は人間界の外のどんなところに投げだされたのかをたしかめてみようとした。いまどこにいるのかがわかると、ふと、まだ助かるかもしれないという気が起った。もう一度、自分の世界を支配できるかもしれない。

その場所から自由荘までは一マイルほどだろう。身を起こして、無傷の腕一本で体の重みを支えれば、動けるかもしれない。家に通じるあの長い並木道までたどりつければ、石垣にすがって這い進めるし、石垣にもたれて休むこともできる。

体を動かそうとすると、するどい痛みが走った。これほどまでにして動く値うちがあるのだろうかと思えた。「さあ、いとしい友よ」いまや、やさしい言葉のはげましが要るときだと思った顧問官は、みずからにこう呼びかけてやった。「がんばれよ、きっとうまくゆくから。」こうしてどうやら自分を引きずっていった。道で車にひかれた老いた蛇が、なおも身をもがいているように。

腕に力が入らず、顔を地面にたたきつけた。息をしようとあえぐ口は、なかまで土まみれになった。

ふたたびやっと身を起してあたりを見まわすと、さっきまで場所を取りちがえていたことに気づいた。ここはデンマークではない、ヴァイマールなのだ。この発見のよろこびに、顧問官は感きわまった。なんと、ヴァイマールに至るのはこんなにもたやすかったのだ。自由荘の牧草地から、まっすぐに道が通じていたとは！　いまやはっきりと見える。ここはあの、例のテラスなのだ。あいかわらず美しいヴァイマールの街が、はっきりと見わたせる。ここはあの聖なる庭園にほかならず、荘厳なぼだい樹の木々にかこまれている。すがすがしい樹脂の薫りがあたりにみちている。その景色全体を月光が照らし、あの灯の洩れる窓のなかでは、偉大な詩聖ゲーテが、いまこの瞬間、月を眺めつつ、聖なる月をたたえる詩作の神技をふるっているかもしれない。

いま思いだした。自分も悲劇詩を書いていたことがあった。当時はその仕事を自分の人生最大の仕事だと思っていたものだ。なぜここしばらくその仕事を忘れ去っていたのだろうか。自分はその作品をゲーテ閣下に手わたして、御意見をうかがいたいとさえ考えていたではないか。おそらく、今夜こその機会なのだ。その詩は「さまよえるユダヤ人」と題されていた。べつにそれほどすぐれたものではないかもしれない。ゲーテ閣下の『ファウスト』の影響が認められるが、それでもなお、独特の想像力もいくらかふくんではいる。世界をさすらう主人公アハスエルスが、疲労にみちた果てのない旅路のなかで荷ないつづける眼に見えぬ十字架、これは人を感動させる力なしとしない。

ゲーテ閣下は、御自分の創りだしたヴィルヘルム・マイスター、ウェルテル、ドロテアなどという人びとを、自分の創りだした人たちと交際させては下さるまいか？　架空の物語の世界にも、ほかの世界とかわらず、たしかに身分のちがいというものがある。それはこのヒルスホルムとて例外ではない。自分の作中の登場人物が巨匠の作品に現れる人物たちとつきあい、巨匠の作品に描かれた場所に出入りするありさまを想像できること、これが芸術作品評価の規準になるのだ、と顧問官は考えた。エルミール（モリエール作『タルチュフ』の女主人公）とタルチュフ（同上の戯曲の主人公）は、シリアをさして茶色の帆をあげて航海する途中、キプロス島に立ちより、上官（シェークスピア作のオセローをさす）代理として出迎えるキャッシオ（『オセロー』の登場人物）に会うのではあるまいか？

顧問官はふたたびあおむけに倒れた。今回のほうが、身をおこすにはさらにやっかいな姿勢になってしまった。横たわったままあえいでいると、すこし離れたところで犬が吠えはじめた。

「あの小さな犬のやつたち、トレイもブランシュも、スィートハートも、みんな私に吠えかかるのだな。」

犬たちが吠えるのも無理はなかった。月明かりで見ると、自分の服は血と泥で塗りかためたようになっている。乞食よりもみじめなありさまだ。

リア王もまた、一時はみじめな状態でいたものだ。命をねらう者たちに追われてもいた。ヒースの茂る荒野をさまよい、苦痛にさいなまれ、倒れ伏していたではないか。リア王が戸外をさまよっていた晩のほうが、今夜よりもさらにひどかったのだ。それにしてもあの老王は、なぜか実に安泰で、ゆるぎない安定を保っていたが。

なおも地べたに横たわったままあえぎながら、顧問官は思いだそうとつとめていた。ヒースの荒野をおそう嵐も、世界のあらゆる悪意さえも、いささかもこの老王を傷つけ得なかったのはなぜなのか？　リアは恩しらずの娘たちの手中に陥ちていた。二人は父王をおそるべき残酷さをもって遇した。この状況には安全性などまったく欠けていた。なにか別のものがあったのだ。たとえなにが起ろうと、この老いたる王は、偉大な英国の詩人ウィリアム・シェークスピアの手中にあった。これが彼の安らぎの理由なのである。

顧問官は庭園の石垣までたどりついた。力をつくして身をひきあげ、そこにもたれかかった。体が楽になった。いきなり、血にまみれ、汚れきった自分の顔を月にまじまじと眺められて、老いた顧問官はこの世のありとあらゆることを理解するに至った。

自分はいま、ヴァイマールにいるにとどまらない。いや、それ以上なのだ。詩という魔法の環の内側に身をおいているのだった。あの偉大なゲーテ閣下の精神界の内部にいる。自分をとりまくこの静けさにみちた風景、時おり全身におそいかかる苦痛も、ヴァイマールの大詩人の完成した作品なのであり、自分は不滅の秩序と深遠な思想、さらに調和をかねそなえた作中の人物になったのだ。もし望めばメフィストフェレスになることもできようし、人生についてファウストの助言を求めにきた愚かな学生になろうと、思いのままだ。これという危険をおかさずとも、なににでもなることができる。というのは、自分がなにをしようと、ものごとはすべて上首尾で解決し、至高の法則と秩序が保たれるよう、作者が手配してくれるのだから。これまでの自分の人生で怖れをいだいたりしたのはけしからぬことだ。ゲーテ閣下が失敗作をものすとでも思ってのことか？

一より十をつくり
二はそのままにせよ
しかも三をつくれ
されば九は一にして
十は無なり（『ファウスト』第一部の魔女の呪文）

この言葉は顧問官に大きななぐさめを与えた。まったく、自分はなんという愚かものだったことか。なにも問題はないのだ。自分はゲーテ閣下の手中にいるではないか。

老人は、生まれてこのかた初めて見るもののように、空を見あげた。くちびるが微かに動いた。

「私は閣下の心からのしもべであります。」自分が神々の列に入ろうとする、まさにこの瞬間、すこし離れた所で誰かが泣いているのに気づいた。泣き声は次第に近づいてきたかと思うと、また遠のいていった。男に捨てられて泣いているマルガレーテだろうか？

わたしの母さん不身持ちで
わたしを殺してしまったよ
わたしの父さん悪者で
わたしをたべてしまったよ（『ファウスト』第一部、マルガレーテが牢獄で歌う歌）

いや、ちがう。あれは今日自分の花嫁になるはずの、自由荘の若い女あるじなのだ。哀れなフランシーネ。気配から察するに、女はすぐ近くを行ったり来たりして歩きまわっているらしかった。家にいる召使いにさとられぬよう、テラスの外側のはしまで出てきているのだった。もうあとわずか前進すれば、フランシーネに声がとどく。そうしたら命が助かるのだ。

救われるという確信と共に、強いあわれみの気持が顧問官の心に湧きあがった。フランシーネはあの銃声を聞いたにちがいない。恐怖のあまり、とりみだしているのだ。その泣き声は激しく、絶望しきって、この真夜中をただ一人でいる。これでは、ゲーテ閣下の作としては残酷にすぎはしないか。もっとも、あのかたはマルガレーテに自分の産みおとした子を殺させるような、さらにむごいことも敢えて創作しておられる。だが、それでもやはり、ゲーテ閣下は正しかったのだし、なにかしら秩序を保っているのに変りはない。

麻痺した脚を引きずって、やっと石垣にもたれかかると、顧問官は頭に浮かんだ考え全体をまとめようとした。相手よりもゆたかな知識をもっている以上、このふしあわせな若い女をなぐさめてやり、ことの成りゆきを正してやらねばなるまい。彼女は若いし頭も単純なのだから、すべてのことがいかに秩序にかなっているかをわからせようとしても無駄であろう。しかし、それはべつにかまわない。そうであってくれるほうがよいではないか。大地からの収穫をそのままでは消化できない子供たちは、麦芽糖の棒飴でよろこばしてやれる。自分はフランシーネのために、いわゆる幸福と呼ばれているものを手にいれられるようにはからってやろう。これこそが著者、すなわちゲーテ閣下の意図するところなのだ、と顧問官は思った。

空では月が西に傾き、色を変えていた。夜明けが近い。夏の夜空は徐々に明かるみ、星々はいまにも垂れ落ちそうな透明なしずくのようだ。かぐわしい風が低く地面すれすれに吹き過ぎる。

自分は亡霊のように見えることだろう。そう思った顧問官は、大変な苦痛をしのんでハンカチを取りだし、顔をぬぐった。もう死ぬかと思うほど苦しかったが、その努力はただ、顔じゅうに血と泥を塗りたくる結果になってしまった。女に声をかけても無駄だろう、もう声はほとんど出せなくなっているのだから。ともかく、さらに近寄るほかない。道路からテラスまでは、石垣の切れ目に石段が二段つくってある。そこまでたどりつければ、フランシーネは顧問官の姿に気づくだろう。ひじとひざを使い、残された力をふりしぼって、十ヤードばかり体を前に進めた。もはやこれが最後だ。これ以上は動けない。下の段に坐って、上の段にもたれかかった。呼びかけようとしてみたが、声が出せない。まさにそのとき、フランシーネは向きなおって、顧問官の姿に目をとめた。

女はその姿を見て、これは亡霊にちがいないと思いこんだ。老人のほうが亡霊に見えたとすれば、女のほうもまた、あの自由荘の若き美女、フランシーネ・レルケの亡霊としか見えなかった。簡単なナイト・ガウンだけで、それも投げやりな着かたをしている。もはや自分の体に関心を失ってしまったためだ。あのナポリ製のオペラ外套を脱ぎすてたとき、これまでフランシーネにとってすべてであった、かぐわしくもうつろいやすい薔薇と百合の花輪をなす自分の美しさを、外套ぐるみ脱ぎ去ってしまったのである。ふくよかな胸も腰もしぼみ、白い寝衣のなかはただの一本の棒になり果てたかと見えた。長い髪さえも生気を失って、腕ともども、だらりと垂れている。若々しくおとなしやかな人形めいた顔は涙に溶けて台なしになった。人形は壊れたのだ。星のような眼も、薔薇のつぼみなすくちびるも、いまは白い平らな面にうがたれた黒い穴でしかなくなっている。疲労のあまり、坐ることも横になることもできない。鉛の芯の入った木の人形のように、また、足に重しをつけられた水夫の死体が直立して海底をただようように、絶望がフランシーネをまっすぐに立たせていた。

二人は互いにじっと見つめあった。老人はやっとの思いで、力をふりしぼって小声でささやいた。

「助けて。もう動けない。」

女は突ったったままでいる。老人は思った。おそろしさのあまり、気がどうかしてしまったのだ。なんとか心をしずめてやらなくては。そこで言葉をつづけた。「ごらんのように、射たれた。だが、たいしたことではない。」それが女の耳に入ったのか、自分に声が出せたのかもわからない。

ことの次第が、やっとフランシーネにわかってきた。恋人が、この老人を射ったのだ。またたくうちに、巨大な白光で照らしだしたように、一つのまぼろしが目のまえに浮かんだ。絞首台で首に綱を巻かれたアンデルスの姿。そのとたん、難破船の破片が、人間の打ちあげられた浜辺にただよいつくように、もとあった力のなごりがフランシーネのなかに戻ってきた。アンデルスはしたいようにふるまえばよい。私とアンデルスとは互いのものだし、二人は一体なのだ。アンデルスに死ぬほど心を傷つけられて逃げ去ってきたこと、いまは彼とふたたび顔をあわせるのをなによりもおそれていることなど、すべて問題にならなかった。

老人の体から流れだす血が石段を染めるのを、フランシーネは立ったまま眺めていた。血のなかに魔力がひそんでいるのだろうか、それを見ているうちに、心がしゃんと立ちなおってきた。赤い照りかえしのなかでフランシーネはさとった。自分とアンデルスとのあいだにどんな不幸があったにしろ、それは自分のあやまちのせいだったのだ。この確信が彼女の自然の衝動すべてを解きはなった。自分のせいでアンデルスがまちがいをしでかしたとは、とても我慢できないことだった。鮮血と、解放感と、いまや全天にひろがる朝の光が、フランシーネのなかで一つに融合した。闇は終るのだ。私が逃げ去ったあとで、アンデルスは私を愛している証しを実行した。そのことは私とこの老人だけが知っている。

酒神バッカスに仕える女のように髪ふりみだしたフランシーネは、石垣から平たい大きな石をひとつ、引きぬきはじめた。石がはずれると、両腕にかかえて力をこめて胸に抱きしめた。魔術師によって石に変身させられた我が子を抱きしめるように。

顧問官は、自分の血がもうすぐ流れつきるのを感じた。なにごとか言いのこすなら今のうちだ。話そうにも声にならないのをおそれて、右手を地面に這わせ、やっとのことで女のはだしの足に触れた。さわられることをあれほどきらっていたのに、女は身うごきもしない。自分の体に関心を失っていた。

「かわいそうに、いとしい人よ、聞いてくれ。すべて、これでよいのだ。聖なるフランシーネよ、聖なるあやつり人形よ。」

息が切れて、しばらくの間をおかねばならなかった。だが、まだ言うべきことがある。

老人はゆっくりとこう言った。「それ、あそこに、月が空たかくのぼっている。あなたと私は決して死ぬことはない。」もうそれ以上続けられなくなって、石の上にぐったりと頭を垂れた。

言葉はきこえなくとも、足にさわられている感触を通して、フランシーネは顧問官の言いたいことがわかった。この世は善であり、美しいものだと言ってきかせるつもりなのだ。しかし実際はフランシーネのほうが、はるかにこの世のことをわかっていた。この世が美しくあることが自分にとってふさわしいからというだけの理由で、このひとはまじないをかけて、世界をそういうものにするつもりなのだ。たぶん、景色の美しさのことを持ちだすつもりなのだろう。おそらく、今日は婚礼の当日で、天も地もあなたにほほえみかけているとでも言うつもりなのであろう。ところが、そうしたこの世とは、アンデルスが絞首台にかけられる場所にほかならないのだ。

「あなたってひとは!」フランシーネは老人に向かって叫んだ。「この詩人!」

頭上高く両手で石を持ちあげたフランシーネは、老人めがけて叩きつけた。

血が四方に飛び散った。つい今しがたまで平衡をたもち、ひとつの目的と、周囲の世界への認識をたもっていた老人の体は、すべてを失って崩れおち、重力の法則にしたがって、ひとつくねの古着のように地べたに倒れた。

巨大な力が顧問官を投げだし、頭からまっさかさまに、底しれぬ深淵に落ちていった。かなり時間がかかった。滝から滝へと、三度か四度、大きく跳躍しながら落ちてゆくのだ。そのあいだじゅう、長いいくつもの洞窟のなかでうねりひろがりながら、あらゆるものを呑みつくす暗黒にこだまして、女の最後の言葉が繰りかえし、また繰りかえし、あたり一面に響きつづけていた。

解説

横山貞子

この本の著者イサク・ディネセンは、一八八五年四月一七日にデンマークで生まれた。場所は、コペンハーゲンから海岸を北上してヘルシンゲル（「ハムレット」ではエルシノーア）に至る道の中ほどに位置するルングステッド。ヴィルヘルム・ディネセンとインゲボルグ（旧姓ヴェステンホルツ）夫妻の次女で、名前はカレン。五人の子供たちの二番目だった。上の三人が女で、下の二人が男というきょうだいたちの中で育った。

父は若いころ北アメリカに渡り、原住民の集落に住んで、狩猟に明け暮れる暮らしをした。帰国後、その体験を書いて出版し、広く読まれた。国会議員をつとめていたが、カレンが十歳のころ、自殺した。カレンの弟で長男のトマスは後年、父の自殺の動機を、当時不治の病だった梅毒に感染し、絶望したためだったと書いている。

著者は後年、この病気と長いかかわりをもつことになる。カレンは一九一二年にスウェーデンの男爵ブロル・ブリクセンと婚約した。双方の祖母が姉妹なので、二人は〝またいとこ〟同志ということになる。二年後にアフリカのケニアで結婚し、農園の経営をはじめる。一九一四年、結婚早々、夫によって梅毒に感染する。翌年、デンマークに帰り、母には病気を伏せたまま、コペンハーゲンの病院に入院し、治療をうける。病気は第二期まで進み、全身のリンパ節の腫れ、発熱、関節痛に苦しんだ。ブロルのほうは軽症で済み、元気だった。

ディネセン家とその親族の出資で成りたっていたケニアの農園は赤字続きで、筆頭株主である母方の叔父は、経営能力のなさを理由に、現地責任者のブロルを一九二一年に解雇した。夫のほうから離婚を提案したのは、その前年の一九二〇年のことで、妻はそれを一九二五年に受けいれた。カレンはその後も農園の立てなおしに努力を続けるが、銀行からの借り入れが返せず、担保になっていた農園を手放して、一九三一年にデンマークに帰国する。

アフリカから帰国して、病気の治療をしながらの一年半ほどで七つの物語を完成できたことの裏には、下地があった。物語をつくるにはよい聞き手が必要だ。ケニアの農園で、天候不順のため不作が続き、不安に悩まされていたころ、愛人のデニス・フィンチ‐ハットンが、サファリから帰るたびに、新しい物語を聞かせてくれとカレンに求めた。デニスは聴覚の人で、よくレコードで音楽をきいていた。文学についても、読むよりも聞くことを好んだ。カレンにとっては、即興で話をつくる力を引きだしてくれる、得がたい聞き手だった。『七つのゴシック物語』（一九三四）をはじめ、その後に書いた『冬物語』、『最後の物語』、『運命譚』など「物語」（Tales）ものは、デニスのこの「聞く力」なしには生まれなかった。聞き手がイギリス人だから、使う言葉は当然、英語になる。ケニアの農園で、即興で語ったいくつもの物語が、デンマークで作家として再出発したカレンを支えた。ただし、デンマーク語ではなく、英語で書く作家として、である。最初の本がアメリカで出版される背景には、こういうことがあった。

　さらに、こうした「聞き手」をもったことは、第二作目、自分のアフリカでの生活を回想した『アフリカの日々』（*Out of Africa*）においても、みずからの体験をどのように物語るか、その手法を発見してゆく助けになった。なにを語り、なにを語らないか。展開の順序はどのようなかたちにするか。流れの緩急をどうつけるか。この作品は、回想記のかたちをとりながら、耳で聞くのに快い物語の特徴を備えている。

　七つの物語のうち、これだけはアフリカでデニスに語ったものではない、と考えられるものがある。「エルシノーアの一夜」。これは、デンマークに帰ってから、暗く寒い北欧の気候の中で紡ぎ出されたものだったろう。登場する二人の老姉妹は、作者自身のもつ性格的特徴を二人に描き分けているといえるし、弟のモルテン（の亡霊）は、性格描写や言葉つきからして、『アフリカの日々』に描かれたデニス・フィンチ＝ハットンを思わせる。ケニアの農園が破綻して、カレンが帰国を目前にしていた時、デニスは自分の操縦する飛行機の墜落事故で急死した。生まれついた環境では生きられず、冒険を求めて遠いところに出かけたモルテンは、自分が海賊として活躍したカリブ海域の島で絞首刑になる。デニスとおなじく、不慮の死といえる。

デニスには鬱病があった。彼の生まれたフィンチ-ハットン家の家系には、この傾向をもつ人が出ることが、伝記でふれられている。生まれ育ったイギリスを離れて、アフリカで狩猟に打ちこんだ生き方は、カレンの父ヴィルヘルム・ディネセンに似通うところがある。若いころのヴィルヘルムもまた、若いころ、海を渡って北米大陸で狩猟にふけった。自分で命を絶った理由も、梅毒感染への絶望だけではなく、鬱の気質がからんでいたかもしれない。

「夢みる人びと」は、前巻の解説でふれた「○○じつは××」の型が、さらに複雑な構造のもとに繰りひろげられる。突然姿を消した、愛する女性の後を追う三人の若者が落ちあう。めざす女性は、まったく別々の場所で、それぞれちがう職業をもっていたので、それがおなじ人物だとは三人は気づかない。しかも、それぞれが知る女性の姿は仮面にすぎず、さらに巨大な実像がその下にかくれていたことが、物語の最後に明かされる。

一九三七年に『アフリカの日々』がアメリカ、イギリス、デンマークで出版された後、一九四二年には『冬物語』（*Winter's Tales*）が、やはりアメリカ、イギリス、デンマークで出版されるが、デンマークがドイツの占領下にあったため、著者が英語版の現物を見たのは戦後のことだった。

彼女にはさらに、「じつは」型を権力への抵抗と結びつけた作品がある。第二次大戦中、ナチス・ドイツ軍の侵攻を受けたデンマークで、カレンはアメリカ、イギリスですでに知られていた「イサク・ディネセン」、「カレン・ブリクセン」の名を使わず、フランス人男性の作品を無名のデンマーク人が訳したという偽装のもとに、娯楽小説のかたちで、占領に対する面従腹背の姿勢を勇気づける小説を発表した。題名は『復讐の仕方』。慈善家の仮面をかぶって人身売買をする悪人に対して少女たちが復讐する筋で、これは最初からデンマーク語で書き、一九四四年に占領下のデンマークで出版された。ディネセンの作品の中では、これがデンマーク人にいちばん広く読まれた。デンマーク在住のユダヤ人は、海峡をへだてた中立国スウェーデンに渡って、ナチス・ドイツの手を逃れようとした。これに手を貸すデンマーク人の対独レジスタンスと共振する――そこにこの作品の特色がある。戦後、一九四六年にアメリカで出版された英語版の題名は、*Angelic Avengers*。一九八一〜一九八二年に晶文社から出た『ディネーセン・コレクション』全四巻の中に、『復讐には天使の優しさを』の題で収録されている。

戦後、一九四六年の二月、カレンは胃の激痛に襲われる。アフリカ時代以来の病気が進行し、脊椎が梅毒に侵されていた。入院して、脊椎から消化器につながる神経を切断する手術を受ける。痛みは術後も再発し、二年間にわたって、同様の手術を何度も受けることになる。痛みをやわらげるためにおこなったこの処置のために、消化器の機能が低下し、食事をとるのがむずかしくなる。晩年に向かって、カレンは極端な少食となり、後にこれが死因となる。

こういう状態の中で、カレンは友人にあてた手紙で、「人生における三つの完璧なよろこび」をあげている。「痛みが中断すること、ありあまる力を感じること、自分の運命に従い、それを全うすること」。

詩人トーキル・ビョーンヴィは、一九五〇年代の一時期、カレンと師と弟子のような関係だったが、当時、彼女が言ったつぎのような言葉を記憶している。自分は梅毒にかかることで悪魔と契約をかわした。そのおかげで、体験したことすべてを物語に変える力を得たのだと。だが、いっぽうでは、病気の影響で誇大妄想に陥るかもしれないという怖れも持っていた。別の親しい友人に、そういうきざしが見えたら率直に言ってほしい、と頼んでもいた。

一九五七年に『最後の物語』（*Last Tales*）、一九五八年に『運命譚』（*Anecdotes of Destiny*）を出版。一九五九年一月、小康を得て、北米での一連の自作朗読の会を果たす。アメリカ合衆国には大きな数の読者がいた。三ヶ月半の旅を終えて、無事にデンマークに戻った。この旅で自信を得て、かつて第二次大戦が起こったため断念したケニア再訪を希望するが、医師に強く止められ、そのかわりにパリまで旅をして、旧友と再会する。

一九六二年九月七日に死去。その死因は、「極端な消化力の減退による消耗」だった。亡くなる三ヶ月前、愛読者のピーター・ビアードが撮った写真は、これ以上痩せられないところまで肉の落ちた体でいながら、なお強い眼の輝きを保つ姿を伝えている。

この上・下巻は『ピサへの道——七つのゴシック物語2』、『夢みる人びと——七つのゴシック物語1』として、一九八一年～八二年に晶文社から発行されたものを底本とし、それに手を加えた。手入れにあたって力を貸して下さった藤原編集室の藤原義也さんに御礼を申しあげる。

二〇一三年九月二日

著者紹介

イサク・ディネセン　Isak Dinesen

1885年、デンマークのルングステッドの地主ディネセン家の次女カレンとして生まれる。コペンハーゲンの王立美術学校で絵を学びパリ、ローマに遊学。1914年、ブロル・ブリクセン男爵と結婚、英領東アフリカ（現ケニア）でコーヒー農園を経営するが、結婚生活はまもなく破綻し、夫と離婚。農園経営も行き詰まり、1931年にデンマークに帰国。文筆活動に入り、イサク・ディネセン名義で発表した『七つのゴシック物語』（1934）で一躍注目を集めた。自身のアフリカ体験を描いた第2作『アフリカの日々』（1937）は20世紀回想文学の名作と評される。他に『冬物語』『復讐には天使の優しさを』『最後の物語』『運命綺譚』などの作品がある。1962年死去。

訳者略歴

横山貞子（よこやま・さだこ）

1931年生まれ。慶應義塾大学大学院英文科修了。英文学者。著書に、『日用品としての芸術』（晶文社）など。訳書に、イサク・ディネセン『アフリカの日々』（河出書房新社）、『復讐には天使の優しさを』（晶文社）、フラナリー・オコナー『存在することの習慣』『フラナリー・オコナー全短篇』（ともに筑摩書房）、シェイマス・ディーン『闇の中で』（晶文社）、オルダス・ハクスリー『ハクスリーの教育論』（人文書院）などがある。

編集＝藤原編集室

本書は1981年に単行本として晶文社より刊行された。

白水uブックス　187

夢みる人びと　七つのゴシック物語2

著　者　イサク・ディネセン
訳者©　横山貞子
発行者　岩堀雅己
発行所　株式会社 白水社
東京都千代田区神田小川町3-24
振替　00190-5-33228　〒101-0052
電話　(03) 3291-7811 (営業部)
　　　(03) 3291-7821 (編集部)
www.hakusuisha.co.jp

2013年11月20日　第1刷発行
2025年5月20日　第2刷発行
本文印刷　株式会社精興社
表紙印刷　クリエイティブ弥那
製　　本　加瀬製本
Printed in Japan

ISBN978-4-560-07187-8

乱丁・落丁本は送料小社負担にてお取り替えいたします。